力水 Author RIKISUI 画 かる
3
社畜ですが、
種族進化して
最強へと
至ります
JN054288

CONTENTS

ALTHOUGH IT IS
A COMPANY SLAVE, I REACH
THE STRONGEST
BY RACE EVOLUTION.

ダッシュエックス文庫

社畜ですが、種族進化して最強へと至ります３

力水

第一章 Chapter 001 東京制圧編

主人のいなくなった青色の石からなる迷宮には二人の人影があった。一人は頭から二つの触《しょっ》覚《かく》を生《は》やした少年であり、もう一人は痩《や》せ細った丸いサングラスをした40代ほどの男性である。頭から触覚を生やした少年、五右衛門《ごえもん》が右手に持つICレコーダーを、丸いサングラスの男鬼《き》沼《ぬま》の前で再生していた。

「そうですか。旦那《だんな》にそんな取り調べを……」

音声の再生が終わると、鬼沼は顎髭《あごひげ》を摩《さす》りながらそう独《ひと》り言《ご》ちる。

『彼奴《きやつ》らの殿に対する数々の無礼、許せないでござる……』

怒りで声を震わせる少年の両眼は真っ赤に充血し、複眼《ふくがん》がグルグルと回っていた。

「まだ時期尚早《しょうそう》でやんすよ、五右衛門」

『しかし――』

反論を口にしようとする五右衛門の肩を叩《たた》くと、

「今のお前は弱い。旦那を解放に向かっても人間《ムシケラ》どもにあっさりと敗北するほどに」

ぞっとするような冷たい声色《こわいろ》で、その耳元で人とは思えぬ言葉を囁《ささや》く。

『どうすれば――殿のお役に立てるでござる？』

全身を屈辱《くつじょく》で震わせ、五右衛門は疑問を口にする。そんな五右衛門に鬼沼は口の端を上げて、

「至極《しごく》簡単。強くなることでやんす。この事件の裏で動いている薄汚い鬼畜生《おにちくしょう》どもの誰よりも」

五右衛門にとって救いにもなる言葉を口にする。その姿はまさに物語で出てくる甘言《かんげん》を囁く悪魔そのものだった。

『鬼畜生ども？　それが殿に不敬を働いている輩《やから》でござるかっ⁉』

「えーえ、我らが導き手の当面の敵でやんす」

そう断言する鬼沼の顔を五右衛門は暫《しば》し凝視《ぎょうし》していたが、

『拙者《せっしゃ》はどうすればよいでござる？』

眉《まゆ》の辺《あた》りに決意の色を浮かべながらも鬼沼に尋《たず》ねる。

「眷属《けんぞく》を増やし鍛《きた》え、この迷宮の最下層まで辿《たど》り着くことでやんす」

『ここの迷宮の最下層でござるか？』

「ええ、ここは本来、我らが導き手を鍛えるための場所。でも、もうその時間はありそうにもない。きっとあのお方はこのまま戦場に向かわれる。そして、あの鬼どもの巣にも。そのときに五右衛門、お前はあのお方の右腕として力を振るわねばならない。何せ、お前はあのお方の最初の眷属なのだから」

『最初の眷属……拙者が最初の眷属ぅぅぅっ！　必ずや拙者、筆頭家臣として殿のお役に立ってみせますぞっ！』

両拳《こぶし》を強く握ってそう吠《ほ》えると、鼻息荒く魔方陣へと入りその姿を消失させる。

鬼沼は満足そうに頷《うなず》くと、大きく両腕を広げて青色の石の天井を仰《あお》ぐ。そして——。

「我が至上にして至高の導き手よ！　もうじき、もうじきですっ！　貴方《あなた》の物語が今ここに動きだす。他ならぬ貴方の手で。この肥溜《こえだ》めのような世界《秩序》を粉々《こなごな》に壊すも、新たに創《つく》るも貴方次第《しだい》！　どうぞ、思う存分《ぞんぶん》おやりください!!」

神の意思を説く宣教師のような熱をもって、まるで世界に宣言するかのように声を張り上げたのだった。

◇◆◇◆◇◆

和葉《かずは》は母、烏丸忍《からすましのぶ》に連れられて都内にある音楽事務所を訪れている。アキトさんの嫌疑を晴らすための会議の後、和葉と母は連日、作曲家を見つけるべく音楽関係者のもとへと足を運んでいた。テレビではアキトさんを極悪人《ごくあくにん》に仕立て上げて報道されていることもあり、そのほとんどが門前払い。罵声《ばせい》を浴びせられたり、ときには水さえかけられたこともあった。以前の和葉なら、とっくの昔に諦《あきら》めていたことだろう。それでも、勇気を振り絞《しぼ》って頼みに行けたのは、あの夢のような時間を取り戻したいからだと思う。

白髪《しらが》交じりの中年の男性は和葉たちが部屋に入っても無表情でこちらを一瞥《いちべつ》するのみ。この不愛想《ぶあいそう》な態度からしてここも多分だめだろう。

「御無沙汰《ごぶさた》しております。先日電話で申し上げた作曲家の件ですが……」

母が姿勢を正して頭を下げるので、和葉もそれにならう。

「君らと話すことは何もない。だから、二度と来ないでほしい」

ぶっきらぼうに既《すで》に何度も耳にした台詞《せりふ》を吐く。強い失望感に心が引き裂かれそうになる中、

「わかりました。ご迷惑をおかけしました」

母が挨拶《あいさつ》をして退出しようとしたとき、

「あーそう。困るね、こんなものを送りつけてこられちゃあ。悪いが聞く価値すらないよ」

吐き捨てるように、机から一通の封筒を取り出して母に突きつける。

「これは――」

母が言いかけるが、

「言っただろう！　ここは君たちの来る場所じゃない！　早く帰りたまえっ！」

プロデューサーの中年男性は和葉たちに背中を向けると部屋を出て行ってしまう。ここもダメだった。今の状況でそう簡単に和葉たちに協力してくれる人なんていないことくらいわかっている。それでも、一人くらい優しいあの人のことをわかってくれる人がいてもいいはずだ。

激しい絶望感から全身の力が抜けていくのを感じる。そんな中、母は封筒を胸に大事そうに抱きしめながら、プロデューサーが去った扉に深く頭を下げると、和葉の手を引っ張って応接室を出ていく。その顔は先ほどまでの沈んだ表情ではなく活気に満ちていた。

プロデューサーが母に渡した封筒には、一個のＵＳＢメモリーと住所が記載されていた書類、

そして『ガンバレ！　必ずや真実は白日の下にさらされる。彼の無実を信じるホッピー応援団より』と記載された書類が入っていた。

多分、彼はアキトさんが過去に助けたあのファンタジアランドでの事件の関係者。もしかしたらあの態度も、監視でもされていることを疑っていたからかもしれない。確かに、あのアキトさんがああもあっさり嵌《は》められたことからも、この事件に警察関係者がいるのは明らか。あの人はお母さんの知り合いのようだし、あの部屋が盗聴されていることも十分考えられるのだ。

それから母はＵＳＢメモリーの音楽データをイヤホンで聞いていたが、すぐに顔を驚愕《きょうがく》に染める。ただ『もしかして、鬼沼さんが私に捜せと言った理由って……』と呟《つぶや》くと鬼沼さんの事務所に直行し、茶封筒を受け取る。そして中の資料を目にしたときの母の表情は悲しみと怒りと希望、そんなものがごちゃごちゃに混ぜ合わさったものだった。

「お母さん、本当にここにそんな天才がいるの？」

そこは千葉県の住宅街にある最近ではあまりお目にかからなくなった年季《ねんき》の入った一軒家。庭は草木が生《お》い茂り、木造の建物もいたるところがボロボロで、窓ガラスなどはガムテープとビニールで簡易補強されているところさえあった。

「ええ、間違いなく天才よ。『タルト』に逆らって干されていなければ今頃日本でも超一流の作曲家として名を馳《は》せているわ」

そう興奮《こうふん》気味に返答すると、母は呼び鈴を押す。

全く音一つ聞こえない家の中、母は肩を竦《すく》めてため息を吐くと肺に大きく息を吸い込む。

「阿久津依琉馬《あくついるま》ッ！　出てきなさいッ！」

一帯に響き渡る大声を上げて扉を叩き始めた。

「ちょ、ちょっと、お母さん、近所迷惑だって！」

ただでさえ今肩身が狭い状況なのだ。これ以上、世間《せけん》に睨《にら》まれていいことなど何一つない。

必死で母の袖《そで》を引っぱりやめるように懇願《こんがん》する。すると、建物の奥から人の気配が近づいてきて、鍵《かぎ》がガチャと外れた。同時に母が勢いよく扉を開けると無精髭《ぶしようひげ》を蓄《たくわ》えた男性が、長い黒髪の隙間《すきま》からこちらを真ん丸な両眼で眺《なが》めていた。

「久しぶりね。依琉馬、こんなところにいたのね？」

「忍さんですか、お久しぶりです。じゃあ、僕はこれで……」

勢いよく引き戸の扉を閉めようとするが、母に足でブロックされる。

「依琉馬くーん、積もる話もあるからお邪魔してもいいかしら？」

「嫌です」

拒絶の言葉を吐き、懸命に閉めようとする依琉馬さんに、

「話をしましょう」

母は笑顔でそう告げる。こうなったらもう母は止まらない。この場を梃《てこ》でも動かないだろう。

それを知っているのか、依琉馬さんも肩を落として、

「入ってください……」

ただ、そう呟く。

部屋の中は予想以上に綺麗《きれい》だったが、持ち物は最小限の必需品しか置いてなかった。ただ、一番奥の仏壇がある部屋だけは小さな子供用の衣服やら縫《ぬ》いぐるみ、女性用の化粧品などが置いてあった。そして仏壇には綺麗な若い女性と小さな女の子の写真。

「もう曲は書いてないのね……」

母は奥の部屋にある仏壇を少しの間、寂《さび》しそうで懐《なつ》かしそうでもある複雑な表情で眺めながらそう呟く。依琉馬さんは和葉と母に古ぼけたテーブルの席に着くように無言で促《うなが》して、ポットから急須《きゅうす》にお茶を入れると、

「どうぞ。粗茶《そちゃ》ですよ」

テーブルにその急須を置いて向かい側の席に座り、

「それで用事とは？　僕ももうすぐバイトの時間なんです。手短にお願いします」

有無《うむ》を言わさぬ口調で告げてきた。聞く耳は持たない。そんな強い決意が窺《うかが》われた。母は瞼《まぶた》を閉じてお茶を飲んでいたが、

「では単刀直入《たんとうちょくにゅう》に尋ねます。依琉馬、貴方は過去の真実を知る勇気がありますか？」

今までの生気のない死人のような虚《うつ》ろな目にわずかに光が灯《とも》る。もっともそれは決して明るいものではなく――。

「過去ぉ？　それはあの事故のことですか？」

ゾッとするなんの感情も籠《こ》もっていない疑問の声。このとき、和葉は目の前の一見、頼りなく見える人がとっても怖くなった。

「ええ、舞《まい》さんと亜夢《あむ》ちゃんを貴方から奪ったあの事件のことよ」

右拳がテーブルに叩きつけられて、

「二人がいなくなったのは水難事故だ！　軽はずみなことを言うなッ！」

怒声《どせい》が飛ぶ。その顔は深くも濃い憎《にく》しみ一色に染まっていた。

「私もそう思っていたわ。でもどうやら違ったみたい」

母はテーブルに茶封筒を載《の》せる。中にあるのは鬼沼さんから他者に見せるのは慎重にするよう指示された書類。

「それは？」

「真実よ。そこに書かれているのが、あの事件の発端《ほったん》」

依琉馬さんは震える手で茶封筒を開けると一心不乱に読み始めた。

「はは……犯人が陰陽師《おんみょうじ》ぃ？　しかも今は日本政府と組んで要職にあるっ!?　オカルトかよ！　こんな荒唐無稽《こうとうむけい》な話あってたまるかっ！」

読み終えて憎悪《ぞうお》の表情でテーブルに資料を叩きつけて、怒号《どごう》を放つ。

「そうね、少し前までの、この世界が変質する前の私たちならきっと同じ感想を抱いたと思う。でも、今はそんなオカルトが罷《まか》り通る状況よ。貴方も自信をもって否定できるのかしら？」

「そんなの……なんの証拠にもならない」

依琉馬さんは両拳を握りしめて言葉を絞り出した。

「でも、筋は通っている。恐ろしいくらいに」

「信じられない。信じたくない。だけども、もし本当なら……」

俯《うつむ》き気味に頭をガリガリと引っ掻《か》く彼の姿を目にして、和葉は思わず唾《つば》を飲む。それはとびっきりに強烈な感情。すなわち――

「そう。多分、私たちが知らなかっただけで、この世界には元々そんな薄汚い闇《やみ》があった。二人は偶然、運が悪くそんな奴《やつ》らの仕事の現場を目にしてしまった。そして――」

「止《や》めてくれっ！　それ以上は勘弁《かんべん》してください……」

依琉馬さんは俯きながら肩を震わせる。

「でもね。救いはある。奴らはこの世で最も敵にしてはならない相手に喧嘩《けんか》を売った」

「この世で最も敵にしてはならない相手？」

「ええ、私たちのボス、藤村秋人《ふじむらあきと》。どのみち、ここに書かれていることが真実なら、そいつらを決して許さない！」

母は大きく顎《あご》を引いて力強く断言する。

「舞、亜夢……僕は……」

肩を震わせて、また両拳を握りしめる依琉馬さんに、

「このまま泣き寝入りなんてさせない。一緒に真実を明らかにしましょう。それにその資料の最後を見て」

ノロノロと手を伸ばして資料をパラパラ捲《めく》ると、依琉馬さんはカッと目を見開き、

「こ、これは本当なんですかっ!?」

立ち上がり、母の両肩を摑《つか》み、大声で尋ねた。

「ええ、二人は生存している可能性がある。もっとも、あくまで可能性だけど――」

「それでもいい！　可能性が僅《わず》かでもあるのならッ！　僕はどうすればいい!?」

「まずは藤村秋人の無実の証明が先決。それにはある人物の協力が必要不可欠。私たちは今、そのある人物にコンタクトを取ろうとしている。そのためには大勢の人がネットを見る必要がある。つまり――」

「僕の曲が必要だと。でも歌い手はどうするんです？　忍さんならご存じでしょう。曲と歌い手は一心同体。舞と亜夢のためなら生涯《しょうがい》最高の曲を書いてみせます！　ですが、歌い手が平凡なら全《すべ》てが台無しだ！　歌い手に当てはあるんですか!?」

「あるわ。和葉、ここで歌って。そうね、貴方が一番好きな曲を歌いなさい」

「で、でも――」

「時間も押してるの。早く歌って」

笑顔で指示している母は笑顔だったが、有無を言わせぬ迫力があった。もしかしたらアキトさんの件で母は和葉以上に憤《いきどお》っていたのかもしれない。

頷くと子供の頃大好きだった歌を歌いだす。

歌い終わると茫然《ぼうぜん》とこちらを見る依琉馬さん。

「どう、この子の歌、なかなかのもんでしょう?」

「いやいやいや、なかなかなんてもんじゃない！　この実力なら世界すら狙《ねら》えますよ！　なぜ、今の今まで無名だったんですか!?」

和葉にとって幼《おさな》い頃から音楽は日常であり、呼吸をするのと同じ。大好きで、心地よくて手放せないもの。将来、大人になったら音楽で生計を立てて大勢の人に良い曲を届けるんだと心に誓《ちか》っていた。『イノセンス』は音楽主体ではなく、俳優や芸能タレント専門のプロダクション。だから、音楽でメジャーになりたければ大手の音楽プロダクションに入らなければならない。でも、オーディションに応募する度《たび》にそれが叶《かな》うことのない夢であることを思い知る。和葉の歌を最後まで聴いてすらもらえないのだ。それが、どうしようもなく悔《くや》しく情けなかった。止むを得ず、歌手の道を諦め、クラリネットなどの楽器を習いはじめたのだから。

「私のせいよ。私がタルトに睨まれたから」

「あいつらぁ、僕と同じじってわけかっ！」

憎悪の表情でそう叫ぶ。

「どう?　いけそう?」

「もちろん、彼女の歌でダメなら僕は作曲家失格です」

母の問いに顔を上気《じょうき》させながら隣の部屋から埃《ほこり》の被《かぶ》ったPCを持ってくると起動させた。

「では具体的な作戦を伝えるわ」

こうして、和葉たちイノセンスの計画は作曲家——阿久津依琉馬を迎えて、本格始動する。

◇◆◇◆◇◆

霞《かすみ》が関《せき》、警察庁にある超常事件対策室には数人の警察官の訪問があった。

「藤村秋人、本当に彼がホッピーなのですね？」

久坂部《くさかべ》右近《うこん》は正面に座る赤髪の刑事――赤峰律《あかみねりつ》に念を押す。

「はい。あくまで私の個人的な想像にすぎませんが、私は確信しています」

「だとすると、この度、彼に最悪の罪を押しつけてしまった。そういうわけか」

目がくらむほどの失望感から、頭を抱えてそう声を絞り出す。なぜ一般人に過ぎない藤村秋人に対して六壬神課《りくじんしんか》の星天将《せいてんしょう》である来栖左門《くるすさもん》が動員されたのかの理由がこれではっきりした。あとは奴らの動機だが、最近永田町《ながたちょう》が何やら騒がしい。彼の逮捕に奴らのくだらない欲望が絡《から》んでいるのは間違いあるまい。

（あの老いぼれどもめッ！　どこまで足を引っ張れば気が済むんですッ！）

此度《こたび》、陰陽師の組織六壬神課は、日本国へ組み込まれた。日本に生じた二つのダンジョンはある意味右近たち陰陽師たちにとって、六道王《りくどうおう》のもとへ至《いた》る奇跡の扉。故《ゆえ》にその決断に反対の声はなかった。だからといって陰陽師が一枚岩というわけでもない。現在、陰陽師は右近たちの立ち上げた『超常事件対策局』に属する者と、名家の陰陽師たちで構成される元老院の統制下にある『六壬神課』に属する者とで真っ二つに対立してしまっている。

　なんとかあの石頭な老人たちを説き伏せ、新組織への完全協力を約束させようとしていた矢先での、この最悪ともいえる逮捕劇だ。この件で彼と陰陽師との確執《かくしつ》は決定的なものとなってしまった。下手をすれば、新組織立ち上げのための今までの苦労が全て水泡《すいほう》に帰す危険すらある。それほど、ホッピーである彼の存在は大きい。

「でも、目撃証言もありますし、警察も馬鹿《ばか》でも無能でもないでしょう。彼が異形種《いぎょうしゅ》で人を殺している可能性は高いと思いますし、むしろ六壬神課同様、我々超常事件対策室も協力するのが筋《すじ》では？」

　右頬《ほお》に星の入れ墨《ずみ》のある、長い赤髪を後ろで一つ結びにした女性、朝倉葵《あさくらあおい》のそんな頓珍漢《とんちんかん》な発言に、

「お前、本当に資料を読んだのか？」

　不機嫌を隠そうともせず、十朱《とあけ》はソファーに座ったまま葵に尋ねる。

（やはり十朱は気づきましたか）

　猪突猛進《ちょとつもうしん》さばかりに目が行くが、十朱は世界でも一、二を争う有能な警察組織である捜査一課で長年揉《も》まれてきたのだ。このような不自然極《きわ》まりない逮捕劇など、正当性を信じる気すら起こるまい。

「ざっと目を通しただけだが」

　そのあからさまな侮蔑《ぶべつ》の態度に、ムッと頬を膨《ふく》らませながらも葵は即答する。

「ド阿呆《あほ》。もう一度、事の経緯《いきさつ》を最初から読んでみろ？　その資料、まず、ありえねぇことの

デパートだぞ?」

眉を顰《ひそ》めながら葵は資料の冊子《さつし》を捲って目を通し始める。読み終わった葵は、不可解な顔で資料を机の上に置くと、

「別に、とくに違和感を抱かせる点などあるように思えないが?」

不機嫌そうに返答する。

「お前、マジで馬鹿だろ?」

十朱は、哀《あわ》れむような目で葵を見ながら、そんな身も蓋《ふた》もない感想を述べる。

「それはどういう意味だ!?」

噛《か》みつかんばかりの顔つきで尋ねる朝倉葵に、十朱は大きなため息を吐くと、

「資料にはその殺人犯の立てこもりに、特殊部隊が突入したとあるだろ? 現在、特殊部隊は皆、組織的凶悪犯罪や魔物の討伐《とうばつ》に駆り出されている。人の殺人事件なら、まずは所轄《しょかつ》の強行犯係か、警視庁の捜査一課が動く事案だ。それをいきなりすっ飛ばして特殊部隊? この人手不足の状況下では、まずありえねぇよ」

「し、しかし、今回の現場には経産省の大臣のご息女と香坂財閥《こうさかざいばつ》の御曹司《おんぞうし》もいたそうじゃないか。なら、警察の上層部が気を利《き》かせたってこともあるんじゃないのか?」

一応、葵のこの反論も筋は通っている。だが——。

「なら猶更《なおさら》、しっかり己《おのれ》が逮捕を命じましたとアピールをしなければ意味はない。なのに、特殊部隊に制圧を命じた部署がどこか一切書いてない。この状況下でこんな不完全な資料、上が

通すはずがないぜ。つまり――」

「突入を命じた部署を知られたくはないってこと？」

「ああ、しかも、六壬神課とかいうぽっと出の組織に協力を要請《ようせい》？　アホか！　面子《メンツ》第一主義の警察のお偉方《えらがた》がそんな臨機応変《りんきおうへん》な判断なんてできるものかよ！」

葵は眉を寄せて考え込んでいたが、思いついたように両眼をカッと見開き、

「ちょ、ちょっと待って。それって藤村秋人の逮捕に、警察以外の意思が絡んでるってこと？」

問題の本質を指摘《してき》する。

「そうだ。おまけに現在、藤村秋人を取り調べているのは、公安部だ。これはおそらく――」

通常の殺人事件は捜査一課の管轄《かんかつ》であり、公安が出張ることは特段の例外を除きありえない。仮にあるとすれば大きく二つ。テロリズムか、それとも――

「政界からの圧力だろうね。彼の自宅への執拗《しつよう》な調査からも、彼の保有するものが、奴らの利権に絡んででもいるのか。だとすると……」

ここで、一つの大きな疑問が生じる。同じ組織に所属したのだ。そこまでこの国が腐っているとは思いたくはない。だが、そうとしかこの状況を理解できない。

「で、でも右近様の推測《すいそく》が正しいなら、あの殺人って……」

ようやくその結論に行きついたのか。葵の顔から急速に血の気が引いていく。

「そう。それも政界の一部の者の意向ってことになりますね」

当然、警察上層部も承諾《しょうだく》済みだろう。そして――。

「まさか、六壬神課も？」

「遺憾《いかん》なことだけど、彼らも関与しているのはほぼ間違いない」

別にそう驚くことではない。元老院が腐っているのは昔からだけれど、六壬神課で最も大きな影響力がある星天将さえ真面《まとも》ならまだいくらでもやりようがあった。だが、藤村秋人の逮捕劇の実行部隊を指揮したのは、星天将の来栖左門。左門は、六壬神課でも絶大な発言力がある。もし左門が元老院どもの甘言に乗り、己の欲求を満たすため一般人を犠牲《ぎせい》にして藤村秋人を捕《ほ》縛《ばく》したのなら、もはや交渉《こうしょう》の余地などない。右近たちと六壬神課は決定的に決別することになる。

「で？　どうすんだ、右近さん？」

今まで散々《さんざん》似たような屈辱を味わってきたんだろう。鋭い犬歯《けんし》を剝《む》き出しにして尋ねる十朱からはいつ起爆してもおかしくないニトログリセリンのごとき迫力と危うさが感じられた。

「決まってます。戦争です」

「それは右近さんの身内と本気で事を構えることを意味するぜ？　いいのか？」

きっと十朱は試しているんだ。右近が今後我が道を預けるに値《あたい》する人物なのかを。

「愚問《ぐもん》ですよ。たとえ彼がホッピーでもない、ただの一般人であっても、こんな無法を認めたなら示しがつかない。たとえ親兄弟だろうと完膚《かんぷ》なきまでに叩き潰《つぶ》します」

にぃと満足そうに口の端を大きく吊《つ》り上げて十朱は、ソファーに腰かけたまま両腕を組むと瞼を閉じる。対して――

「待ってください！　右近様は、あの六壬神課を敵に回すおつもりですか⁉」

血相《けっそう》変えて疑問を口にする葵。

「ええ、そのつもりですよ」

「同じ陰陽師と戦うことになるんですよ⁉」

「もちろん、今回の件に関《かか》わりのないものまで粛清《しゅくせい》の対象にはしません。ですが、知って関与したものは徹底的に排除します」

「しかし――」

「葵、現在、私たちの生きる祖国は種族絶対主義の異能が溢《あふ》れる世界へ舵《かじ》を切っているのです。そして我々陰陽師は約１５００年の長きにわたり、その異能の力を研鑽《けんさん》してきた一族。我らには混沌《こんとん》とし始めたこの世界を導く調律者《ちょうりつ》としての使命があるのです」

「調律者……ですか？」

「ええ、調律者がいなければこの世界はまさに力絶対主義の救いのないごみ溜《た》めのような場所になってしまう」

「だから、煙《けむ》に巻かないでください！　その調律者って何なんですっ⁉」

「一切の私情や利己心《りこしん》を捨て去り、全種族に対しルールを決定、その遵守《じゅんしゅ》を強《し》いるものですよ」

ルールを決め、それを守ることを強いるものに我欲《がよく》はいらない。もし、調律者が私利私欲《しりしよく》に走ればそこに待つのは想像を絶する混沌だけだ。だからこそ、今のこの国の政治屋どもに種族特性と異能における調律者の役目を委《ゆだ》ねるわけにはいかないのだ。

「私情や利己心を捨てるって、それは我ら陰陽師の目的と真っ向から衝突しますっ！」

それはそうだろう。陰陽師にとって六道王への謁見《えっけん》は叶えなければならぬ至上命題。その目的のためならいかなる非道も許容するのが陰陽師の本質といっても過言ではない。だから、今回の六壬神課の方針は実に陰陽師らしいとすらいえる。

「それでも我らは変わらねばならないのです」

右近も陰陽師。六道王に近づきたい気持ちはある。だが、そもそもこの変貌《へんぼう》した世界を作ったのは六道王の一柱《ひとはしら》の可能性が極めて高い。いわば、既に六道王の腹の中にいる状態なのだ。ならば下手に外部へのアクセスを求めるよりも、この世界で確たる秩序を確立してから、その上で広く研究を行う方がよほど生産的だし、至高の頂《いただき》へと到達する道も見えてくるだろう。

そう。これはただの戦いではない。陰陽師という一族の根幹をめぐる戦い。絶対に敗北は許されぬ性質のものなのだ。

「そんなの陰陽師の誰も賛同しませんよ！」

もっともな葵の意見は、

「お邪魔いたしやす」

突然飛び込んできた声により遮《さえぎ》られる。まるで発条《ばね》仕掛けのように十朱がソファーから立ち上がると、重心を低くして構えをとる。その顔にはいつもの傲岸不遜《ごうがんふそん》の十朱らしからぬいくつもの玉のような汗《あせ》が浮き出ていた。その視線の先にいたのは、痩せ細った体躯《たいく》に丸いサングラスをした男と、ハットを被り顔を含めて全身を黒色の包帯で巻いた上にスーツを着込んだ屈《くっ》強《きょう》そうな二人の男。

「君は？」

カラカラに渇《かわ》いた喉《のど》でそう言葉を絞り出す。陰陽師としての本能がこの目の前の男は危険だと全力で叫んでいた。その今にも膝《ひざ》が折れそうな圧迫感の中、

「あっしは藤村秋人の忠実な配下の一柱《ひとり》、鬼沼。今はそう名乗っておりやす」

左手で帽子をとると胸に右手を当てて芝居《しばい》がかった台詞を吐く。同時に他の二人の男たちも鬼沼にならいハットをとって一礼する。

正直、彼はお世辞《せじ》にもまっとうな人間には見えない。というより、今まで会った誰よりも化け物然としている。藤村秋人はこの怪物を支配しているのだ。もしかしたら、右近はとんでもない勘違《かんちが》いをしているのかもしれない。藤村秋人、もしかしたら彼は――。

「どんな要件で？」

このタイミングでの登場だ。聞くまでもないかもしれないが。

鬼沼は右手の人差し指のやけに長い爪《つめ》で頭をカリカリと掻きながら、

「情報提供でやんす。信じるも信じないもお前さんたちの勝手。せいぜい、利用してくんなせぇ」

茶封筒を近くの机に放り投げると、背を向けて歩き出す。

「待ってくれっ！」

「なんです？」

背中越しに振り返る鬼沼の蛇《へび》のような両眼に貫《つらぬ》かれ思わず息が止まる。

「君は、いや、君たちは人類の敵か？」

右近の疑問に鬼沼はカラカラと笑うと、

「さあ、それはどうでしょうねぇ。ですがそれはきっとお前さんたち次第でやんしょう」

やはり否定はしないか。その発言はこの男が自分は人類ではないと言っているに等しい。

今度こそ鬼沼は二人の大男を従えて、部屋を退出する。

まるで金縛《かなしば》りが解かれたように十朱が部屋の扉を勢いよく開けるが、そこには人っ子一人いやしなかった。

「右近様、彼は？」

葵が床に両膝をついて真っ青な顔でそんな右近にもわからぬことを尋ねてくる。

「今のところ、敵ではないんでしょうね」

その圧迫感だけで十朱ですら、床に縫い付けるような相手だ。敵にだけは回してはならない。心の底からそう思う。

「彼は宝石店、七宝《しっぽう》の店主ですよ。結構問題がある店で何度か通報があって事情を聴きに行ったことがある。ま、違法スレスレで決して尻尾《しっぽ》は見せませんでしたがね」

坊主《ぼうず》頭の不動《ふどう》寺《じ》刑事が顎を右手で摩りながら口にする。

「あ、あれが、人？　いやいやー絶対に、あり得ない！」

葵が慌《あわ》てたように右手を左右に振る。

「そうは言っても事実だしなぁ」

困惑《こんわく》気味に答える不動寺刑事に赤峰刑事が、

「それより今は彼の持ってきたその中身を見るべきでは？」

建設的な提案をしてくる。

「そうですね」

右近は席を立ち、封筒を掴むと中から資料を取り出して目を通す。

◇◆◇◆◇◆

暗い沼の底にあった意識が浮上していくような独特な感覚の中、雨宮梓《あまみやあずさ》が瞼を開けると、そこはいつもの梓の自室の天井だった。

『よかったのじゃ。無事、気色悪いものは全て除去できた』

梓のお腹《なか》の上でチョコンとお座りしている黒色の子猫が視界に入る。

「子猫？」

キョトンとして尋ねると、

『うむ、こうして話すのは初めてじゃな。妾《わらわ》はクロノ、よろしくの』

梓の肩に飛び乗ると頬を擦《こす》りつけてゴロゴロと喉を鳴らしてくる。

「よ、よろしく」

寝起きのせいか、ボーとしてまだ頭が上手《うま》く働かない。人語を解する子猫の登場も非現実性

を助長し、梓から正常な判断能力を奪っていた。

『うむ、マイエンジェル、経緯は覚えているかの？』

「ん……先輩と冬コミに行って手を繋《つな》いで帰って、そして先輩に告白――」

急速に顔が紅潮《こうちょう》していくのがわかる。同時に新たな事実も思い出してくる。

そうだ。先輩に告白した直後、秀樹《ひでき》と家の前で話したんだ。あのときの秀樹は明らかに変だった。まるで何かに取り憑《つ》かれたかのようで、必死に彼から逃げ出そうとして……。

あの人間とは思えぬ恐ろしい形相《ぎょうそう》の秀樹に襲《おそ》われた光景をはっきりと思い出し、全身の血液が冷たくなっていくのを自覚する。

「あれから、何があったの⁉」

『心配は無用じゃ。理由はわからんが、洗脳中そなたはあの下郎《げろう》と距離をとっておった。もしかしたら、そなたの潜在意識があのクズ虫を拒絶していたのやもしれぬ』

「せ、洗脳？　ごめん、話についていけない」

不吉な感じは頗《すこぶ》るするけど。

『うむ、そなたは香坂秀樹というあの薄汚いクズ虫に操《あやつ》られておったのよ』

「あ、操られていた⁉」

『うむ、じゃが、安堵《あんど》せよ。クズ虫に洗脳の自覚がないことが幸いしたの。あやつ、そなたの無意識の拒絶にまったく気づかず、自分の世界に浸《ひた》ってそなたには殊更《ことさら》手を出してこなかったのじゃ。一応、エンジェルに憑依《ひょうい》しそなたの記憶を覗《のぞ》き見させてもらったが、純潔はもちろん、ファーストキスも誰にも奪われてはおらぬ。心身ともに清いままじゃ』

得意げに胸を張る子猫に、梓にとって最も重要なことを思い出す。

「ちょっと待ってじゃあ、ボクの先輩への告白は⁉」

『それは……今回は諦めよ』

「今回は諦めろ⁉　それはどういうことだいっ⁉」

冗談じゃない。先輩にどれほどの決意で告白したと思っているんだ。なかったことになどされてはたまるものか。

『あれから色々あったのでな。今、アキトはそんな浮《うわ》ついたことなど考えられぬ状況に置かれておる。あやつが戻ったらもう一度改めて告げるのじゃな』

黒猫の言葉に先ほどとは比較にならない悪寒《おかん》が背骨をせり上がってきて、

「せ、先輩に何かあったのっ⁉」

血相を変えて尋ねていた。

子猫は器用に腕を組むと、少しの間唸《うな》っていたが。

『そうじゃな。今後そなたに協力してもらいたいこともある。教えてしんぜよう。ただ、心を強く持って聞くのじゃぞ』

「う、うん」

強烈な不安を紛《まぎ》らわすかのように何度も頷く。

『アキトの奴は坪井《つぼい》とかいう会社の同僚と警備員の殺害を理由に警察とやらに捕縛されたまま

じゃ。おまけに、そなたはその殺害現場に偶々《たまたま》居合わせて、アキトから暴行を受けようとしたところを恋人の香坂秀樹に守られた。そういうことになっておる』

「あはは……なんだい、それ？　意味がわからない」

カラカラの喉から出たのは否定の言葉と乾いた笑い声。坪井という人には覚えがある。あの怖そうな人だろう？　先輩が彼女を殺した容疑で逮捕された？　秀樹が梓の恋人で、乱暴しようとする先輩から秀樹に守られた？　全てがあまりに梓の認識と乖離《かいり》しすぎている。信じられるはずがない。

『奴らはイカレておる。そなたの洗脳が解けていると知れば、きっとまた危害を加えてこよう。じゃから、今後もあの秀樹とかいうクズ虫との恋人ごっこを続ける必要があるのじゃ』

「恋人ごっこなんてやだよ。ボクが好きなのは先輩だけだもん！」

たとえ演技でも先輩以外の人の恋人なんて絶対にやだ。

『我《わ》が儘《まま》言うでない。あやつに再び囚《とら》われれば今度こそ戻れぬかもしれぬ。アキトと――あの唐変木《とうへんぼく》と一緒にいたいのじゃろ？』

黒猫はまた肩の上に乗り、梓に愛《いと》しそうに頬ずりをする。

「うん……」

『ならもう少しの辛抱《しんぼう》じゃ。直《じき》に今のこの事態はあの唐変木の手により終息する。それまで妾の言いつけを守り、いい子にしておるのじゃぞ』

諭《さと》すような口調で黒猫はそう梓に指示をする。

「うん」

黒猫は梓の返答に満足そうに頷くとその姿を消失させた。

誰もいなくなったベッドで、羽毛布団《うもうぶとん》を頭から被る。今は何も考えられない。いや、考えたくない。ただ、今はあり得ない現実を忘れて、泥《どろ》のように眠っていたかった。

(アキト先輩、会いたい。会いたいよ)

先輩の顔が見たい。先輩と手をつなぎたい。頭を優しく撫《な》でてもらいたい。

(アキト……先輩)

アキト先輩の名を口にしながらも、梓が瞼を閉じるとその意識はストンと眠りの中へ落ちていった。

◇◆◇◆◇◆

先輩が逮捕されてから数日が過ぎた。

烏丸和葉ネットアイドル化計画については、忍さんと和葉が知り合いの音楽関係者のもとに足を運んだ結果、遂《つい》に天才作曲家である阿久津依琉馬さんを見つけて、現在進行中だ。

ちなみに和葉はまだ学校が終わっていなかったが、先輩の妹さんが通っている学校ということで校門前にはマスコミが張り付いている。『イノセンス』が先輩と密接な関係にあることもマスコミ的には周知の事実であり、和葉は最悪の形で世間の目に晒《さら》される危険性がある。故に、忍さんは、この騒ぎが沈静化するまで和葉たちに学校を休ませている。そんなこんなで和葉は依琉馬さんと音楽の制作に専念し、本日中には収録が終了するらしい。

　このように和葉ネットアイドル化計画は順調に推移《すいい》しているのに対し、雫《しずく》たち阿良々木《あららぎ》電子殺人事件チームは完璧《かんぺき》に暗礁《あんしょう》に乗り上げていた。坪井主任の遺品を持っていると思われる先輩が拘束《こうそく》されている場所が不明だったのである。

　そんなとき、自宅の家のポストに入っていた一枚の茶封筒。宛先《あてさき》がない封筒の中にはある地図が入っていた。罠《わな》かもしれない。でも、もしこの送り主が敵ならこんな回りくどいことせずに、直接捕らえにきているはず。ならば、賭《か》けてみるだけの価値はあると思う。

　地図にあった場所は霞が関の四階建ての新しい建物。そこの内部を隠密《おんみつ》の能力をフル活用し虱潰《しらみつぶ》しに探していく。

　狩衣《かりぎぬ》のコスチュームを着ている者たちが小鬼を生み出す術の研究を行う部屋や、魔物のホルマリン漬《づ》けの保存部屋、何かの解体場などお世辞《せじ》にも趣味が良いとは言えない施設ばかりが入っていた。そして、四階建ての建物の最上階へと到達する。

　そこは生活感皆無《かいむ》の座敷牢《ざしきろう》。その最奥《さいおう》の一際厳重な扉を【大怪盗】の能力で楽々開錠し、中に入る。そこは伽藍洞《がらんどう》な室内にガラス張りの天井。

「え？」

　そして中心には椅子《いす》に括《くく》りつけられた人型の何か。それをはっきりと視認し、口から飛び出る間《ま》の抜けた声。当然だ。椅子に雁字《がんじ》搦《がら》めにされた人型は燦々《さんさん》と照りつける太陽により、今も体表から炎を上げて燃え上がっていたのだから。

「キタカ」

咽喉《いんこう》から渦巻《うずま》く煙のように洩《も》れ出る声。その掠《かす》れた声色を耳にしただけで、その人が誰だかすぐにわかった。当然だ。それは今最も雫が会いたかった人物だったのだから。

「アキト先輩！」

悲鳴のような叫び声を上げて駆け寄ろうとするが、床にカチャリと落下する金属。

「ソレヲモッテイケ。オレハモウスコシココニイル」

そしてアキト先輩は静かにそう告げる。

「で、でも――」

「ハヤクイケ。モウジキ、ヤツラガクル」

先輩とは思えぬ強い口調で指示され、金属を拾い上げる。

「これは鍵？」

この不可解な状況に対する疑問や先輩がこの世界からいなくなるかもしれないことへの恐怖と焦燥《しょうそう》。こんなひどいことをした奴らへの怒りと憎悪などで頭が熱く腫《は》れ上がったように痛くなる。

「ハヤクイケ!!　ツボイヤオヤッサンノムネンヲハラセルノハオマエダケダ!!」

そんな中、先輩の両眼が見開き雫へ強く、諭すような言葉が叩きつけられ、雫は鍵をポケットに入れると転がるように部屋を飛び出す。

部屋を出てから、階段を全力で駆け下りる。

――悔しい！　あんな状態の先輩を置き去りにせざるを得ないことが！

――許せない！　あの優しい先輩に拷問《ごうもん》のようなことをする奴らが！

それでも雫は先輩から託《たく》されたのだ。是《ぜ》が非《ひ》でもやり遂《と》げねばならない。みっともなく流れる涙を拭《ぬぐ》いながら、駆け出た一階のロビーで全身を黒色の布で覆《おお》った小柄な男に遭遇《そうぐう》する。男は『怨《おん》』の印《いん》が刻《きざ》まれた黒色のマスクをし、その眼光は赤く鋭利《えいり》なナイフのように鋭かった。

その姿が網膜《もうまく》に映った途端《とたん》、強烈な焦燥が嘔吐《おうと》のごとく幾度《いくど》も襲ってくる。

（こ、こいつ、普通じゃない！）

多分、敵対組織の戦闘専門の職員だ。目に留めただけで、自然に身が竦《すく》み、その紅《くれない》の瞳《ひとみ》を見ただけで身体《からだ》に小さな震えが走る。

（大丈夫、まだ気づいてない）

【大怪盗】の能力により、気配と姿は消している。過剰《かじょう》に反応しなければ、無事に離脱できるはずだ。カラカラに渇く喉を唾液《だえき》で潤《うるお》し、念のため壁際まで移動しゆっくりと前進する。

黒マスクの男は一瞬こちらを見たが、すぐに正面のエレベーターの方へ歩いていく。

よし、どうやら、やり過ごした。ほっと胸を撫で下ろした。そのとき――けたたましくベルが鳴る。足元を見ると、右足のところに魔方陣のようなものが出現していた。

（ト、トラップ!?）

息を呑《の》んだそのとき、眼前に出現する黒マスクの男。

「え？」

その挙動を認識すらできない。その事実に頭が追いつかず、驚きの声が口をついて出る。

「兎《うさぎ》カ」

黒マスクの男はニィと口角《こうかく》を上げると、右手を伸ばしてくる。

「くっ⁉」

逃れようとバックステップしかかるが、右腹部を横殴りされて視界が高速でぐるりと移り変わる。ガラスを突き破り、路上に放り出された。衝撃で呼吸ができず、必死に肺に空気を送り込みながら、慌てて立ち上がる。

「狩りの時間ダ」

黒マスクの男の声が背中から聞こえる。振り返らずに雫は走り出した。


黒マスクの男から放たれた無数の黒い雷《いかずち》の猛虎《もうこ》に対し、必死に火遁《かとん》の術を発動する。生じた炎は雷の虎《とら》に触れるとあっさり消し飛ぶ。そして、雷の虎が雫の左腕を掠《かす》める。たったそれだけで、焼け火箸《ひばし》に貫かれるような痛みが走った。

「ホラホラ、逃げロ、逃げロ」

その弾《はず》むような愉悦《ゆえつ》の声から察するにすぐに勝てるのに遊んでいるんだろう。相手は明らかに格上だが、一応逃走劇が成立しているように見えるのは、奴が実力を見せていないからに他ならない。奴がその気になればすぐに仕留《しと》められる。

（どうせ逃げられないのなら！）

黒い雷の猛虎を身を捻《ひね》って避《よ》けながらポケットから財布《さいふ》を取り出して鍵を小銭入れの中に入れる。これはいわば賭けだ。敵に警察がいる以上、もし成功しても回収される可能性が高い。仲間たちの手に渡る確率は低い。でも、もし、以前の黒短髪の捜査員のような人に渡れば、きっと仲間たちのもとへ届けてくれる。

雷の虎を避けると同時に近くのコンビニのポストの方に転がり、『煙幕《えんまく》の術』を使用して視界を遮る。そして、ポストに財布を放り込んだ。

「今のはなかなかヨカッタゾ。だが、無駄ダッタナ」

黒マスクの男に胸倉《むなぐら》を掴まれて持ち上げられる。そして、伸びる黒マスクの男の右の掌《てのひら》。

それが雫の顔に触れて意識はプツリと切断される。

◇◆◇◆◇◆

背広姿の眼鏡《めがね》をかけた男が俺の胸倉を掴むとぶんぶん揺らす。

「お前が盗んだ氏原《うじはら》議員の宝石はどこだっ！」

またこの質問か。そもそも氏原っていう奴にお目にかかったこともないのだ。俺には全く心当たりがない。昼間はあのありがたい日光浴。夜はこの尋問《じんもん》だ。普通の奴ならとうの昔に精神が壊れていることだろう。だが、生憎《あいにく》俺の心ってやつはそんな繊細《せんさい》にできちゃいねぇ。というか、先に音《ね》を上げそうなのはむしろ、あちらさんだしな。それに俺が巻き込んで坪井や勘助《かんすけ》のおやっさんを死に追いやった。この程度の苦痛などむしろ望むところだ。

ともあれ、おやっさんや坪井を殺した奴には、地獄を見せる必要もある。しかも、何一つ失わずにだ。こんなクズどものために俺が何かを諦めねばならんなどそれこそあり得ん話だし。

「俺にはその宝石も、その偉い議員先生にもまったく心当たりがねぇんだがな」

「嘘《うそ》を言うなっ！」

ステンレス製の灰皿で俺の横っ面《つら》を殴るが、まったく痛くも痒《かゆ》くもない。むしろベコンと灰皿の方が歪《ゆが》んだ。その現実にさらに捜査員の額《ひたい》に太い青筋《あおすじ》が立つ。さっきから、ずっとこの非生産的な行為の繰り返しだ。素人目《しろうとめ》にもこいつらのやり方は捜査官の職務を逸脱《いつだつ》している。それにこいつらは俺が燃やされていることに気づいている。今のご時世、灰皿が置いてある時点で正規の取調室であるまいし、人外《じんがい》といえども拷問まがいの日光浴など許容する警察組織などありはしない。少なくともまっとうな命令を受けての尋問ではないことは明らかだろう。

それにしても宝石か。正直まったく見当もつかない。当初魔石のことかと思っていたんだが、どうやらそうでもなさそうだ。

「そろそろ、取り調べは終わりの時間だろ？」

舌打《したう》ちすると、捜査官は乱暴に扉を開けて外に出て行ってしまう。代わりに部屋に入ってくるのは、黒服の小柄な男。たしか、刑部雷古《おさべらいこ》とか名乗っていたな。

こいつ、相当なドSのようで俺の日光浴を頻繁《ひんぱん》に眺めていたが、大して俺が堪《こた》えていないことを知ると、様々な拷問を敢行《かんこう》してきた。だが、正直日光浴の方がよほど俺に苦痛を与えたし、何より、あの【無限廻廊《かいろう》】では生きたまま齧《かじ》られるなどざらだった。だから、結局、俺に毛ほどの動揺も与えられなかった。それ以来、奴は俺への興味を失い今に至る。

「無痛男メ。出ロ！」

こいつ、俺を無痛だと勘違いしているようだが、一応痛みはしっかり感じているぞ。ただ、慣れてしまってグロイのを含めて我慢《がまん》ができるだけだ。取調室を出ると、その建物の最上階に連れてこられる。そして、いつものように、天井がガラス張りとなった部屋の真ん中にある椅子に縛りつけられた。

（そろそろ夜明けか……）

日が昇り、俺の肌《はだ》が焼け、いつもの心地よい痛みが全身をくまなく走り抜ける。どうやら、吸血鬼にとって日光は最大の敵らしく、陽《ひ》に当たっていると思考が著《いちじる》しく低下し、ほどなく休眠状態となるので、当然高度な考察などは困難になる。取り調べ中も捜査員と会話し、可能な限り情報を収集することにしているから、この僅かな時間が俺の本事件の考察の時間となっていた。

奴らの会話から推測するに、俺が連れてこられたのは留置所ではなく、四陣相応《しじんそうおう》とかいう建物。逮捕されてから3日などとうの昔に過ぎ去っている。本当なら検察に移送されているはずなのに、検事とは取り調べどころか、一度も面会していない。代わりに、この建物で警察と思《おぼ》しき連中から非人道的な取り調べを受け続けている。そして、その取り調べの内容は殺人事件ではなく、一個の宝石の所在について。およそ信じられないが、奴らの執拗さからいってこの愚行《ぐこう》に及んだ理由はその宝石なんだと思う。俺を犯罪者に仕立て上げ、この施設に閉じ込めて宝石の在《あ》り処《か》を無理矢理聞き出す。そのために坪井や勘助のおやっさんを殺し、この悪趣味な日光浴や拷問まで敢行しているわけだ。

とりあえず、今回の件の黒幕の一人はその氏原議員なのは間違いない。そして、阿良々木電子での殺人事件であったことからも、同僚社員が絡むのはほぼ確実だろう。最も怪《あや》しいのはあの上野《うえの》課長。あとはあの絶妙なタイミングで出現した香坂秀樹と、研究開発部の部長と赤髪の新入社員かな。

雨宮は……正直よくわからない。だが、あの取り乱しようからいってあまり考えたくはないが、事件と一定の関係はあるんだと思う。だが、少なくとも香坂秀樹たちとは異なり、あの結果を望んではいなかった。それは間違いないと思う。

そしてその具体的な犯人捜しについては、数日前に一ノ瀬《いちのせ》に渡した資料が役に立つだろう。一ノ瀬には【大怪盗】の能力があるし、よほどのポカをしない限り、無事逃げきれたはずだ。

短い付き合いだが、あいつらは優秀だ。あいつらなら、きっとあの事件の真相を解き明かし、坪井と勘助のおやっさんの無念を晴らしてくれる。俺はそう信じている。

はっ！　この俺が他人を信じるか？

「あり得んな」

少し前までならそれこそ絶対とりえぬ思考回路だぞ。自嘲《じちょう》気味に呟いたとき、

「何があり得ないのかな？」

黒髪を七三分けにした男が、部屋に入ってくるなり、興味深そうに俺に尋ねてくる。

こいつ、人間か？　今まで遭遇したどんな奴よりも嫌な匂《にお》いがする。そしてこれと同様の嫌な匂いをかなり昔に嗅《か》いだことがある。どこだったかな……。

「お前は？」

「私は氏原議員の第一秘書をしております久我《くが》と申します。どうぞお見知りおきを」

なんとなくわかる。宝石を望んでいるのは、氏原とかいう議員ではなく、こいつ自身だ。そして、刑部雷古を始めとするここの奴らも氏原とかいう議員ではなく、この久我と手を組んでいる。

「安い茶番はやめろ。お前、そんなのの下につくような奴じゃねぇだろ」

「ふーは、ふははっ！　実に面白《おもしろ》い方だ。その通ぉーり、あんな脳筋《のうきん》ゴリラなど、私の仕《つか》える主人ではありませんねぇ。我が主人は崇高《すうこう》にして素晴らしくイカレてる悪の王！」

「悪の王ね。大層じゃないか。一度お目通りしてみたいものだ」

勘助のおやっさんと坪井の受けた苦痛と恐怖、骨の髄《ずい》までたっぷり味わわせてやるために。

「させませんよ。直《じか》に会ってみて確信しました。ウイークポイントの日光により今も焼かれながらも、眉一つ動かさないその胆力《たんりょく》、その威風堂々《いふうどうどう》とした佇《たたず》まい。貴方は毒だ。しかも我が主人すらも膝を折りかねぬとびっきりの毒酒。それを献上《けんじょう》するなど私のような小心者にはとてもとても」

「なら、何の用だ？　まさか、挨拶をしに来たっていうほど暇《ひま》でも律儀《りちぎ》でもねぇだろ？」

七三分けは口の端を上げる。

「単刀直入にお聞きします。大井馬都《おおいばと》との戦闘で貴方はある石を得たはずです」

「さあてな。どうだったかな」

畜生……最悪だ。あの【荒魂《あらみたま》】とかいう宝石のことか。あれは雨宮に渡したままだ。あれがそんな面倒《めんどう》な代物《しろもの》だとは夢にも思わなかった。

「そうですか」

七三分けは満足げに頷くと、

「貴方、あれを誰かに渡しましたね」

「……何の話だ」

ちっ！　少し返答のタイミングが遅れちまった。

「うんうん、そうですか。渡しましたか。誰でしょうねぇ？　貴方の周りなら限られていますし。鬼沼さんに売却した？　いや、彼なら既に市場に出回っており我らが手にしているはず。それはない」

「おい！　勝手に話を進めんな！」

「だとすると、一ノ瀬雫さんか、烏丸忍、和葉さん親子でしょうか？　彼女たちに渡すとしたら、気を引くためでしょうが、資料では貴方にはそういうマメさはない。だとすると、一人しかおりませんねぇ」

完璧《かんぺき》に見抜いてやがる。雨宮の奴が素直に預けた宝石を渡せば、七三分けも無茶はしないはずだが、あいつ妙に律儀なところがあるしな。雨宮なら絶対に拒否する。どうする？　ここで動くか？　しかし、力押しでそれをすれば、俺は晴れて逃亡者。仮に俺の無実が証明されたとしても、俺はもうあの心地よい日常には戻れない。だからこそ、今回、一ノ瀬たちにこの事件の究明を任せたんだ。今俺が動けば一ノ瀬たちの行動に泥を塗ってしまう。

（アホらしい。考えるまでもないな）

俺が雨宮を見捨てる？　到底《とうてい》あり得ない選択だ。これは理屈じゃない。俺の本能のようなもの。なんかさ、最初に会ったときから雨宮ってどういうわけか放っておけねぇんだよな。

とりあえず、この七三分けを尋問し、全て吐かせるとしよう。俺を束縛《そくばく》する拘束具《こうそくぐ》を千里眼《せんりがん》で解析《かいせき》しようとしたとき――。

「これで全てのピースが揃《そろ》った。貴方は殊《こと》の外《ほか》危険だ。保険をかけられて本当によかった」

久我がパチンと指を鳴らす。

「グヌッ!?」

刹那《せつな》、太陽の光が数十倍にも増大し一瞬で俺の視界は真っ赤に染まり、思考は微睡《まどろみ》という深い深海へと沈んでいく。そんな俺の僅かに残存する意識の欠片《かけら》は、

「では、手筈《てはず》通り、捕らえた女を盾《たて》に彼を封じ込めてください。彼には全ての罪を背負ったまま死んでいただきます」

「わかっタ。任せロ」

二人の会話を捉《とら》えていた。

意識が戻るといつもとは異なる取調室だった。多分寝ている間に護送でもされたのだろう。それにしても、まだ生きているようで幸いだった。俺は不死身《ふじみ》ってわけじゃない。あのまま意識を失った状態で首を落とされでもしたら、死んでいた。

「起きたか！　では、調書をとるぞ！　坪井涼香《りょうか》と明石《あかし》勘助の二人を殺したのはお前だなっ!?」

いつもの調査官が俺に尋ねてくる。今回は以前と比較して奇妙なほど余裕満々の表情だ。

「宝石はもういいのかよ？」

「なんのことだぁ？　これは端《はな》から殺人事件の取り調べだ」

薄気味の悪い笑みを浮かべてはぐらかす捜査官。

「だろうな」

ただの窃盗《せっとう》容疑、しかも初犯でこんなに長期間身柄《みがら》を拘束することなどできやしないからな。

「もう一度聞くぞ。坪井涼香と明石勘助の二人を殺したのはお前だな？　あーそうだ、よく考えて発言しろよ。お前の返答一つで哀れな兎の運命が決まるんだからなぁ」

「哀れな兎？」

猛烈《もうれつ》に嫌な予感がするな。あの意識を失う直前、あの七三分けはなんて言っていた？

――捕らえた女を盾に彼を封じ込めてください。

まさかな。この国の警察組織がそこまで腐っているとは思いたくはないが。

「さあな。それは自分で考えろ」

捜査官は笑みを浮かべながら右手に持つキーホルダーを机の上に置く。

「そうか……」

どうやら最悪の予想が的中《てきちゅう》したようだ。このキーホルダーには見覚えがある。一ノ瀬のだ。こいつら、警察官として――いや、人としての道を大きく踏み外しやがった。もういいだろう。俺は仲間を犠牲にしてまで平穏《へいおん》な生活など欲しくない。

「わかったら、大人しく吐け！」

やかましく喚《わめ》く坊ちゃん刈《が》りの捜査官の男に両腕にしていた手錠《てじょう》を引き千切《ちぎ》ることで答える。

「は？」

間の抜けた声を上げる坊ちゃん刈りの捜査官の喉首を右手で掴むとそのまま立ち上がる。

「おい、放せっ！」

入り口近くの椅子に座っていた坊主頭の捜査官が激高《げっこう》して立ち上がろうとするが、左手で机の上に置いてあったPCを投げつけて悶絶《もんぜつ》させる。

「ひぃっ！」

口から泡《あわ》を吹いて倒れ伏す坊主頭の捜査官と入り口を挟《はさ》む形で座っていた茶髪の捜査官も悲鳴を上げて立ち上がり、部屋を出ようとする。それに椅子を足で蹴飛《けと》ばして頭にぶつけ、意識を刈り取る。

「さーて、尋問の時間だ」

坊ちゃん刈りの捜査官を俺が座っていた椅子に座らせる。

気を失っている同僚の二人を眺めながら顔を引き攣《つ》らせてカタカタと震えていたが、俺に目を向けると小さな悲鳴を上げる。

「単刀直入に聞く。一ノ瀬はどこにいる？」

「知らん！」

「なら、このキーホルダーの持ち主はどこだ？」

「知らん！　俺は上からそれを見せて尋問しろと指示されただけだ！」

ここにきて責任を擦《なす》りつけるか。こいつは『哀れな兎』と口走った。しかもキーホルダーを見せてだ。人質を盾にした脅迫以外にその言動を理解しようがない。要するにこいつらは少なからず知っているのだ。

「お前らは人としての道を踏み外した。だから、俺も一切の容赦《ようしゃ》はしない。もう一度聞く。お前らの言う『哀れな兎』はどこにいる？」

「知らない！」

後ろ髪を摑んで机に顔を叩きつける。

「時間がない。お前が白状するまで叩きつけ続ける。せいぜい手早くゲロッてくれ」

俺は尋問を開始した。

結局気絶するまで口を割らなかった。こいつらにそこまでの根性があるとは思えない。きっと、本当に必要以上の事情は知らされていなかったんだと思う。まあ、こいつらは所詮《しょせん》、使い捨ての駒《こま》。俺が七三分けでもそうするだろう。

坊ちゃん刈りの捜査官の胸ポケットから手帳を取り出して精査する。

「これで俺も晴れて犯罪者ってわけか」

こいつらは俺に拷問まがいの取り調べをしていた。まっとうな指揮系統にないのは明らかだ。だが、この手帳を持つ以上、こいつらが正規の警察官であることはほぼ確定だ。その捜査官への暴行傷害。いかなる理由があるにせよ間違いなく刑務所行きだ。それでも一ノ瀬や雨宮を見捨てるよりはよほどいい。何より俺が彼女たちを巻き込んじまったようなものだ。だから――。

「待ってろ、必ず助ける！」

そう自分に言い聞かせるように宣言すると、捜査官の上着をはぎ取って取調室を後にした。


その取調室は資料室の最奥にあり、多量の本棚に紛れて気づかれることなく部屋を出る。おそらく誰にも発見されずここを脱出するのは不可能。逃げるために、無関係の警察官たちにわずかでも危害を加えれば、俺もこの事件を仕組んだクズ野郎と同類に成り下がる。たとえ豚箱《ぶたばこ》行きが決定しても最後の誇りまで失うつもりはない。どうにかして逃げ切ってやるさ。こんな時のために迷宮にこもって鍛えていたわけだしな。

エレベーターの前に来たとき、

「やあ、藤村秋人君！」

陽気な声に振り返るとエレベーターの脇《わき》の階段から袴《はかま》姿の目が線のように細い男が右手を挙げながらこちらに向かって歩いてくる。その横の黒短髪に無精髭を生やした男を視界に入れただけで、全身のうぶ毛が逆立つのがわかる。

こいつはヤバイ。千里眼で確認すると全ステータス３０００オーバー。現時点では今の俺よりも強い。まあ、だからって負けるつもりは毛頭ないが。

「急いでいるものでね。止めるようなら排除させてもらう」

両手に力を入れて重心を低くする。白髪の袴の男はともかく、この短髪無精髭の男は相当な手練《てだ》れ。衝突すれば、俺もただではすむまい。だが、俺の目的はこいつらの制圧ではなく、ここからの逃亡。ならば、やりようなどいくらでもある。

「僕らが藤村君を止める？　十朱、私がそうしたら、君はどうする？」

心底《しんそこ》おかしそうに隣の短髪無精髭の男——十朱に問いかける。

「もちろん潰すぜ。たとえ右近さんでもな」

「ほらねぇ？」

肩を竦める白髪の袴の男、右近を押しのけるように、

「詳《くわ》しい話はあとよ！　一ノ瀬雫さんが拉致《らち》されたんでしょ!!?　私たちは彼女が囚われている場所を知っている！」

蠱惑《こわく》的なスーツを着た赤髪の捜査官、赤峰が俺にフード付きのコートを被せてくる。

「あんたら、どういう……」

本来、逃亡者の俺を捕まえるべきこいつらからの一ノ瀬の居場所を知っているという突然の激白。目を白黒させている俺の両手首にガタイの良い坊主頭の捜査官が手錠をする。

「ここから無事に出るためには演技が必要なものでね。しばらく我慢してくれ」

「いや、まったく意味がわからねぇんだが……」

「詳しい話は車で話す。とりあえず、今は大人しくついてきて！」

俺が混乱の極致にあることなど構わず、スタスタと歩き出す赤峰と不動寺。右近も軽薄な笑みを浮かべながらそれに続く。

「どうなってやがる？」

俺はそんな疑問を口にしながら後に続いた。


建物内では何度か他の捜査官に遭遇したが、右近の『光を嫌う兇悪《きょうあく》な異能犯罪者を護送中』という言葉を信じて碌《ろく》に調べもせずに素通りすることができた。警察官たちが右近の説明に素直に納得したことからも、少なくともこの人物は異能犯罪においては現在伏魔殿《ふくまでん》と化している警察組織の中で相当信頼されていることが窺《うかが》われる。

俺、赤峰、不動寺が駐車場に止めてあったバンの後部座席に乗り込むと、右近は笑みを消して俺に深く頭を下げて、

「私と十朱ができるのはここまでです。大して力になれず、すいません」

謝罪の言葉を述べてくる。この謝罪には複数の意味が含まれているんだと思う。

「いや、これで十分だ。ありがとうよ」

　こいつらにとって容疑者の俺を逃がすことがどれほどの禁忌《きんき》かくらい素人の俺でも知っている。下手をすれば身の破滅。こいつらは一ノ瀬のためにその危険を冒《おか》してでも協力してくれた。それだけでもう十分だ。

「一ノ瀬雫さんを拉致した刑部雷古は私の元同僚さ。徹底的に潰して結構だ。後始末《あとしまつ》は私たちの方で引き受ける」

「警察官がそんなこと言っていいのかよ？」

「私は元陰陽師、元より警察官ではないよ。それに奴は少々、道を踏み外しすぎた」

　一瞬、右近の瞳の奥に灯《とも》る光から察するに、俺に託したこの役目を一番担《にな》いたかったのはこの男だったんだと思う。

「わかった。引き受けよう。ことが終わったら必ず戻ってくる」

「ああ、タイムリミットは今から12時間。その間は私たちが君を尋問していることにして引き伸ばすよ。いいかい？　君はこんなところで終わっちゃいけない人間だ。全てが終わったら、酒でも飲んで今後のこの国のことについて語り合おう！」

　右近の発言に応じようと口を開こうとしたとき、

「右近様、これ以上は目につきます！」

　車の運転席に待機していた右頬に星の入れ墨のある赤髪の女が小声で右近を促《うなが》す。

「わかったよ。じゃあ、藤村君、いや、ホッピー、君の気の赴《おもむ》くままに行動したまえ！」

後部座席の扉が閉まり、車は走り出す。

暫《しばら》く無言だったが、右頬に入れ墨のある女は不貞腐《ふてくさ》れたような顔でこちらをチラリと見ると、

「おい、私はお前のような素人の力など信じない。今回こんな無謀《むぼう》な賭けに出たのも、同じ陰陽師として刑部家のやり方に我慢がならなかっただけだ。だから、私のやり方に従ってもらう」

強い口調でそう言い放つ。

「ふーむ、基本はそれでいいぞ」

刑部雷古はただの雑魚《ざこ》だったが、より強力な奴がいると厄介《やっかい》だ。俺の目的はあくまで一ノ瀬の救出であり、奴らを潰すことではないからな。

「君の性格からして、それは多分無理だと思いますよ」

俺の右隣に座る赤峰がボソリと意味ありげな発言をする。眼球だけ動かしてみると赤峰のその顔は激烈な怒りに満ちていた。そしてそれは不動寺も同じ。悪鬼《あっき》の形相で、握る両拳から血が滲《にじ》んでいた。ここまで現役警察官を激怒させるか。刑部家はマジで腐れ外道《げどう》らしいな。まあ、俺に拷問したような奴だから大して驚きはしない。それに、一ノ瀬という人質がいるわけだし、リスクは最小限に抑えた方がいいのも事実。今は成り行きに任せよう。

右頬に入れ墨のある女、朝倉葵の運転のもと、都市圏の郊外にある山の中に入っていく。巨大な屋敷の前に車を止め、降りるように指示してくる。

「ほう、大したものだな……」

下車すると朝倉葵が呪文《じゅもん》のようなものを唱《とな》え、俺たちの全身が煙のように消失してしまう。

「これはあくまで視覚遮断《しゃだん》の術。一度気づかれたり他者に触れれば効果は消失するし、そもそも雷古様クラスにはまったく効果がない。潜入したらすぐにターゲットを捜し出してくれ！そして保護したらすぐに脱出しろ！」

「わかっているさ。一ノ瀬を保護したらすぐに離脱するさ」

別に俺は好きこのんで戦いたがる戦闘狂ではない。目的が済んだら、すぐに退散するさ。

「じゃあ、行くぞっ！」

朝倉葵が歩き出し、俺たちもそれに続く。


「右近様からの書簡を預かっている。直接渡せと仰《おお》せである。雷古様にお目通りを請《こ》う」

門の前で黒色の和服を着た二人は葵を胡散臭《うさんくさ》そうに目を細めて見ていたが、

「入られよ！　くれぐれも粗相《そそう》のないようにな！」

門を開けると顎《あご》をしゃくる。部外者の俺から見ても明らかに格下扱いされている。

案の定、葵はギリッと奥歯を嚙みしめると、軽く頷き門をくぐる。俺たちもその隙に屋敷へ侵入した。そして捜索を開始し、やがてこの和風の建物にはマッチしていない実験室のような近代的空間に入った時、

「な、なんだこれは？」

俺は思わず疑問の言葉を発していた。当然だ。真っ白ないくつもの小部屋には人とも動物ともいえぬ者たちが押し込められていたのだから。

「彼らは元人間よ」

隣の赤峰の震え声がどこか遠くから聞こえたように感じる。あれが人間？　おいおい、嘘だろ？　幼《おさな》い子供までいるんだぞ？

「ぎひぃっ――――！」

そんなとき悲鳴が聞こえてきた。咄嗟《とっさ》に顔をそちらに向けると手術台のようなものに縛りつけられている黒髪の少女の前でダブダブの黒服に三角の頭巾《ずきん》を被った男が、メスのようなものを掲《かか》げていた。

「おがあさん！　だずげてぇ！」

その少女の助けを求める声が鼓膜《こまく》を震わせた途端、身体は自然に動いていた。

窓ガラスをぶち破り、そのメスのようなものを握る右手首を掴み、スキル――【チュウチュウドレイン】により血液を吸い上げる。

「はひ？」

三角頭巾の男は干からびた右腕を茫然と眺めていたが、顔を上げて俺と視線を合わせ、悲鳴を上げる。その顔面に俺は右拳をぶち込んだ。数回転し壁に衝突して、ピクピクと痙攣《けいれん》している三角頭巾の男を目にして、そいつの隣で偉そうにしていた太った黒服の男が、

「ひぃいいぃいぃいぃっ!!?」

絶叫を上げる。それと同時に俺はその上司と思しき太った黒服の男の後頭部を鷲摑《わしづか》みにして床に顔面を叩きつける。グシャッと潰れる音。そして、左手でその胸倉を摑んで持ち上げる。

「そいつと違って手加減はした。答えられるはずだ。これはなんだ？」

「ぎざま――」

右手で奴の左腕を叩き折ると耳を劈《つんざ》くような悲鳴を上げる。

「いいか。聞いたことにだけ答えろ？　これは何だ？」

「我らにごんなごとをして、ただですむと――」

俺は男の全身を右拳で連続的に殴る。たちまち、肉だるまが出来上がる。

「や、やべでぐれ……」

既に原型すらとどめない顔を涙と鼻水で濡《ぬ》らしながら、懇願の言葉を吐く。救えない。こいつらはとことん救えない。獰猛《どうもう》で抗《あらが》えぬ憤怒《ふんぬ》のままに、

「もういい。死ね」

肘《ひじ》を振り絞り、右拳を渾身《こんしん》の力で振り抜こうとしたとき、

「駄目よ！」

赤峰が俺の右腕にしがみついていた。

「放せぇ。今の俺は少々気が立っている」

赤峰を睨《ね》めつけるように見つめ、自分でもぞっとする声で威圧《いあつ》する。赤峰は喉を鳴らすも、

「子供の前で人を殺す気っ!?」

大声を張り上げる。

「子供？」

顔だけ向けると、涙目でこちらを眺めている両腕から翼を生やした幼い少女が視界に入る。

「君がその子の前で人を殺せば、こいつらと同類になる。それでもいいのっ⁉」

よほどひどい顔をしていたのだろう。怯《おび》えた表情でこちらを見ている少女の姿に、急速に怒りが引いていき、代わりにどうしようもない無力感と脱力感のようなものが襲ってきていた。

「俺も……同類か」

「君は子供たちのヒーロー、ホッピーでしょっ！　一度引き受けた役回りなら最後まで演じ切りなさいっ！」

「はっ！　好きで演じたわけじゃねぇよ。だが、赤峰、お前の言う通りだ」

そうだったな。たとえそれが俺にとって不本意であっても、その名を名乗ったのは俺だ。ならば、俺には餓鬼《がき》どもの期待に応《こた》える義務がある。

太った男を床に放り投げると、アイテムボックスから狐《きつね》の仮面を取り出し装着する。

そして、少女の傍《そば》に行き、その両手両足を拘束していた紐《ひも》を引き千切る。

「脅《おど》かしてごめんな。もう大丈夫だ」

安心させるべくそっとその小さな頭を撫でる。少女はきょとんとした顔で俺の顔を眺めていたが、ジワリと涙を浮かべて、俺に抱きついて泣き出してしまう。俺は少女の背中を優しく叩きながら、

「それでこれは？」

再度、先ほどの疑問を赤峰と不動寺に繰り返した。

「ここは星天将の一人、刑部雷古の実験場。どうやら、拉致してここでキメラ合成の実験をしていたようでやんすな」

背後から聞こえた声に振り返ると、見知った蛇野郎が五右衛門と大柄《おおがら》な二体の黒服とともに佇んでいた。

「鬼沼、どうしてお前が？」

こいつら今まで全く気配すら感じなかったぞ。こいつ本当にあの鬼沼か？

「もちろん、我らが主《あるじ》のために馳《は》せ参じた次第でやんす」

普段同様、白々《しらじら》しくはぐらかすのみ。だが、回復能力のある五右衛門がいるなら話は早い。

「五右衛門、お前、こいつらを元に戻せるか？」

「殿の命とあらば是非《ぜひ》もなし！」

五右衛門は跪《ひざまず》き頭《こうべ》を垂《た》れる。

「頼む。赤峰、不動寺、あんたらは五右衛門とともにこの施設を制圧してくれ！」

「君は……いや、聞くだけ野暮《やぼ》だな」

不動寺が肩を竦めながら親指を立てる。

「この人たちは私たちに任せて！」

赤峰も大きく頷いた。

「我らが導き手よ！　貴方の気のすむようになさいませ！」

恭《うやうや》しく鬼沼が俺に一礼すると、他の二人の屈強な黒服たちも跪き頭を垂れる。

もう我慢は必要ない。俺から自制を取り去ったのは奴らの方だ。だから、徹底的に潰してやる。もちろん、ヒーロー、ホッピーとしてな。

俺は建物の外に向けて駆け出した。

◇◆◇◆◇◆

畳《たたみ》、天上、壁、全てが気味の悪いほど黒色で塗り潰されている和式の部屋。

そこの座布団《ざぶとん》の上に胡坐《あぐら》をかいている、全身黒色の衣服に黒マスクを着けた小柄《こがら》な男が、上司である久坂部右近の手紙を放り投げると、瞬時に黒炎を上げて一瞬で炭化する。

「ほう、右近ノヤツ、よく嗅《か》ぎ付ケタモノダナ」

不気味な笑みを浮かべ、鼻で笑いながらそんな感想を口にする。

「い、一般人を攫《さら》ったことを……認めるのですか？」

そのあまりに衝撃的な証言に内心、強い動揺を覚えながらも葵は尋ねていた。それはあの資料にあった事柄が真実であると認めることになるのだから。

あの資料にはこの目の前の男、刑部雷古が一般人を拉致し、悪趣味な人体実験を行っているとあった。葵は陰陽師。だから、陰陽術の極致たる六道王の眷属への謁見が叶うならば、非道に手を染めることも厭《いと》わない。そのつもりでいる。だが、流石《さすが》に物事には限度というものがあるのだ。人体でのキメラ合成は陰陽師でも数少ない禁忌中の禁忌。バレれば刑部一族は全陰陽師の敵となり、家自体取り潰しにあうのだから。

「アア、沢山《たくさん》イルゾ？　だからそれがドウシタ？　お前がこの俺を止めテミルカ？」

「ご、ご冗談を……」

ここで、この男と敵対すれば確実に葵は死ぬ。しかも、楽に死ねるならよほど幸せだ。最悪、キメラの実験材料になる。それだけは御免被《ごめんこうむ》る。

「そう怯エルナ。冗談ダ。今は右近とまでモメルツモリハナイサ」

ほっと胸を撫で下ろす。

「では、手紙にあった一ノ瀬雫の解放は？」

「その話はベツダ。あの特殊な能力を有する女は絶好のキメラの材料にナリウルカラナ」

「わかり……ました」

悔しそうに下唇《くちびる》を嚙む。もちろん演技だ。ここまではむしろ予想の範疇《はんちゆう》。この悪趣味な男が一度手に入れた玩具《おもちや》をおいそれと手放すわけがない。特に一ノ瀬雫には非常識な隠密能力がある。それがこの男の琴線《きんせん》に触れないわけがないのだ。それに、話しぶりからいって今のところ一ノ瀬雫が無事なのがわかった。あとは、藤村秋人が無事保護するのを期待するしかない。

突如《とつじよ》、凄《すさ》まじい破砕《はさい》音と地響きが起こり、建物が大きく揺れ動く。

(ちょ、ちょっと待ってよ！)

「何事ダ？」

不快そうに眉を動かし、襖《ふすま》の近くで控《ひか》えている黒装束《しょうぞく》の男に尋ねたとき、外からいきなり頭から血を流した金髪の男が部屋に転がり込んでくる。その顔にあったのは濃厚な恐怖の表情。

「そ、そ、そととッ！」

外に人差し指を向けると、必死に口を動かそうとするが、上手く言葉を紡《つむ》げない。

「だから、何事ダトキイテイル⁉」

怒声を上げると、

「狐仮面の男が攻めてきましたぁっ！」

裏返った声で返答した。仮面の男？　右近様は藤村秋人を狐の面を被ったヒーロー、ホッピーと見なしていた。だとすると、藤村秋人が暴れているのか？　だとしたら、台無しだ。全て台無しだ。これでは葵が逃げ延《の》びることすら叶うまい。

「貴様、裏切ッタナ！」

憤怒に顔を歪めながら睥睨《へいげい》してくる雷古に、背中に冷たいものが走り、バックステップで逃げようとするが、胸倉を掴まれて持ち上げられる。

「ご、誤解です！」

「誤解ダト？　ならなぜ逃ゲタァ⁉」

「それは咄嗟に――」

「き、来やがったぁぁ――――ッ！」

雷古と葵とのやり取りに視線すら向けず、金髪の男が廊下を指さし、金切《かなき》り声を上げる。

「……」

雷古が眼球だけを廊下に向けたとき、何かが前を横切り、葵の身体は床に放り出される。何とか受け身をとって咳《せ》き込みながら上半身を起こすと、狐仮面の男が雷古の右手首を掴んで目と鼻の先で猫背《ねこぜ》気味に見下ろしていた。

「貴様ワァ——」

「喚くな。鬱陶《うっとう》しい」

左拳が雷古の鳩尾《みぞおち》に食い込み、くの字に身体が曲がる。それを狐仮面の男は右足で無造作《むぞうさ》に蹴り飛ばした。弾丸《だんがん》のような速度で襖を次々に突き破り、木製の壁を突き破り、上半身をめり込ませる。

「立てよ。手加減したからな。大して効《き》いちゃいないはずだ」

「許サヌ……ムシゴトキガァッ！」

雷古は壁から這《は》い出ると、血走った目で狐面の男を見据《みす》える。途端、雷古の容姿が異形のものへと変貌していく。背中に二枚の漆黒の翼が生え、瞳が赤く染まって瞳孔《どうこう》が縦《たて》に割れる。そして長く鋭い爪に、額から生える二つの大きな黒い角。

（あれは、悪魔種!?　あんなのに勝てるわけないッ！）

あの外見は十中八九、悪魔種。悪魔種は六道王の一柱《ひとはしら》絶望王の眷属。その強さは文字通り人間とは次元が違う。しかも、あの星天将の刑部雷古が悪魔種に種族進化しているのだ。もはや、人類が抗えるレベルを超えている。

『くはっ！　くはハハ！　この姿になった以上、貴様ニィ――』

勝利を確信し高笑いする雷古を前に狐仮面の男の姿がふいに消失すると、

「うるせぇよ」

次の瞬間、狐面の男は雷古の背後にいた。そして、雷古の後頭部を鷲掴みにして持ち上げる。

『ナッ!?　バ、バカナッ！』

必死に拘束から逃れようとバタつかせる雷古の足を固定し、膝蹴りを食らわせた上で、その顔を床に向かって叩きつける。畳が爆《は》ぜて赤茶けた地面が露出《ろしゅつ》する。

『この俺ハ絶望王様の眷属、悪魔種ダゾッ！』

「だから、少し黙ってろ」

その指示のもと、狐面の男は雷古の顔を地面に叩きつける。さらに地面が陥没《かんぼつ》し、クレーターを形成する。

『ハ、ハナセ！』

「……」

もはや口すら開かず、狐面の男はさらに雷古の顔面を地面に叩き続け始めた。

（あり得ない……）

大地すら大きく変貌していく中、その慈悲《じひ》の欠片もない狐面の男の姿は葵にはまさに得体《えたい》の知れない怪物そのものに見えていたのだ。

怒りのままに刑部雷古をぶちのめしていたら、途中で何やら蝙蝠《こうもり》のような姿に変わるが、それでも一切構わず顔面を叩き続けた。

◇◆◇◆◇◆

雷古が目を回したところで、アイテムボックスから椅子を取り出すと、それに座らせる。

「藤村秋人、まだ何かするつもりか？」

朝倉葵が強張《こわば》った表情で俺に尋ねてくる。

「まだ？　何を言っている？　むしろ、これからだろう」

こんなもんただの茶番にすぎない。ここからが本番だ。何せ聞きたいことが山ほどあるしな。拷問のプロのようだし、あれほどのことを平然とやる奴だ。自《みずか》ら尋問されることにも強い耐性があるだろう。それに傷も癒《い》えてきているようだぞ？

「起きろ！」

急速に回復していく顔を掌で叩いて無理矢理起こす。

『貴様ハッ!?』

血相を変えて立ち上がろうとする雷古の頭を右の掌で押さえつける。

『う、動ケヌ』

じたばたと暴れるのを力でねじ伏せるのが面倒になった俺は、雷古に触れて千里眼でその全身をくまなく確認し、両方の上腕骨《じょうわんこつ》以下と脛骨腓骨《けいこつひこつ》以下の骨を軒並《のきな》み、スキル【チュウチュウドレイン】により外部へと取り出すと、

「ほらよ、これやるから大人しく座ってろ」

雷古の膝の上に積み上げる。

『へ？』

頓狂《とんきょう》な声を上げて軟体《なんたい》動物ように脱力する、皮と筋肉だけとなった四肢《しし》と膝に積まれた骨を、

雷古は暫《しば》し眺めていたが、

『ぐぎあああああァァァァッ!!』

鼓膜が破れんばかりの金切り声を上げる。本当に演技の上手い奴だな。まるで本当にこの程度のことで恐怖を感じ、痛みに悶《もだ》えているように見える。この絶望的ともいえる状況で演技を継続できるその胆力は、大したものだ。まあ、騙《だま》されんがね。

「お前が知る阿良々木電子殺人事件の全容とあの久我とかいう七三分けについて全て教えろ」

『それハ――』

口を開こうとする雷古を右手で制し、

「教えられねぇっていうんだろう。そうだな。お前の立場からすれば当然だ」

首を左右に振って、雷古を見据える。

『チ、チガ――』

目尻《めじり》に涙を溜《た》めてさらに発言をしようとする雷古の右頰に平手打ちをすることにより、再生

したばかりの頬骨を粉々に粉砕《ふんさい》して黙らせた。

「この程度のことでゲロしねぇのはわかってる。だから、少し黙ってろ」

『……』

大きく何度も頷く雷古。すげぇ迫真の名演技だな。マジで怖がっているようにしか見えん。ハリウッド並みの役者っぷりだぞ。

「さてここからはレクチャーの時間だ。特別に俺の能力を教えてやる。ズバリ、触れたものの内部構造物を取り出すこと」

『内部……コウゾウ？』

オウム返しに繰り返す雷古の耳元で、

「ああ、そうだ。お前の骨、筋肉、臓物《ぞうもつ》、心臓や脳に至るまで俺は今、お前から自由に奪える」

自分でもゾッとする低い声で語りかける。

『……』

雷古の顔は既に真っ青を通りこし土気色《つちけいろ》であり、目の焦点《しょうてん》が合わず、ガチガチと歯が絶えず打ち鳴らされている。

「いいか？　今から俺が一つ一つ質問をしていく。それに偽《いつわ》りなく答えろ。もし偽りを述べたり、答えなければどうなると思う？」

『……』

涙と鼻水でぐしゃぐしゃになった顔で首を左右に振る雷古に、

「お前の内部にあるものを一つずつ抜き取っていく。どこからにしようか？　そうだな。まずは骨からだ。次は筋肉、その次は主要臓器にしよう。お前のような異形種はどこまで耐えられるのかな？」

口角を上げてそう口にする俺の顔を雷古は凝視《ぎようし》しながら、

『許して……クダサイ』

懇願の言葉を吐く。

「いんや、雷古、お前はここで俺の尋問を受けるんだ」

『い、イヤダ！　私は、まだ死にたくナイ！　そんな死に方、まっぴラダッ！』

「うん、うん、気持ちはわかるぞ。だが、諦めろ。お前はここで全てをゲロするんだ。そのクソのような命が燃え尽きるまで、その小さな脳みそを振り絞って洗いざらい思い出すんだ。だから頑張ろうぜっ！」

雷古の肩を叩き、親指を立ててドヤ顔で力強い励《はげ》ましの言葉を贈る。

「……」

雷古の眼球が四方八方に揺れ動き、そしてガクンと項垂《うなだ》れる。

「おーい？　狸寝入《たぬきねい》りなどしても無駄だぞ？」

頰を数回叩くが、一応、瞼は開いている。ただ、惚《ほう》けたように焦点の定まらない瞳で遠くを眺めるのみ。

「これって演技だと思うか？」

振り返り、朝倉葵に尋ねるが、彼女は目尻に涙を溜めて自身の身体を抱きしめながらガタガタと震えつつも、首を大きく左右に振る。

「おいおい、まさかこの程度で、お花畑の世界に逃避行しちまったってか？」

仮にもあれだけのことをしてきたんだぞ？　どうやったらこの程度の尋問で現実からおさらばできるってんだ？

「その程度でもただのちっぽけな人間《ムシケラ》からすれば、最高の絶望であり、恐怖でやんすよ」

鬼沼が薄気味の悪い笑みを浮かべてやけに長い右手の人差し指の爪で頭をカリカリと掻きつつ部屋の中に入ってくるとそうぼやく。

「くそッ！　結局重要なことは何も聞けずじまいかっ！　まあいい、一ノ瀬は保護したか？」

「ええ、一ノ瀬嬢と拉致されていた人間たちは五右衛門たちが無事保護しやした」

どうも最近の鬼沼の言動が若干《じゃっかん》以前とは違うような気がする。はっきりここが変わったと指摘できるわけじゃないが、本質的なところで以前とは全く別のものに変貌している。そんな気がしてならない。まあ、俺も吸血鬼などという不思議生物になっちまったんだし、人のこと言えぬわけだが。

朝倉はそんな俺たちのやり方を茫然と眺めていたが、よろめきながらも俺の前まで来ると、

「今までのご無礼、どうかお許しくださいっ！」

跪いて深く頭を垂れる。その顔は緊張で強張っており、カタカタと小刻《こきざ》みに震えている。

「はあ？」

「この地に現界されている六道王様の配下の方とは全く知らなかったのですっ！」

朝倉葵《か》の必死の形相での意味不明な弁明に俺の頭の上にいくつものクエスチョンマークが飛び交うが、

「六道王の配下ぁ？」

鬼沼が心底《しんそこ》不快そうに、跪く朝倉葵の姿を見下ろしながらそうボソリと呟く。

「鬼沼？」

鬼沼はハッとしたようにまたいつもの薄気味悪い笑みを浮かべ頭を数回掻くと、

「それで、旦那はどうするつもりでやんすか？」

まるで誤魔化《ごまか》すように話を振ってくる。

「俺のダチが狙われてるから助ける」

「そうでやんしたか。なら、丁度《ちょうど》よかったこれをお持ちください」

鬼沼は口角上げて右手に抱えていた封筒を俺に投げてくる。封筒の中身を確認すると、魔石燃料の実用化についての研究発表の日時と場所、そしてその後のパーティー会場の地図。日時は三日後か。気持ち的にはすぐにでも会って雨宮からあの宝石を回収したいところだが、しかし、仮に俺が雨宮から回収してそのまま雨宮を放置したらどうなる？　まず間違いなく、雨宮は攫われる。下手をすれば雷古のような屑《くず》に拷問でもされるかもしれない。奴らはそのくらい平気でする。もちろん、逃亡者の俺が雨宮を保護するのは現実的ではない。だとすると、俺が雨宮とは無関係だという演出が必要となるな。それには、この会場は最適だ。

それはそうと――。

「鬼沼、お前、どこまで知っているんだ?」

鬼沼、今のこいつは本格的に異常だ。奴らの目的が雨宮に預けている『荒魂』である以上、すぐにあいつから回収しなければならない。だが、それはあくまで俺があの尋問室で七三分けから得た情報であり、鬼沼が知るはずもないのだが。

「ここは私たちが引き受けるでやんす。旦那はお戻りくだされ」

俺の問いには応えず、そう進言してくる。そうだな。方針は決定した。いずれにせよ、このまま俺がバックレれば俺を信じて待つと言ったあの白髪の男を窮地《きゅうち》に落とす。今は大人しく戻るべきだろう。行動に移すのはもう少し後だ。

「後は頼む」

この刑部雷古の処理も鬼沼と赤峰たち警察に任せるとしよう。

胸に右手を当てて頭を下げる鬼沼を尻目《しりめ》に俺は赤峰たちに合流すべく歩き出す。

◇◆◇◆◇◆

一ノ瀬雫さんが、行方《ゆくえ》不明になってしまい『イノセンス』は一時、大混乱状態に陥《おちい》った。

そもそも、警察に捜索願いを出そうにも雫さんが行方知れずになったのは警察組織が絡んでいる可能性すらあるのだ。下手に動けば逆に雫さんの身を危険にさらす恐れさえあった。八方塞《ふさ》がりの中、イノセンスに警察関係者を名乗るものから電話がかかってくる。お母さんはその電話で全て警察に委《ゆだ》ねることを決意し、イノセンスにいつも通りの生活を送るようにと指示を出したのである。

　獄門会《ごくもんかい》のせいで和葉たちイノセンスが困っているときに警察は碌《ろく》に動いてはくれなかった。雫さんは今や和葉にとって実のお姉さんのような大切な人。だから、母のこの決定に正直納得がいかず、悶々《もんもん》としながら、作曲家であり演奏家でもある阿久津依琉馬さんと音楽制作に取り組んでいた。そんなとき、イノセンスに一本の電話があり、皆、病院に呼び出される。

「良かったぁ。雫さん、無事だったんだぁ」

　目もくらむような安堵感から腰が抜けてしまい病室の壁に寄りかかる。他のイノセンスの皆も次々に安堵の声を上げる。

「心配かけてゴメン。見つかっちゃったみたい。さっきもお父さんとお母さんに、危ないことするなってこっぴどく叱《しか》られちゃったしね」

　ペロッと舌《した》を出す雫さんに、

「君はあくまで民間人。彼とは根本的に違う。これからは無茶はしないで私たちに相談してね」

　スーツ姿の赤髪の捜査官が諭すように語りかけると、

「うん。そうするよ」

　雫さんは居心地《いごこち》が悪そうに、だけど素直に頷く。

「じゃあ、要件のもう一つ。阿久津依琉馬さん、あなたに会わせたい人たちがいますがよろしいですか?」

阿久津依琉馬さんは一瞬眉を顰めて赤髪の捜査官を眺めていたが、

「ええ、構いませんよ」

軽く頷く。

「ではここで少々お待ちください」

赤髪の捜査官は病室を出ていく。しばらくしてドアが勢いよく開き、

「パパっ!」

歓喜《かんき》の声を上げて依琉馬さんにしがみつく黒髪の少女。

「あ、亜……夢?」

お腹に顔を埋める少女に大きく目を見開き両腕をわななかせている依琉馬さん。

「あなた」

はっと依琉馬さんが顔を上げると、綺麗《きれい》な黒髪の女性が目尻に涙を浮かべながら佇んでいた。

この少女もあの綺麗な人も見覚えがある。依琉馬さんの自宅に飾ってあった写真の二人だ。

「舞!」

依琉馬さんの叫び声に弾かれるように、綺麗な黒髪の女性も彼にしがみついて声を上げて泣き始めた。このとき和葉も、依琉馬さんの長い長い悪夢が覚めたことを理解したのだった。

それから、赤髪の捜査官、赤峰さんが、ホッピーにより雫さんと犯罪組織に囚われていた人

たちが無事保護されたと告げる。アキトさんがホッピーであることは、和葉たち、イノセンスの皆はもちろん、依琉馬さんも既に知っている。

場所を変えて相談することになる。依琉馬さんには久々に家族水入らずで過ごすようにと勧《すす》めたが、助けてくれたホッピーこと、アキト先輩に報《むく》いたいと会議に参加することを強く望んだ。

そんなわけで、今、赤峰さんの案内のもと山奥の別荘地まで来ている。


その別荘地では久坂部右近と名乗る和服を着た白髪の男性が出迎えてくれた。その別荘の一室で数人の警察関係者とともに、和葉たちは話し始める。

「郵便局から近くの交番に一ノ瀬さんの財布が届けられていたわ。中身を確認させてもらったら鍵が出てきた。さっき、忍さんと駅前のコインロッカーをその鍵で開けてこの資料を取ってきたところよ」

赤峰と名乗るスーツ姿の赤髪の捜査官が分厚い白色の封筒をテーブルに置く。

まず、お母さんが神妙《しんみょう》な顔で資料を取り出しパラパラと確認すると、

「これにはもう目を通しましたか？」

赤峰捜査官に問いかける。

「ええ、それが仕事ですからね。これらは阿良々木電子の不正の証拠ってやつです。商品の学校や公共機関への一括《いっかつ》独占販売。大物政治家への多額のリベート。資産の不正利用から書類の改竄《かいざん》まであったわね。しかも、ご丁寧《ていねい》に付箋《ふせん》までついていたから調べるのは容易だったわ」

「ああ、うちの上司たちも真っ青になってたよ。何せ、あの現閣僚、法務大臣——氏原陰常《かげつね》が不正に関与していたってんだからな。これが真実なら大騒ぎどころの話じゃないからな」

ガタイの良い坊主頭の捜査官、不動寺も大きく頷く。

「そうですねぇ。氏原陰常は警察庁出身で、現法務大臣。殺人事件で逮捕されたはずの藤村君の取り調べに当初、捜査一課が外され公安が出張ってきたのも、今東京地検が碌な取り調べをしていないのにも説明がつきます」

右近さんが、右手に持つ扇子《せんす》を叩きながら、そんな感想を述べた。

「今回の阿良々木電子での二件の殺人事件はその不正の証拠をもみ消すためってことだろ？　なら俺たちのボスは無罪ってことにならないのか？」

イノセンスの男性スタッフの意見を、

「難しいでしょうね。あくまで、これは不正の証拠に過ぎない。明るみに出ても不正をしたのは藤村秋人だと主張されれば反論は難しい。何せ殺害現場で現行犯逮捕されていますから」

首を左右に振って赤峰捜査官は否定する。

「でも、まったく不明だった敵がわかったのは大きいはずです」

お母さんのまるで自分に言い聞かせるような言葉に、

「その通りですよ。敵側に氏原陰常がいるのが判明したのは大きい。これでこちらも次の一手を打ちやすくなる」

室内に次々、希望の声が上がる中、厳粛《げんしゅく》な顔で氏原陰常と上野課長とのツーショットの写真

を眺めていたイノセンスの元タレントが、右手を太ももに打ち下ろし、

「どこかで見たことがあると思ったら、こいつ、タルトのクソ社長と一緒にいたおっさんだぜ」

合点《がてん》がいったかのように大声で叫ぶ。

「それはいつどこでだい？」

右近さんは眼球だけ動かし、叫んだイノセンスの元タレントに尋ねる。

彼は右近さんの突然の変貌に若干動揺しながらも、

「二週間ほど前、魔物の肉を調理した帝都ホテルに取材に行ったときあのクソ社長がそこの写真のおっさんとエレベーターから降りてきたんだ。普段、女を侍《はべ》らしているあのクソ社長にしては珍《めずら》しい組み合わせだなと思ってたんでよーく覚えてるぜ」

思い返すような眼差《まなざ》しで返答した。

「タルトの社長――樽都実人《たるとさねとも》と氏原陰常との関わり合い。マスメディアによる一斉《いっせい》の藤村君へのバッシング。そして、阿良々木電子と氏原陰常との親交。一見、奴が全ての元凶のようにも思える。しかし、氏原陰常はヒットマンを飼っていない。獄門会などの裏組織に依頼するのが関の山。猟奇《りょうき》殺人を命じるなど奴には無理だ」

右近さんは、席から立ち上がりそう呟きながらその場を行ったり来たりし始める。

「検察についてもそう。いくら奴が法務大臣でも現場の検事にそんなあからさまな圧力をかければ激烈な反発を食う。そもそも、現場の検事がそう簡単にそんな違法な捜査に協力するものか？　やはり、今回の事件は奴には起こせない。まだ、不足していますね」

右近さんは全員をグルリと見渡すと、

「おそらく、氏原陰常については私たち公僕が調査しようとすればストップが入る。だからこそ、ここにいるメンバーだけで調査する他ない」

噛みしめるように提言する。

「いいんじゃないっスか！　どうせ、俺たちは雑誌の出版業を営《いとな》む予定だったんだ。こんな絶好のスクープ、他にねぇっスよ！」

イノセンスの社員も立ち上がり、拳を固く握りしめお母さんに熱く了解を求める。

「私も賛成ぇ！　私たちはボスに救われた。今度は、私たちの力でボスを助け出そうよっ！」

連鎖《れんさ》するように上がる同意の声。お母さんは皆をグルリと眺めると、

「やりましょう！　今もアキトさんは戦っておられます。今動けるのは私たちのみ。これは外でもない。私たちがアキトさんに仲間と認めてもらうための戦いなのです！」

皆の気持ちを受け取め、そう声を上げる。

「忍さん、俺もこの度、妻と娘を助けてもらった。何があっても最後まで協力しますよ。なぁ、和葉ちゃん？」

依琉馬さんに同意を求められ、

「はい！　絶対にこの作戦成功させてみせるっ！」

和葉も勢いよく席から立ち上がり大声を張り上げた。それを契機《けいき》に、一斉にイノセンスの他のみんなも立ち上がり、声を張り上げる。

「それで、アキト先輩は今大丈夫なの？」

そこに、雫さんが睨みつけるほど真剣な目つきで右近さんに尋ねる。

「彼が気絶させた公安の捜査官に、一ノ瀬君との関わり合いを指摘したら、そもそも取り調べなどしていないという回答が来た。今は十朱と葵の二人から取り調べという名の接待を受けているはずです。十朱は元々、藤村君を妙に気に入っていますし、どういうわけか、今まで反発していた葵がやけに彼に対してしおらしくなっていましたからね」

「確かにな。帰りのあれはマジで異様だったよなぁ」

不動寺さんのうんざりしたような感想に、

「ええ、そうですね」

どこか、不貞腐れたように赤峰さんも頷く。

「別にあれはただ恐れているだけで、お前が心配しているようなことではなかったと思うぞ」

「んな、なッ!?　何、意味不明なこと言っているんですかっ！」

不動寺さんの言葉に、たちまち赤峰さんの顔が紅潮していく。それを一目見れば彼女の気持ちなど容易に推知《すいち》できる。あの人はどうしてこうも……。

「はいはいでは、皆さんこれからが佳境《かきょう》です。なんとしても、各々《おのおの》の役割をやり遂《と》げて我らがヒーローの無実を証明しましょう！」

右近さんが両手を叩いて宣言し、次々に威勢《いせい》のよいかけ声が上がり、反撃の狼煙《のろし》はゆっくりと上がっていく。

スープをスプーンで掬《すく》い口に入れると甘くも優しい味が舌に広がる。

「ホント、梓ちゃん、元気になってよかったわ」

母が隣の席で梓の頭を優しく撫でながら、本日もう何度目かになる言葉を口にする。

今でもそれほど元気はないんだが、阿良々木電子で殺人事件があってから梓が意識を取り戻すまで梓は会社にも行かず、ずっと部屋に閉じこもっていたらしい。

あれから子猫——クロノの話を参考に色々考察してみて、梓の種族の天種の種族特性が原因だと結論づけた。元々ニンフには異性たる男性の理想とする人物像を作り上げるという効果がある。現に最近の梓の肉体は日々そのように変化している。そして、梓の意識レベルが低下した結果、その効果が一時的に精神にも及び疑似《ぎじ》の人格を作り上げた。だが、当然ながら梓の人格の残り香《が》はあり、その影響を強く受けあの恐ろしい秀樹を遠ざけていたのだと思う。

そして殺人事件の凄惨《せいさん》な現場を見て、梓の弱い疑似の心は擦《す》り切れてしまった。そう考えれば全ての辻褄《つじつま》が合う。

「ママ、心配かけてごめん」

「大丈夫よ。悪人は警察に捕まったんだから、もう梓ちゃんが心配することはないの。もし、悪い奴が来たら、ママが守ってあげるから」

多分、悪い奴とはアキト先輩のことを言っているんだと思う。母たちは梓が部屋に閉じこもっていたのは、アキト先輩を恐れてのことだと考えている。

もちろん、幾度となく反論したくなる衝動に駆《か》られるが、クロノから洗脳が解けていることを察知《さっち》されるような行動は慎《つつし》むよう念を押されている。なんでも、今の秀樹は己の思うようにいかないと何をするかわからない。そんな駄々《だだ》っ子のような存在らしい。下手をすれば梓の両親や妹にも危害を加えかねないのだ。今は我慢するしかない。

「じゃあ、ボクはそろそろ行くよ」

「今日の発表頑張ってね。ママたちも発表後のパーティーには参加するから！」

梓を強く抱きしめると頬擦《ほおず》りをしてくる。梓の家族は両親、妹ともにこんな暑苦しいスキンシップをとってくる。しかも、それを人目も憚《はばか》らずするから、非常に恥《は》ずかしいのだが、母たちが温かく接してくれるから梓はどうにか平常を保っていられる。それにはとても感謝していた。だから、強く母を抱きしめると、

「うん、じゃあ、行ってきます」

安心させるよう力強く言って、脇に置いていた鞄《かばん》を持って玄関へ向かう。

会社前に到着すると十数人のマスコミが梓を取り囲む。

「雨宮梓さん、本日の研究発表について一言！」

「魔石を使った本研究には世界中が注目しておりますが、実験への意気込みについてコメント

をお願いします！」

「婚約者の香坂秀樹さんは、会場にいらっしゃるんですか？」

「結婚はいつになりそうです？」

案の定、半分は返答するのも不愉快《ふゆかい》な内容だったので、全力で無視する。

このように世間では、秀樹と梓は恋人同士ということになってしまっている。

それもこれも、秀樹が毎日のようにテレビ出演し、悪漢《あっかん》たるアキト先輩から梓を守った正義のヒーローとして当時の武勇伝を熱く語っているから。

クロノ曰《いわ》く、こんな笑ってしまうような偽りだらけの関係が秀樹の望む理想なんだそうだ。

多分、秀樹は梓を好きでもなんでもなく、単にそういう異性にモテる自分に酔っていたいだけ。要は秀樹にとって梓を含む女性は、体《てい》のいいアクセサリーのようなものなんだと思う。

だけど、女性も馬鹿じゃない。こんな秀樹の本質を見ている人は見ている。梓の上司の研究開発部の部長と栗原《くりはら》さんがそうだ。彼女たちは、秀樹に対しあからさまな拒絶反応を示していた。その彼女たちがあの変わりようだ。きっと、秀樹が己に靡《なび》かない二人の心を無理やり支配して変えてしまったんだと思う。アキト先輩に恋をして、心の在《あ》り方がどれほど大事かは理解している。勝手に変えられるのがどれほど悔しく許せないことなのかも。

もちろん、あの口の裂けた秀樹は異様だったし、完全に正気ではないんだと思う。でも、一連の秀樹の行動は実に彼らしく独りよがりだ。彼の今の行動の全ては彼の元来の性質によるもの。それは疑いない。たとえ幼馴染《おさななじ》みでも、許せないことはある。そう。もう我慢の限界なのだ。彼が正気に戻ったら遠慮などせず、秀樹にはっきりと今の梓の言葉でその憤りの全てをぶつけようと思っている。

会社のビルに入り階段を駆け上げると先輩の上司である斎藤《さいとう》さんと会い、簡単な挨拶だけ交わす。彼だけは今まで通り梓に接してくれた。

テレビでは毎日、耳を塞ぎたくなるような先輩に対する罵詈雑言《ばりぞうごん》が溢れている。会社でも同じだと思っていた。でも第一営業部の人たちは一部を除き先輩の悪口を一言も口にせず、逆に秀樹や梓たちから距離をとっている。いや距離をとっているという表現は正確ではない。梓たちは彼らから徹底的に避けられていた。秀樹は阿良々木電子の次期社長が確実視されている人物。その秀樹をあれほど強烈に忌避《きひ》すれば、自身の出世や会社での立場を危うくする。

多分、彼らはアキト先輩が坪井主任を殺したとは考えちゃいない。そして、世間がもてはやす秀樹たちを強く疑っている。つまり、彼らは会社の推《お》す秀樹と藤村秋人を天秤《てんびん》にかけて先輩という人間を信じているのだ。あれだけひどい噂《うわさ》を流されていた先輩だったが、結局のところ本気でバッシングしていた人はほとんどいなかったのだろう。それが梓は嬉《うれ》しかった。

研究開発部へ向かって廊下を歩いていると丁度、第一営業部から出てきた男性とばったり会う。

「雨宮君、おはよう。今日の発表会は世界中が注目している。期待しているよ」

短い黒髪にやや頬の痩《こ》けた中年の男性。鋭い眼光に猫背の長身、この男は外のマスコミに先輩についてひどいデマを言っていた男、上野課長。当然、梓はこの男が大っ嫌いだ。

というより、あれから梓なりに事件を検証してみた結果、阿良々木電子殺人事件にこの男が関わっていると割と本気で考えている。犯人は先輩を夜間に会社に呼び出せる人物で、かつ、犯行はこの会社の第一営業部内で起きている。そして事件直後からの上野課長の一連の先輩へのバッシング。この男が関わっていないと考える方がよほど不自然だと思う。

「ありがとうございます」

上野課長への不信感を可能な限り顔に出さず笑顔で応対する。

「本日は香坂グループの会長を始めとする方々や君の御父上である雨宮経産相もおいでになる。早めに出向いて挨拶しておくべきだろう」

「はい」

本心を吐露《とろ》すれば、秀樹の件で今、香坂家とは極力関わりたくないが、そんな子供じみた言い訳が通るわけもない。今は従うしかない。

――東京ウルトラサイト。

今日の研究発表は世界初の魔石の商品への応用について。それ故か、日本でも有数の敷地面積を誇るイベントホールでもある東京ウルトラサイトの東の大ホールは人で溢れていた。

世界各国のマスメディアに協賛企業の重役たち、さらに各国の要人まで多数来場している様子だ。研究発表といっても既に完成させた理論のお披露目《ひろめ》に過ぎない。しかも皆で用意万端《よういばんたん》に整えてある。故に会場での準備など大して時間もかからなかった。

「ねえ、梓先輩、秀樹様、この会場にいらっしゃらないんですか？」

お洒落《しゃれ》な風貌《ふうぼう》の赤髪眼鏡の女性社員が、珈琲《コーヒー》をちびちびと飲みながら予想通りの疑問を投げかけてくる。彼女は栗原さん。同じ人見知り同士、気が合ったんだが、今や見る影もない。

本来一般受けするその感情豊かな彼女の表情が、梓にはロボットのような不自然なものに思えていたのだ。

「う、うん。この会場での発表はボクら研究開発部の受け持ちだから」

「そうだぞ。今日のこの催《もよお》しは我ら研究開発部と第一営業部の仕切りだ。いくら秀樹君が優秀でも彼は人事部。この会場にはいないさ。でも、この後のパーティーには出席するみたいだからそこで会えるさ」

黒髪をポニーテールにした女性が颯爽《さっそう》と現れ、梓たちに片眼をつぶってくる。彼女は梓たちのボス、研究開発部の部長。碌に自分の仕事もせず女性を口説《くど》いている秀樹を相当嫌っており、本来こんな風な発言をするなど絶対にありえない。

（本当に人形みたいだ）

どうしても彼女たちをこんな風にした秀樹に対して強烈な嫌悪感がふつふつと湧《わ》き上がってくる。平静を装うべく下唇を噛みしめていると、背後から梓を呼ぶ声。

「梓！」

振り返ると巨体を揺らしながらやってくる熊《くま》のような外見の男性が視界に入る。そして、そのまま彼は近づき、梓を抱きしめてくる。

「パパ、もう、恥ずかしいなぁ」

そう。これは経産省の大臣。これでも梓の父なのだ。

「ふん、まさに天使と野獣。相変わらず、とても同じDNAを持つとは思えんな」

次いでスリムでダンディーなカイゼル髭の紳士が人の群れを引き連れてこちらにやってくる。

(まったく同感じゃな)

右肩を見ると珍しく黒猫――クロノが顕現《けんげん》していた。消耗《しょうもう》を防ぐため、クロノは最近、梓の身体の中に入ったままでいることが多かった。多分、熟睡していたところ父に抱きつかれて慌てて起きたんだと思う。

「お久しぶりです。おじさま」

ペコリと頭を下げると紳士は、

「うんうん、アズちゃんも久しぶりだね。元気かい?」

先ほどの父に対する態度とは一転、だらしなく頬を緩《ゆる》ませながら、梓の頭を撫でてくる。

「はい、おじさま」

彼は香坂伊勢蔵《いせぞう》、香坂財閥の現会長であり、秀樹の父だ。この人は昔から梓にだけはいつもこんな感じに甘々《あまあま》なのだ。

「聞いたよ。あの不肖《ふしょう》のドラ息子と添い遂げる決意をしてくれたんだってね?」

「いえ、あの――」

「父さん、それは今この場で話すべきことでもないでしょう。さあ、梓、行こう」

ぱっちりとした目に形の良い鼻、そして梓とは正反対の女性的な風貌の大人の女性。そのまさに容姿端麗《ようしたんれい》という言葉がぴったりの人が、梓の右手を引いて人混《ひとご》みから離れていく。

そして人気《ひとけ》のない会場の外のロビーの隅《すみ》まで梓を連れて行く。

「胡蝶《こちょう》さん、お久しぶりです」

彼女は香坂胡蝶、香坂家の長女。彼女は梓にとって姉同然の人。

「うん。そうね。でね、梓、正直に応えてちょうだい。貴女《あなた》、今、無理してない？」

いつものように胡蝶お姉ちゃんは、梓の両肩に手を置くと身を屈《かが》めて目線を合わせ、厳粛な顔で尋ねてきた。

「無理？」

「うん、私の勘違いならいいの。でも、何かあるなら相談して。力になるから」

先輩が罵《ののし》られているのを否定することすら許されない。そのぐしゃぐしゃに混濁《こんだく》した梓の心の内を誰もわかってくれなかった。だからだろう。胡蝶お姉ちゃんの頼もしくも優しい台詞に、必死に押さえつけていた梓の感情はあっさりと決壊し、涙腺《るいせん》から涙が止《と》め処《ど》なく溢れてくる。

「胡蝶お姉ちゃん……うぐっ！　先輩が……」

泣きじゃくりながら、最近の梓の身に起こったおよそあり得ぬ事実を吐露していた。

（そうじゃな、今は泣くがよい。今はそれが……）

どこか寂しそうなクロノの呟きが聞こえたような気がした。

「そう、秀樹の変容か……どうりで……」

「あのときの秀樹、絶対変だった。まるで……」

あの耳元まで口が裂けた秀樹の姿が脳裏《のうり》に映し出されて、身体に震えが走る。

胡蝶お姉ちゃんはクスッと笑うと梓を強く抱きしめて、

「安心して。たとえあの子が来ても、私が守ってあげるから。ほら、あの子私には逆らえないの、知ってるでしょ？」

梓の後頭部を撫でながら語りかけてきた。

「う、うん」

「あと、あいつも大丈夫よ。基本単純ボーフラ脳みそだから、事情を話せばあっさり信じると思うわ。それにしてもまさか梓とあいつが友人関係だったとはねぇ。内心、目玉が飛び出るほど驚いてるわ」

まるで先輩と旧知の仲のような台詞を口にする。

「お姉ちゃん、先輩と知り合いなの？」

混乱する頭を振り切るように、胡蝶お姉ちゃんに疑問を投げかける。

「知り合いというより、腐れ縁《えん》？　いや、犬猿《けんえん》の仲？　いやいや、そんな、なまっちょろいものじゃないわね。そう、不倶戴天《ふぐたいてん》の敵。そう、それよ！」

納得したように何度も頷く胡蝶お姉ちゃんに、

「せ、先輩は――」

改めて先輩の無罪を主張しようとするが、

「あー、大丈夫、あいつ真正の陰険《いんけん》クズ男だから人殺してたら、逃亡か完全犯罪の二択《たく》。あんな間抜《まぬ》けな捕まり方するなんて、ないない」

胡蝶お姉ちゃんは、両手を左右に振り、梓の危惧《きぐ》を払いのけた。

「うー、なんでそんなに先輩のこと知っているの？」

その先輩を知り尽くしているがごとき姿に、なぜか無性《むしょう》に胸がチクチクし、頬を膨《ふく》らませてそう尋ねていた。

「……えっ！　ちょ、ちょっとまさか、梓、あなたあのクズ男のこと？」

胡蝶お姉ちゃんは目を真ん丸くして血相を変えて梓の両肩を摑むと尋ねてくる。

「えっと……まあ……うん」

頬が熱くなるのを自覚しつつ俯き気味に頷くと、胡蝶お姉ちゃんは盛大に頬を引き攣《つ》らせてよろめき、額に右手を当てて、

「まさか、よりにもよって私たちの天使があんな人間失格のクズ男に？　だめよ。それはだめ！」

右拳を握って力説する。

（うむ、お主、妾と気が合うようじゃな。そうじゃ、絶対に許してはならんのじゃ！）

クロノが変な納得の仕方をしているが、胡蝶お姉ちゃんは目を血走らせ再度梓の両肩を摑み、

「いい！　梓、目を覚ましなさい！　あんな野獣と貴女は相応《ふさわ》しくはないわっ！」

すごい形相で説得してくる。そのとき――。

（エンジェル、気をつけろ。マズいのに遭遇したっ！）

普段陽気なクロノらしくない固い声が脳裏に響く。

「ひどいな、姉さん。野獣はひどいんじゃない？」

胡蝶お姉ちゃんは声のした方へ顔を向けると、一瞬で顔から一切の表情を消す。そして梓を背後に隠すようにしてその人物に立ち塞がる。そして――。

「秀樹、貴方……なの？」

目を細めてまるで己に問いかけるように尋ねる。

「当たり前だろ？　それ以外に見えるかい？」

（気をつけろ。今のこやつからは嫌な匂いしかしない！）

クロノが梓の右肩で毛を逆立ててフーと秀樹に威嚇《いかく》の声を上げていた。

（う、うんわかってる）

変質していても秀樹は普段のままだった。だが、今のこの秀樹は違う。あの口が裂けた秀樹と同様、梓には目の前にいる人物が秀樹という皮を被った得体の知れない何かにしか見えなかった。そして、それは胡蝶お姉ちゃんも同じのようで、

「ええ、正直、それ以外にしか見えないわね」

額に玉のような汗を浮かべながら、じりっと後退《あとずさ》る。梓たちの緊迫した様子を視界に入れて、通りがかった二人の警備員が訝《いぶか》しげに近づいてくると、

「どうかしましたか？」

ありがたくも声をかけてくれた。

胡蝶お姉ちゃんは深く息を吐くと、

「彼は部外者よ。すぐにその男をつまみ出しなさいっ！」

胡蝶お姉ちゃんの一際鋭い指示に二人の警備員は困惑気味に顔を見合わせていたが、秀樹に近づくと、

「申し訳ございません。本日はゲスト以外の入場はお断りしております。外まで案内いたしますので――」

丁寧にホールから出るよう求めるが、

「この僕に触れるなっ！」

秀樹の怒号がホール中に響き渡り、ビクッと身を竦ませる警備員。

ホール中の視線を浴びて、秀樹は数度、深呼吸すると、

「ほら、これが僕の入場許可証と社員証さ？　これで文句ないだろう!?」

そして胸ポケットから招待状を取り出して二人の警備員に示す。

「し、失礼いたしました！」

それを確認した二人の警備員は弾かれたように飛びのき、姿勢を正して秀樹に一礼すると、そそくさとその場を離れる。

最悪だ。今回の発表は、研究開発部と第一営業部の二部署の仕切りのはず。人事部の秀樹はこの場に招待されるはずがない。発表後のパーティーには参加するとは思っていたから、それ

は体調不良を理由に欠席しようと思っていたんだ。大方《おおかた》、香坂のおじさまに気を遣《つか》って阿良々木電子の社長が秀樹をこの発表会に招いたんだろう。これで別人のようになった秀樹を縛るものは何もなくなった。

秀樹の口角が引き裂かれ、長い舌が垣間見《かいまみ》える。秀樹のこの姿は、あの時に見たもの。

「――っ！」

まるで金縛りにあったかのように微動だにできなくなるお姉ちゃんの頭部に、秀樹が伸ばした右手が触れる。そして――。

「僕も会場に招待されているんだ。いいね、姉さん？」

「うん。そうね」

胡蝶お姉ちゃんの何が変わったということもない。ただ今の秀樹に対する警戒心《けいかいしん》だけが抜け落ちていた。

「じゃあ、梓、また発表が終わってからね」

秀樹は口角を元に戻すと、颯爽と会場の中に入っていってしまう。

「私たちも行こう、梓、そろそろ発表よ」

その限りなく自然な仕草《しぐさ》に、背筋《せすじ》に冷たいものが走り抜ける。

(クロノ、お姉ちゃんも？)

(ああ、大方、頭に気色悪いものを植え付けられたんじゃろ)

(ボクみたいに治せないのかい!?)

クロノはすまなそうに梓から顔を背《そむ》ける。

（無理じゃ。あれを駆除《くじょ》するのにエンジェルでさえも相当の期間を要した。天種のエンジェルはともかく、他の人間種にすぎぬものでは、妾には切除不可能じゃ）

（どうしたらいいと思う？）

（うむ、妾はこの場からの即時離脱を進言するぞ。そなた一人なら妾の力でどうとでも――）

（発表が終わるまで、それはダメ）

ここで梓が逃げれば、今まで共に研究してきた研究室の仲間の血の滲むような努力を無駄にしてしまう。それだけは梓にはできなかった。

（なら、答えは一つじゃ。発表とやらが終わり次第、この魔境から全力で脱出する）

（うん、そうだね）

「梓、どうしたの？　行くわよ？」

胡蝶お姉ちゃんにそう促されて、

「う、うん！」

梓は会場へと歩き出した。


研究室のチーフによる魔石の特別記憶合金性についての発表が無事終了した。これは、特定の条件で過熱と薬品処理することにより魔石は一定の形を記憶でき、記憶した一定量の電流が流れると特定の形状を示す。そしてこの薬品と過熱により記憶できる合金の形状は分子レベルから可能ということ。まだ研究段階であり、その記憶できる金属の性状を上手くコントロールできてはいないが、これが完全に制御《せいぎょ》し得れば、魔石に含有《がんゆう》されるエネルギーを用いてまるで一種の永久機関のように他からの燃料の補充なしで動き続ける機器を作ることも可能となるかもしれない。こんな内容だ。

「まさに人類にとって大きな一歩となる素晴らしい研究でした。雨宮梓さん、チームのリーダーとして開発を成功させた感想をお聞かせください」

正しくは、チームリーダーは梓ではなく、発表したチーフだ。所詮《しょせん》、梓が行ったのは、魔石の特別記憶合金性の理論の提唱《ていしょう》のみ。他は研究員たちの地道な努力の結果。そんなことは、最初にそう紹介したはずであり、報道陣も理解していてしかるべきだ。だが、ここで誤りを指摘すれば逆にチーフの面子《メンツ》を潰すことになる。

「理論の提唱者として発表できたことを嬉しく思います」

可能な限り語気を強める。

(終わったの。すぐにここを去るのじゃ！)

(うん、わかってる)

軽く頷く。発表が終了した今、これ以上、阿良々木電子に義理などない。この後、パーティーがあるようだが梓が出席しなくても何ら問題はない。それより、今の秀樹と一緒にいる方が遙《はる》かに危険性が高い。胡蝶お姉ちゃんの件など対処しなければならないことは多いが、今は二重遭難になることだけは避けなければならない。

「恋人の香坂秀樹さんもいらっしゃっていますが、何か伝えたいことは？」

「秀樹さんへのお気持ちを一つ！」

　案の定、すぐに脱線する話を右手で制し、

「少し、席を外します」

　報道陣に背を向けて歩き出す。

「申し訳ありませんがここまででお願いします」

　扉までついてくるカメラマンとアナウンサーに向き直り、そう言い放つ。

「し、失礼いたしました」

　トイレと勘違いしたのか、アナウンサーたちは躊躇《ちゅうちょ》して一歩下がってくれたので、無事扉を出ることができた。あとはこのまま外に出るだけだ。

「ご苦労様でした。素晴らしい発表でしたよ」

　扉の正面の壁には上野課長が寄りかかっており、気味の悪い笑みを浮かべつつ拍手《はくしゅ》していた。

「それはどうも」

　どうしよう。この男、きっと梓がこの場から逃げださないようにするための監視役。

　上野課長はゆっくり近づいてくると梓の耳元で、

(私に対するその警戒心。貴女、秀樹さんのマリオネットではなくなっていますね？)

　この事件の核心ともいえる事実を囁いた。

「ボ、ボクは――」

（秀樹さんが貴女の御父上の心をお借りしました）

「なっ!?」

思わず顔を上げると、上野課長は蛇のような顔をさらに醜悪《しゅうあく》に歪める。

「パーティーでの挨拶の後、秀樹さんがご案内したい場所があるそうです」

断れば父に危害を加える。そう暗に言っているのだろう。この上野という男、正真正銘《しょうしんしょうめい》のクサレ外道《げどう》。このタイミングだし、やはりあの坪井主任を殺したのもこの人たちなんだと思う。

「それって、ボクに選択肢《し》があるんですか？」

「ご想像におまかせします」

（お主は大馬鹿じゃ）

（うん、きっとそう）

クロノの呟きに頷き、項垂れる梓。上野課長はその右肩を叩き、

「あなたの役目はもうすぐ終わる。そうすれば、貴女は自由だ。秀樹さんと健《すこ》やかにお幸せに」

そんな梓のまったく希望に沿わぬ祝福の言葉を述べてきた。


午前中が研究発表で午後は数時間、各製品ごとのブースを用いた展示会が開かれることになっている。

その展示会が無事終了し、帝都ホテルのパーティー会場へと移動してドレスに着替える。そして、パーティーの主催者に促されて挨拶をする。その直後、唐突《とうとつ》に秀樹との婚約を宣言され、

まるで強制的に新婚のハネムーンへ出かけるカップルのような扱いを受けて送り出される。父はもちろん、この手の演出が嫌いな香坂のおじさまも笑顔で送り出したことから、すでに秀樹によって籠絡《ろうらく》済みと見てよい。それにしても今の変質した秀樹が案内したい場所か。あの上野課長の口ぶりから言って碌なものではないと思う。

車で数十分間走り山奥へと入っていく。そして周囲が高木《こうぼく》に取り囲まれている巨大なサークルの中心に鎮座《ちんざ》する社《やしろ》のような建物の前で止まった。

「僕はここで待っている。教主様と話しておいで」

秀樹はただそう告げると、建物の一際大きな扉の前で待っていた黒髪を七三分けにした眼鏡の男性に一礼すると、その場に佇《たたず》む。その、プライドの高い秀樹とは思えぬ恭《うやうや》しい態度に目を白黒させていると、

「雨宮梓さん、お待ちしておりました。どうぞ中へ」

髪を七三分けにした男性は一礼し、梓を建物の中に導く。

建物の中は広い和風の祭壇のような場所。その祭壇の両脇には、白色の和服を着た男女が俯き気味に規則正しく整列し、部屋の隅では黄色のレースのブラウスに身を包んだ金髪の女性が興味深そうに梓を観察していた。

そして、その部屋の祭壇の前には白髪の男性が苦渋《くじゅう》の表情で梓を見つめている。その男性の髪と肌は雪のように真っ白であり、白のスーツとこの上なくマッチしていた。

「すまない……」

男性は梓に小さくそう呟いたかと思うと、一転、顔に邪悪な笑みを浮かべる。

「初めまして、お嬢さん。私は月夜《げつや》教の教主。名前は——ま、どうでもいいか。とりあえず、教主と呼んでもらえればいいよ」

「……」

やけに軽薄《けいはく》でとてもそうは見えぬ自称教祖に対し訝しげに眉を顰める梓。教主はそんな梓に目をやりながら、さも面白そうに床をリズミカルに歩くと、

「君には感謝さ。これで僕らの長年の悲願が成就《じょうじゅ》される。さあ、藤村秋人から渡された宝玉《ほうぎょく》をここに！」

祭壇の上を右手で示す。宝玉。思い当たるとすれば、先輩から調査を頼まれた勾玉《まがたま》だ。だが、あれは先輩から預かったものであり、今の梓との最後の接点でもある。こんなわけのわからない人たちのために失うなど許せない。

「ほ、宝玉？」

「うーん、この期《ご》に及んでそうくるか。だったら、君のご家族に不幸にあってもらうだけさ。今晩のニュースは、経産大臣御乱心で一家心中なんてどう？　他人の不幸が三度の飯《めし》よりも好きなマスコミが大喜びするかもよ」

「やめてっ!!」

この白髪の男なら脅《おど》しではなく本気でやる。そんな確信じみた予感がしていた。

「なら、そこの祭壇に宝玉を置きなさい。僕は優しいからねぇ。素直に宝玉を置けば君の家族

には何もしないよ」

　何が優しいだ！　選択の余地などありはしないじゃないか！

恐る恐る近寄ると鞄《かばん》から布袋《ぬのぶくろ》を取り出し、紐《ひも》をほどき中から真っ赤な勾玉を取り出し、祭壇に置く。教主だという青年はおぼつかない足取りで祭壇に近づいていく。

「こ、これが……我らが大神の御業《みわざ》により創られし、至宝《しほう》の玉」

　その美しい顔は法悦《ほうえつ》の笑み一色に染まり、見開いた青色の両眼からは玉のような涙が零《こぼ》れ、震える右手を血のように真っ赤な勾玉に伸ばしていく。

（本当にイカレてる……）

　梓から見て、今の白髪の教主の姿は異様極まりないものだった。

「これで我らが一族の数百年の悲願が叶うっ!!」

　白髪の青年は歓喜の声を上げて、その指先を勾玉に触れる。刹那、赤黒色《せっこくしょく》の靄《もや》が勾玉からまるで濁流《だくりゅう》のように吐き出された。

《【荒魂（狂）】を鬼種が手にしました。他の全特殊条件のクリアを確認。餓鬼王によるゲーム盤への介入《かいにゅう》が認められます。鬼種と人間種によるウォー・ゲームが開始されます。

　餓鬼王から他界制圧鬼軍総大将羅刹《らせつ》による当該《とうがい》ゲーム盤への現界を申請《しんせい》中…………運営により許諾《きょだく》されました。人類側に【ＤＥＦ・スタック（人類）】カードの存在を確認。鬼軍は8日間、運営が妥当《だとう》と認める区域に分断して留まることを強いられます――生贄《いけにえ》を用いての大

将羅刹の強制転移を開始します》

室内の十数人の信者たちの足元に生じる魔方陣。それらの紅の魔方陣は高速で上昇し、信者たちを覆《おお》っていき――。

「おぼっ！」

「ぐぎ!?」

「ぎょへっ！」

忽《たちま》ち骨までドロドロに溶解しヘドロとなって、祭壇の下へと集まっていく。

「ひっ!?」

体中の血液が逆流するほどの凄《すさ》まじい恐怖が全身を駆け巡《めぐ》り、梓の口から小さな悲鳴が漏《も》れる。当たり前だ。室内にあれだけいた信者たちはこの僅かな時間で、皆、溶けてゼリー状の物体となり、うぞうぞと蠢《うごめ》いているのだから。

(まさか、外も？　秀樹っ！)

建物の中だけじゃない。今も建物の窓や扉の隙間からヘドロはこの部屋に入ってきているのだ。この建物内だけではなく外も同じ地獄が展開されている可能性が高い。外で待っている秀樹も無事でいられる保証はない。確かに今の秀樹は恐ろしいし、強い憤《いきどお》りも感じているが、とはいえ大切な幼馴染みなのだ。この世界からいなくなってほしいとは夢にも思っちゃいない。だから――。

「クロノ、こ、これはっ⁉」

凄まじい焦燥の中、必死で右肩に乗っているクロノに尋ねるが――。

（ら、羅刹の強制転移⁉　羅刹ってまさかあの五鬼神《きじん》、羅刹かっ⁉　天下の餓鬼王が、この無力な世界に本格介入するじゃと⁉　あり得ぬっ！　そんなの絶対にあり得てはならぬっ！）

梓の質問には答えず、悲鳴じみた声を上げるクロノ。その声には一切の余裕が消失していた。

そして無常な声は続く。

《大将羅刹の強制転移に成功いたしました。引き続き、餓鬼王の指定する他界制圧鬼軍の召喚《しょうかん》及び指定の人界《じんかい》の三名を【羅刹三本指】として降鬼《こうき》の儀式を行います》

そんな意味不明な内容の言葉が頭に響く。

《愚痴鬼《ドリブル》――久我信勝《のぶかつ》――降鬼成功。
欲鬼《グリード》刑部黄羅《きら》――降鬼成功。
嫉妬鬼《エンヴィ》――香坂秀樹――降鬼成功。
魂の現界に成功している夜叉童子《やしゃどうじ》は受肉し、人間界での単独行動を可能とします。その反射的効果により、八神間郡《やがみまぐん》から分離、八神間郡に悪螺王《あくらおう》が降鬼します。さらに、餓鬼王から鬼界《きかい》と人間界の門《ゲート》解放の申請――核《こころ》となる天人の存在を確認。天人――雨宮梓を鬼界に転移し、時限的な核としてゲートの解放を試みます》

「ひッ⁉」

突如、紅の魔方陣が梓の足元に生じその全身を覆うが、あっさりと弾け飛ぶ。

（させぬ！　させぬぞっ！　エンジェル、直ちにここから逃げるのじゃ！）

クロノが絶叫する中、

「ほー、やけに頑丈《がんじょう》なプロテクトだナァ」

眼前の肉塊《にくかい》があった場所で、迷彩色《めいさいしょく》の半ズボンを着用した中肉中背《ちゅうにくちゅうぜい》の上半身裸《はだか》の男が、小さな真ん丸のサングラスを押し上げて興味深そうに呟く。そのサングラスの男の脇には、角《つの》を生やした笑い顔、泣き顔、怒り顔の仮面をした三人の男女が奇妙なポーズをしながら佇立《ちょりつ》していた。

「だ、誰？」

後ずさりながら、震え声で尋ねるも、

「だがァ、無駄だァ。悪螺王、ヤレェ！」

サングラスの男の指示が飛び、

「承《うけたまわ》りました」

顔を悪と記された札《ふだ》で隠している白髪の男が一礼するとパチンと指を鳴らす。その途端、魔方陣が次々に梓を包み、その意識はプツンと失われてしまう。

◇◆◇◆◇◆

12月22日、15時00分──分京区《ぶんきょう》、水堂橋《すいどうばし》駅前。

「おい、見ろよ！」

「うん？」

「うへ、キモッ！」

水堂橋駅前上空に現れたいくつもの黒色の渦《うず》。道行く人々も足を止め、上空の非常識な光景をぼんやりと眺めていた。ざわざわざわっと林が揺れるようなざわめきが聞こえる中、まるで卵から孵化《うか》する雛《ひな》のように、黒色の渦から続々と這《は》い出てくる生物たち。

一つ、目が巨大でギョロとした禿頭《とくとう》の角のある怪物。

二つ、馬顔で腰蓑《こしみの》一つの額に角のある怪物。

三つ、弓を持つ梟《ふくろう》の頭部を有する黒色の軍服を着た怪物。

「これって何の撮影？」

近くにいたカップルの男性の方が物珍しそうに馬顔腰蓑の人型の生物へ近づくが、馬面《うまづら》の男が持つ剣が振るわれ――。

「うきょ！」

その頭部は宙を舞い、地面に落下する。

「ひいいいいいっ!!」

その彼女の絶叫が全てのトリガー。一瞬で水堂橋駅前は地獄と化す。

12月22日、16時15分――豊嶋《としま》区。

糀街《こうじまち》大通りを行進する角を生やした鎧武者《よろいむしゃ》たちの大軍勢。

鎧姿の鬼たちは『羅』の旗を掲げながら、両手両足を規則正しく動かして一糸乱れぬ行進を行う。その悪夢のごとき現実に遭遇し必死に逃げ惑《まど》う都民を弓隊《ゆみたい》が矢を放ちその命を次々に摘《つ》み取っていく。警察官や自衛官は、そんな都民を守るべく果敢《かかん》にも怪物どもに立ち向かうが、槍兵《そうへい》の長槍《ながやり》により、串刺《くしざ》しになってあえなく絶命する。そして、立烏帽子《たてえぼし》を被り、袴を身に着けた鬼たちから放たれた赤色の光の束が、建物ごと周囲を焼き払い焦土《しょうど》と化す。そんな地獄絵図の状況の中、路上に放たれた餓鬼の群れが、逃げ遅れた都民を食い千切り蹂躙《じゅうりん》していく。


12月22日、16時45分――仲野区《なかのく》。

空を駆ける牛面《うしづら》の鬼が斧《おの》を一振りしただけで、大地には大きな亀裂《きれつ》が走り、逃げ惑う人たちを粉々の肉片へと変えてしまう。

「背中を向けるとは笑止千万《しょうしせんばん》！」

泣きながら逃げる親子へ向けて、牛頭の空手《からて》の左の掌から巨大ないくつもの竜巻《たつまき》が生じ、その全身を引き千切り、バラバラに解体し尽くす。

「臆病者《おくびょうもの》に生きる価値なし！」

牛頭が左指をパチンと鳴らすと、天から落ちる巨大な炎の柱が逃げ惑う都民を骨も残さず焼き尽くす。

12月22日、17時28分――渋屋区《しぶや》。

「きゃぁあああああっ!!」

どでかい真っ赤な肌の二つの角を持つ鬼が右手に持つ金棒《かなぼう》を振り下ろす。弾道ミサイルが直撃したかのようにビルが破壊され崩れ落ち辺りにいた都民を呑み込む。

巨大な赤鬼は逃げ惑う人を無造作に右手で摑む。

「い、いやだ！　やめてくれっ！　ぐぎゃあああああぁぁぁぁ!!」

必死に懇願の言葉を吐き出すサラリーマンの男性を、ボリボリと頭から食い千切った。

◇◆◇◆◇◆

鬼沼が指定した三日が過ぎる。警察署に戻った俺は黒短髪の無精髭の男、十朱と右頰に入れ墨のある女、朝倉葵から事情聴取を受けていた。というか、俺の知る事情をいくつか話してお互いの知る情報を確認した後は、ただの世間話になってしまったわけだが。特に朝倉葵は当初の俺に対する攻撃的な態度は鳴りを潜《ひそ》めて、気持ち悪いくらい恭しいものに変わっていた。

丁度三日後、右近から検察庁との取引が済み、護送されることになると報告を受ける。既に俺の身柄《みがら》は建前的《たてまえ》には検察庁にあることになっているらしい。もちろん、俺への取り調べ自体が違法。それを盾《たて》に右近が検察と取引をしたようだ。もっとも、それで俺の容疑が晴れることにはなるまい。あくまで向こうが俺に対し無茶ができなくなったにすぎない。

そんなこんなで、今は検察庁へと向かう護送車の中ってわけ。今の俺にはやることがある。ここで逃亡しても罪になるのは逃げた俺自身のみ。右近たちには一切関係がない。

信号で車が止まる。無実だろうが逃げる以上、これで俺も犯罪者。シャバとは永遠にお別れだ。

(さて行くとするか)

腰を上げようとしたそのとき、車に凄まじい衝撃と爆音。視界がグルグル回り、背中から叩きつけられる。顔を上げると、グシャグシャに押し潰された車内が視界に入る。

「ぐ……」

聞こえてくる刑務官たちの苦悶《くもん》の声。これは放置するとマズイな。千里眼で車内を捜索して生存者を確認。そして車に触れて【チュウチュウドレイン】により、車の全てを右手に集める。

突如、地面に投げ出される刑務官の全てを空手の左手でキャッチして地面に寝かす。

鉄塊《てっかい》になった車両だったものを路上に置き、戦場と化した周囲を確認する。路上には横転した車が煙を上げていた。路上のど真ん中で飛び跳《は》ねている不自然に腹が飛び出た小鬼。すかさず解析をかけると――『餓鬼：鬼界の住まう餓鬼王の最下級の眷属』との説明とステータス『筋力3000　耐久力1500　俊敏性1500　魔力1000　耐魔力1000』との文字が浮かび上がる。

なんだろうな、この出鱈目《でたらめ》な強さは？　またあの如何《いか》わしいクエストだろうか。いやそれにしてはおふざけ具合が弱い。それに餓鬼王や鬼界とかいう初めて聞く用語もある。いつもと勝手が違うと捉えるべきか。何よりも、あれなら今の俺にも倒せる。

あの無限廻廊とかいう悪辣《あくらつ》ダンジョンで発掘したアイテム——ハイポーションをアイテムボックスから取り出して、刑務官たちに飲ませると一瞬で傷が癒《い》えていく。

「すげぇ……」

目を真ん丸くして俺たちを凝視しているサラリーマン風の男に、

「すぐに救急車を呼んでくれ。そしてこれを他の怪我人《けがにん》に飲ませろ。そうすれば癒える」

返答を待たずにハイポーション十数個を地面に置くと、俺は今にも親子を襲おうとしていた餓鬼に向けて疾駆《しっく》し、右拳をその顔面にぶちかますと同時に【チュウチュウドレイン】により、その血液を全て抜き取る。ミイラのごとく干からびてしまった餓鬼を踏み潰しトドメを刺すと、俺は目的地に向けて走り出した。


わらわらと群がる餓鬼どもを殺しながら、遂《つい》に帝都ホテルのパーティー会場へと到着する。

逃げ惑う通行人を襲おうとしていた餓鬼を片っ端から殺したせいだろう。【チュウチュウドレイン】のスキルレベルが上昇し、まだ血液だけの限定ではあるが、触れなくとも近距離ならば血液を吸い取ることが可能となった。

いきなり逃亡した容疑者がパーティー会場に入れば混乱は必至《ひっし》。そう考えて宴会用の変装グッズを顔に装着し、アイテムボックスから取り出したパーカーのフードを深く被っていたわけだが、現在、外に突如出現した怪物たちの襲撃《しゅうげき》によりパーティー会場内は混乱の極致《きょくち》にあり、俺などそもそも誰も気にも留めなかった。

さて、演技をするにも雨宮を見つけなければ意味はない。どこだろうな。見当たらない。トイレだろうか。流石に女子トイレの前で待つのもな。それじゃあ、マジもんのストーカーだぜ。

それにしても、あれって俺の母校の暴君生徒会長、東《あずま》胡蝶じゃね？　この場にいるのは一流企業のスタッフだけだが、高校一年のときも生徒会をほぼ掌握《しょうあく》してしまったような女だ。能力だけは非常識に高かった。この場にいてもフーン程度の感慨《かんがい》しか浮かばないがね。

ともかく胡蝶に見つからぬよう、この会場で雨宮が姿を現すのを待つしかないか。何度も会場を出入りすれば怪しまれる。各製品ブースを見学して時間を潰すしかないだろうな。

『大変なのじゃ!!　一大事なのじゃ!!』

突如、脳内に響く懐かしい声に俺は右肩に視線を向けると、馬鹿猫がピョンピョンと飛び跳ねて必死に自己主張していた。

（お前、いくらなんでも唐突すぎんぞ？　今の今までどこほっつき歩いていたんだ？）

散々《さんざん》、放浪《ほうろう》してやっと戻ってきたか。こいつがいないと武器なしでの戦闘を強いられる。いくら猫がフリーダムとはいえ、勝手すぎんだろ。

『そんなことはどうでもいい！　エンジェルが大変なのじゃ!!』

馬鹿猫の慌てっぷりから言って、碌なことじゃない。しかも雨宮の件ときたか。

「少し落ち着け」

俺はパーティー会場を出ると人気《ひとけ》のない建物の隅へと移動し、

「お前が知ってることの全てを話せ！　全てだ」

有無を言わせぬ口調で厳命する。

『うむ……』

モジモジしつつも、馬鹿猫はようやく話しだす。

「ほう。とすると、お前、端《はな》から雨宮があのボンボンに洗脳されていることを知っていて俺に黙っていたと？」

『だって妾の手でエンジェルを救い出したかったんじゃもん』

半眼《はんがん》でクロノを眺めると、肉球《にくきゅう》を拗《す》ねたように合わせる馬鹿猫に深いため息を吐く。

「他に理由は？」

それだけの理由なら、この馬鹿猫はきっと俺に話している。ずっと一緒に生活していたからな。こいつがそこまで薄情ではないことくらい知っているさ。

『あやつらが何をするかわからなかったからじゃ。下手にそなたに話してエンジェルやその家族に危害を加えられては敵《かな》わぬ。妾にとってエンジェルが全てに優先するのじゃ』

そういうことか。ならクロノを責めるのは筋違いだ。理由まではわからんがクロノの雨宮に対する執着は相当なものだ。俺とて妹の朱里《あかり》の安全を最優先で考えているから、クロノの気持《き　も》ちは容易に理解できる。それに仮にクロノから洗脳の件を聞いていても、奴らの目的が俺の勾玉《まが　たま》にあった以上、坪井と勘助のおやっさんは助けられやしなかっただろう。逆にクロノの言う通り、雨宮やその家族に危害を加えられていたかもしれん。何せあんな拷問をする奴らだ。そのくらいするだろうさ。

「その羅刹ってのは強いのか？」

『強い！　今アキトが想像している以上に！　羅刹と知ってあえて敵対するものなどよほどの間抜けか、六道王及びその重臣に限られよう』

六道王ね。餓鬼たちの主が餓鬼王っていったっけな。最低の眷属である餓鬼であの強さだ。現段階の俺では敗北必至だろうな。

「で、結局、お前自身どうしたいんだ？」

まあ、俺の意思は既に決定しているがね。相手がそれほどの強者なら、この馬鹿猫に逃げ道を作ってやるのもやぶさかではない。

『エンジェルを助けたい。あとはどうなろうと知ったことじゃない。エンジェルの家族を連れてあいつらが来そうもない場所に、逃げればよいのよ！』

他の全てを犠牲にしても己の大切なものだけは守ろうとする姿勢。本当に俺とお前は似たもの同士だ。でもな――。

「それはダメだ。全然だめだぞ、クロノ。餓鬼王だか何だか知らんが、奴は俺にとってももやっちゃいけねぇことに手を染めた。その報《むく》いはきっちり受けさせなければならねぇ」

この事件の発端は俺からあの勾玉を奪いたいがために仕組まれた。話の流れからあの勾玉がこの地に奴らが出現するためのキーだったのだろう。つまり、裏から哀れで滑稽《こっけい》なマリオネットたちの糸を引いていたのは、その餓鬼王とかいう奴の勢力だったってわけだ。奴らは雨宮の心を弄《もてあそ》び坪井と勘助のおやっさんを殺した。俺はその行為を絶対に許さん。奴らにはとびっきりの破滅をくれてやる。

『だから言っておろう。あれは人、いや、この世界のものに対抗し得るものではないのじゃ』

「今はそうだろうな。だが、あくまで現時点ではの話だ」

俺の台詞にクロノは暫《しば》しポカーンと大口を開けていたが、

『アキト、お主は奴らの強大さを知らぬのじゃ！　知らぬから、そんな絶対に不可能なことを言うておるにすぎんっ!!』

猛反論を叩きつけてくる。

「お前の常識に当てはめて不可能って決めつけんなよ。そもそもそうした認識自体が旧態依然《いぜん》とした考えだぜ？　餓鬼王？　とっくの昔にそんな椅子に胡坐をかいていられるほど、優しい世界じゃなくなってんのさ」

これは俺の勘だが、間違っちゃいないと思う。餓鬼王なる超常の存在が、この世界へアクセスしてこないのは、多分このクズのようなシステムを作った奴の意向による。

もちろん、それは俺たちの身を案じているからでは断じてない。この世界を構築している運営者とやらにとって、その餓鬼王たち超常とされる存在も俺たちも等しく《カオス・ヴェルト》というゲームのプレイヤーであるということ。パワーバランスを崩《くず》さぬように、今はまだ餓鬼王なる勢力によるこのゲーム盤への介入を制限しているにすぎまい。俺たち人類側の実力が上がれば、六道王とかいう大層な名前の奴らも、この世界に姿を現すことだろう。要するに、奴らもこの《カオス・ヴェルト》というゲームに囚われてしまった哀れな子羊《こひつじ》ってことでは共通している。

少し話が逸《そ》れたが、この《カオス・ヴェルト》というゲームの運営側がその羅刹の現界を許諾した以上、この世界には奴を屠《ほふ》る手段があるということを意味する。その方法について俺は一つの仮説を立てている。

『お主、どうかしておる。あの羅刹じゃぞ！　殺戮鬼《さつりくき》とも称される鬼界の中でも生粋《きっすい》の武闘派じゃ！　あんな怪物に抗《あらが》えるものかっ！』

頬を引き攣らせながらも、クロノは捲《まく》し立てる。

俺は小指で耳をほじりながら、

「あーそうかよ。だったら、このまま雨宮を放置して逃げるか？　雨宮がそのゲートの核にされている以上、そいつの懐《ふところ》に飛び込まねぇと解放されねぇんじゃねぇのか？」

クロノの最も痛いところを指摘してやる。

『ぐぬぬ……』

「つまり、お前の道は二つしかない。ここで降りるか。俺とともに地獄まで突き進むかだ」

仮に俺が羅刹という奴を滅ぼせば、それは餓鬼王とかいうクズの面子《メンツ》に本格的に糞尿《ふんにょう》をぶちまけるに等しい。今後も剝《む》き出しの敵意を向けられることだろう。俺にとっては望むところだが、クロノには餓鬼王との反目が約束されるようなもの。悩みもするか。

『なぜじゃ？』

「あん？」

『なぜ、自ら死地《しち》へ向かおうとする？　何度も言うが、相手は恐怖の王、イカレた鬼神じゃ。あらゆる勢力が餓鬼王ともめるのだけは忌避《きひ》しておる。なのに、なぜお主は――』

「だから、そもそもそれが勘違いだって言ってんだろ。死地なのは奴らも同じ。今回の件をやらかしたことで、奴らは決して下車できん破滅か栄光かの二択しかない片道急行列車に乗っちまったんだ。もうお互い戻れねぇんだよ」

いわばこれは互いに相手のプレイヤーの殺害が義務づけられているデスゲーム。排除されるのが嫌なら端からそのゲーム盤の舞台に上がらねばいい。だが、コントローラーを握りエントリーした以上、もう逃げられねぇんだ。

『……』

歯軋《はぎし》りをして憎々《にくにく》しげに俺を見上げるクロノを尻目に、俺は会場内に親指を指し、

「お前の話だとゲートが完全に開けば、こちら側から雨宮を分離することができなくなるんだろ？　事態は一刻を争う。俺たちも行動に出るとしよう」

『ぐむ！　結局妾に選択肢などないではないか！』

「お前が雨宮に執着している限り、そうかもな」

餓鬼王、お前は自分から最大の墓穴《ぼけつ》を掘りやがったんだ。そもそも、このままバックレられて俺に全責任を押しつけられるのが一番厄介だったんだ。でもこれでお前らへ辿《たど》り着く道がで

きた。もういい加減、そろそろ逃げ回るのにも飽《あ》きてきたところだ。実にわかりやすい黒幕が自ら出てきてくれたことだし、この溜まりに溜まった鬱憤《うっぷん》の捌《は》け口の対象としてせいぜい利用させてもらうとしよう。その前にこの会場には、あのボンボンの人質がいる。ドンパチ中に、人質を顧慮《こりょ》して戦うなど冗談ではない。憂《うれ》いは早急に取り除いておくことにしよう。

餓鬼どもの氾濫《はんらん》により、大騒ぎとなっている会場に入り千里眼で女帝――胡蝶の全身をくまなく解析すると大脳付近に微小な紅の種《たね》のようなものがある。千里眼で会場内の全人間を捉え、解析をかけて大脳付近を見ると十数人に胡蝶同様の赤色の種子《しゅし》が存在した。やはりあの研究開発部の部長と赤髪眼鏡の新入社員にもある。あの殺害現場で感じた新入社員への俺の違和感も正しかったということかな。

「なるほど、あれにより操っていたわけね」

『取り出せぬぞ。あの気色悪い塊《かたまり》はその者の脳に深く食い込んでいるため――』

ごちゃごちゃうんちくを垂れている馬鹿猫を無視し、胡蝶に背後から近づき千里眼で特定した微小の種子を【チュウチュウドレイン】により取り出す。すぐに離脱して右手を確認するとその種子は俺の手の上でサラサラとした塵《ちり》と化してしまった。

(どうやら摘出《てきしゅつ》可能なようだな)

『んなっ！　そんなアホな……』

糸の切れた人形のように崩れ落ちる胡蝶を隣にいたホテルのスタッフが支えるのを確認し、

俺は会場内の他の者たちからも紅の種子の摘出を開始する。

ふー、全員無事摘出できた。俺のような頭からフードを被った怪しい男がパーティー会場をうろついているんだ。普段なら即、ホールのスタッフにつまみ出されているはずだ。それがこうもスムーズに事を終えられたのは、現在、この会場が上を下への大騒ぎとなっているからに尽きる。とどのつまり、全員、真っ青な顔でスマホを凝視しており、俺など見向きもしなかったのである。

『妾が数週間をかけてようやく排除したものをたった一瞬で……徹夜までしたのに……妾の苦労は一体なんだったんじゃ』

頭を抱えて唸り出す馬鹿猫などガン無視し、パーティー会場を出ようとするが、

「待ちなさい」

回復した胡蝶に右手首を掴まれ顔を覗き込まれる。胡蝶の奴は妙に勘がいいし、頭も切れる。この程度の変装など彼女には無駄だろう。学生時代も誤魔化《ごまか》せた記憶などないしな。

「よ、よう！」

観念して引き攣った笑みを浮かべて右手を挙げる。胡蝶が大きなため息を吐いて口を開こうとしたとき、胡蝶との間に複数の黒装束を着た集団が割って入ってきたかと思うと、たちまち俺を取り囲む。

こんな濃い奴らはさっきまでいなかった。どうやら俺に用があるらしい。この黒装束どもが

俺に向けている物騒《ぶっそう》なものからも、どういうことか十分すぎるほど察知《さっち》できるというものだが。

「藤村ぁ、来るとは聞いていたが、本当に脱獄してくるとはな」

短髪の蛇野郎、上野課長が黒装束たちに守られるようにして姿を現す。どうやら俺は嵌《は》められたようだ。上野を唆《そその》かしたのは、きっとあの久我とかいう名の七三分けだろうな。

上野はグルリとパーティーのゲストを見渡すと恭しく一礼して、俺に右の掌を向ける。

「あれは我が社の大切な従業員を殺した猟奇殺人犯、藤村秋人！　おそらく外の混乱に乗じて脱走してきたのでしょうっ！」

一瞬にして会場内にざわめきが巻き起こる。それに上野は口角を上げると、

「凶悪犯ではありますが、ご心配なくぅ！　彼らは日本政府の制圧部隊です！　もう、これは何もできませんっ！」

勝ち誇ったように宣言する。

「藤村ぁ、貴様、よくも坪井さんを！　俺が成敗《せいばい》してやるっ！」

営業部の功労者として同じくこのパーティーに呼ばれていたのだろう。中村《なかむら》が黒装束たちを押しのけて俺の前に出る。おそらく、売名行為のつもりだろう。まったく、こいつは……。

「おい、危険だぞっ！」

黒装束の一人が、とびっきりの緊張をはらんだ声を上げる。多分、こいつらの緊張具合からして、俺について多少は聞かされているのかもな。

「大丈夫、大丈夫ですよぉ。この俺が藤村ごときに負けるわけがないって――」

俺はゆっくりと数歩、中村までの間を詰めて胸倉を掴む。

「へ？」

キョトンとした顔の中村を黒装束に向けて放り投げる。目を白黒させている中村を無視して、

「悪いが、もうそういう状況じゃねぇんだ。邪魔をするというなら、押し通らせてもらう」

周囲を眺めまわしてそう言い放つ。もうこんな変装など必要ないし、雨宮が囚われてしまった以上、俺には一切、自重する気などない。

「俺たちから難なく抜けられる。そう思っているのか？」

黒装束の中で唯一《ゆいいつ》、顔を晒している赤髪で坊主頭の男が薄気味の悪い笑みを浮かべつつ俺に短剣を向けてくる。多分、偉そうなところからして、こいつらの隊長格というところだろう。

「ああ、ここは俺たちの生きる腐りきった世界だ。悪いことは言わねぇ。素人はすっこんでな」

俺はその宣言のもと、両手をゴキリと鳴らす。格好《かっこう》をつけているつもりはない。これは俺と餓鬼王とかいう化け物とのデスゲーム。そこに割って入るには相応の覚悟と実力が必要だ。覚悟は知らんが、こいつらにはその実力が決定的に欠けている。

「俺たちが……素人だと？」

赤髪坊主頭の男の眉間《みけん》に青筋が立つ。周囲の連中からも親の仇《かたき》のような視線を向けられる。

「ああ、お前たちでは明らかに力不足だ」

鑑定をしたが、こいつらの平均ステータスは１００にも満たない。坊主頭が１８０程度。これでは外で徘徊《はいかい》している餓鬼どもにすらも太刀《たち》打ちできない。餌《えさ》になるだけだ。

「止《や》めろ、秋人！」

突然の声に振り返ると、意外極まりない人物が立っていた。それは俺の実父、藤村詩弦《しげん》。

「はっ！　あんたか……」

まさかこの場でこの男に出くわすとはな。まあ、藤村流は古武術《こぶじゅつ》では古参《こさん》の名家であり、全国展開されている。政界や財界にも顔が聞くし、この場にいても確かにおかしくはないか。

「お前、なぜ、ここにいる？　脱獄してきたのか⁉」

どことなく早口なのは、奴には珍しく大層焦《あせ》ってでもいるのだろう。それもそうか。最悪の出来損《できそこ》ないでも一応、俺も藤村家の一人だしな。藤村家に泥を塗ったには違いない。

「さあな、あんたにそれを説明する必要はねぇよ」

この男と馴《な》れ合うつもりは毛頭ない。そんなことよりも、もうこの場所に用はない。時間もないことだし、早くデスゲームに参加するとしよう。面倒になった俺が跳躍《ちようやく》しようと足に力を込めたとき――パーティー会場の扉が粉々に破壊され、のそりと短パン一丁の馬面の怪物が金棒片手に入ってくる。次いで、俺たちを傍観《ぼうかん》していたゲストたちの悲鳴と絶叫をバックミュージックに多数の餓鬼どもが部屋に一斉《いつせい》に侵入してきた。

『食い物がうじゃうじゃいるのぉ。羅刹様の仰《おつしや》る通り、ここはオイらのパラダイスうぅっ！』

馬面の怪物はのけ反り気味に咆哮《ほうこう》を上げる。あれはマズイな。解析をしたら、『馬頭鬼《ばとうき》：餓鬼王の低位の眷属。人の肉を好む』と記載されていた。そして、平均ステータスは約４０００。ここに来るまでいくつかレベルが上がった俺とステータス上はほぼ互角《ごかく》だ。

「ば、馬鹿な。あれは餓鬼王様の眷属、馬頭鬼……様？」

赤髪坊主頭の男が呻《うめ》き声のような声を絞り出すと、

「それって神話や御伽噺《おとぎばなし》だけの話じゃあ……」

「あれらは餓鬼？　本当に餓鬼王様がこの人界に攻めてきたってのかっ⁉」

今まで自信満々だった黒装束たちの間に動揺が走る。そんな中、馬面の怪物は金棒の先を俺たちに向けると、

『下等生物《にんげん》どもぉ！　貴様らには二つの道があるぅ！　大人しくオイたちの食糧《しょくりょう》となるか、それとも鬼となってこの人界の制圧を手伝うか！　特別に我らが将たる羅刹様は貴様らに選ばせてやるそうだ！』

ビリビリとホールを震わせるような大声を張り上げる。ざわめきが広がる。だが、それは突《とっ》拍子《ぴょうし》もない提案に対する困惑によるところが大きい。通常、侵略してきている怪物からのそんな甘言《かんげん》に乗るものなどいない。そう思っていた。だが――。

「それは貴方の眷属にさせていただける。そういうことでしょうか？」

赤髪坊主頭が恭しく一礼しながら尋ねていた。

「荒武《あらたけ》さんっ！」

焦燥に満ちた声を上げる黒装束の一人に、

「お前らもよく考えろ！　ここで逆らっても待つのは確実なる死！　もし、眷属にしていただければ、一族の悲願が叶う！」

赤髪坊主頭の男が叫ぶと、黒装束たちも皆、押し黙る。まったくこいつらの倫理観《りんり》ってどうなってんだろうな？　仮に俺が猟奇殺人者であったとしても、人食い鬼に味方をするようなら、同じ穴の狢《むじな》だろうに。

「これは老婆心《ろうばしん》からの忠告だ。そいつらの甘言に乗った瞬間、この世界では生きられなくなる」

俺の言葉に赤髪坊主頭の男は嘲笑《ちょうしょう》を浮かべ、

「ふんっ！　殺人犯に言われる筋合いはないわっ！」

吐き捨てるように侮蔑《ぶべつ》の台詞を吐くが、その固く握られた両拳は震えていた。

「俺は忠告したぜ。あとは好きにしな」

鬼化すれば殺すだけ。俺は人以外に容赦《ようしゃ》など一切するつもりはないから。

「……」

奥歯を食いしばって苦渋《くじゅう》の表情を浮かべる。この様子からすると、おそらく迷っているんだろう。そんな中、意外な人物が思わぬ動きを見せた。

「私を眷属にしてください！」

それは上野課長。奴はいつもの薄気味の悪い笑みを浮かべつつ馬頭鬼に向かって深く頭を下げて懇願の言葉を口にする。

「なッ!?　上野君、正気か!?　君は――」

血相を変えて営業部の部長が上野課長に近づいてその右肩を掴もうとするが、

「うるさいッ！　私に命令するなっ！」

裏拳《うらけん》をその顔面にぶちかます。吹っ飛ばされて呻き声を上げる部長に会場から悲鳴が上がる。

『貴様、腐《くさ》りきっているな。いいぞぉ！　貴様のようなクズの方が上質な鬼ができる』

口角を吊り上げて、馬頭鬼が右手の人差し指を向けると、上野課長の額に印《いん》のようなものが浮かぶ。

「ぐぎっ!?」

喉を掻きむしって呻き声を上げる上野課長の全身の皮膚《ひふ》はボコボコと泡立《あわだ》ち、変質していく。たちまち、２メートルを超える額に角を持つ鬼に変貌していた。上野だったものは自身を眺め、

『素晴らしい……素晴らしいぃぃぃっ！　力が溢れるようだっ！　これなら今まで私を馬鹿にしてきたあいつらも見返せる！』

両腕を広げて歓喜の声を上げる上野だったもの。

『だ、そうだ？　他に眷属となるものはいるか？』

その悪魔の囁きに、赤髪坊主頭の男は首を左右に振ると、

「やっぱり俺にはできねぇ」

拒絶の言葉を吐く。

「あんたは眷属になると思ったがね」

「俺には妻と子がいるからな。それに、あれを見させられちゃあな。なんか恥ずかしくなっちまった」

既に鬼化した上野に憐《あわ》れむような視線を向けつつ、そうボソリと呟く。

「あんたらもそれでいいのか？」

赤髪坊主頭の男の仲間の黒装束たちに尋ねると皆無言で顎を引く。なら話は早い。

「どのみち、あんたらじゃあいつらの処理は無理だ。俺がやる」

俺は右肩にお座りしているクロノに視線を落とすと、

「クロノ、俺とともに、餓鬼王とかいうクズとのデスゲームを行うか、それともここでリタイアするか、ここで今すぐ決断しろ」

地獄行きの列車への切符《きっぷ》を買うかどうかを最終確認する。

『ぐぬ、そんなの今更《いまさら》もいいところじゃっ！』

不貞腐れたようにそっぽを向くクロノ。

「ダ、ダメに決まってるだろう！　お前のような軟弱者があれに勝てるものかっ！」

初めて聞く必死な親父《おやじ》の声が木霊《こだま》する。へえ、あれの強さを朧気《おぼろげ》ながらも把握《はあく》するか。流石は藤村流の現当主といったところか。

「藤村さん、心配なさいますな。彼は強い。彼以外であれらの処理は不可能です」

恰幅《かっぷく》の良い小柄な男が叫ぶ。このおっさん、いつぞやの女子高の旧校舎のときの……浅井《あさい》といったか。

「浅井大臣、息子に武術の才能などないっ！　勝手なことを言わんでもらおうっ！」

浅井のおっさん、この国の大臣だったのか。この国の政治には疎《うと》くて今の今まで知らなかった。それにしても、親父が俺の戦闘をここまで拒絶するとは夢にも思わなかった。まあ、恥《はじ》をかかされたくはないとか、そういうレベルの話だろうけど。もういいだろう。始めるとしよう。

「あんたらは、ゲストの保護を頼む。クロノ、行くぞ！」

『らじゃーなのじゃ』

右手に収まる白銀の銃の懐かしの感覚を噛みしめながら、左手でアイテムボックスから狐の面を取り立し装着すると、一瞬の静寂《せいじゃく》。直後、今までとは比較にならない驚愕《きょうがく》の声が巻き起こる。

「お前——」

躊躇《ためら》いがちに口を開く赤髪坊主頭の男に、

「あんたらはゲストを守れ。いいか。決して戦うなよ」

俺は強く指示を出すと馬頭鬼へ向けて歩き出す。

『話はまとまったようだなぁ。全て食料となることを希望するか。ワシは構わんぞぉ。いずれにせよ、食い物が増えることはいいことじゃて』

馬頭鬼は口角を吊り上げながら、金棒を肩に担《かつ》ぐが、

『その程度のムシケラどもなどこの私が殺しますぅ』

上野だったものが、地響きを上げて俺に迫る。

「邪魔だ」

俺は一歩踏み込み、上野との距離を一気に縮《ちぢ》め、左手の裏拳を奴の顔面にぶち当てる。するとクリーンヒットし、上野だったものはボールのように何度も回転しつつ、壁に頭から突き刺

さり、全身がピクピクと痙攣《けいれん》する。

「嘘だろ……」

背後から赤髪坊主頭の男の狼狽《ろうばい》した声が聞こえる。

『貴様、人族ではないな？』

初めて馬頭鬼から笑みが消え、重心を低くする。ようやく本気になったようだ。

「いや、人間さぁ。いつの時代も化け物を殺すのは人間と決まっている」

『戯言《ざれごと》を！』

俺もクロノの銃口を向ける。

次の瞬間、俺たちは激突した。


クロノの銃口から射出された弾丸が、餓鬼どもの眉間を打ち抜き、ザクロのように頭部が弾け飛び、脳漿《のうしょう》をぶちまける。あっという間に、ホールには俺と馬頭鬼のみとなっていた。

『ぐおおぉおっ！』

獣《けもの》のごときかけ声とともに爆風を纏《まと》って迫る金棒を身を捻《ひね》ってかわすと、クロノの銃弾を撃ち込む。巨体とは思えぬ反射神経でそれらをかわすが、明後日《あさって》の方向に飛んだ銃弾は不自然な軌道《きどう》を描き奴に向かって殺到する。金棒を振るって銃弾を跳《は》ね飛ばしつつ、蹴りを放ってくる。それを俺は左回し蹴りで受ける。その衝撃波で近くのテーブルが粉々になり、床に大きな亀裂が走る。

距離をとってクロノの銃口を奴に向ける。さっきからこのような一進一退《いっしんいったい》の攻防を繰り返している。身体能力は互角。武術の技量は奴の方が上。特殊能力は俺が上。現在、拮抗《きっこう》状態ってやつだ。馬頭鬼は一瞬にして癒える俺の拉《ひしゃ》げた左足を凝視して金棒を肩に担ぎ、

『そのふざけた回復力、貴様、奈落《ならく》王の眷属だな？』

そんな意味不明なことを口走る。

「だから人だって言ってんだろ」

ホールの床を縦横無尽《じゅうおうむじん》に疾駆しつつ、クロノの銃弾を撃ち込み続ける。

奴が凄まじい速度で金棒で撃ち落とすなか、俺は射程距離ギリギリで【チュウチュウドレイン】により奴の両足から吸血する。一瞬にして干からびる馬頭鬼の両足。

『ぬッ!?』

奴に生じた僅かな隙に、間髪《かんはつ》入れず銃弾を放ち続ける。銃弾は奴の全身を貫き、地響きを上げて奴は仰向《あおむ》けに倒れる。

「チェックだ」

俺は奴の眉間にクロノの銃口を突きつけつつ、勝利宣言する。

『ぐはは！　このワシが負けたか。それもまたよし。最後に名を聞こう』

「藤、いや、ホッピーだ」

『そうか、ホッピーとやら、羅刹様は強いぞ。想像を絶するほどにな』

「もとより承知《しょうち》の上だよ」

『ホッピーとやら、地獄の底で待っている』

口角を吊り上げてそう叫ぶ馬頭鬼の眉間に俺は銃弾を撃ち続けた。

ホールに巻き起こる嵐のような歓声《かんせい》に包まれながら、俺は気怠《けだる》い身体を鞭打《むちう》ちホールの外に出る。

やれやれだ。馬頭鬼は幹部クラスというわけではあるまい。その一匹でこのしんどさかよ。先が思いやられるぜ。

「それで説明してもらえるんでしょうね？」

般若《はんにゃ》の形相の胡蝶が小走りに俺の前に回り込むと背筋《せすじ》が寒くなる低い声で尋ねてきた。

「悪いが、そんな時間はない」

ただでさえ今の俺は弱い。今のままでは餓鬼王どころか、ここを支配している羅刹にすら瞬《しゅん》殺《さつ》されるだろう。鍛えなければならない。その方法はクロノの話で既に見当がついている。

「君には私たちに説明する義務がある。違うかい？」

扉が開き、研究開発部の部長と赤髪の新入社員、浅井のおっさん、親父も姿を現す。

くそ、時間も押してるっていうのに次から次へと面倒な奴らだ。しかも、親父までいやがる。他の奴らはともかく、この部長と赤髪の新入社員の二人は俺のせいで巻き込まれたようなものだ。何より、こいつらの鬼気迫る様子からも、はぐらかせるような雰囲気《ふんいき》でもないし、特に浅井のおっさんが大臣ならば、事情は話しておいた方が吉か。

「わかった、わかった。10分で概略だけ話す。それで構わんな?」

頷く三人に俺は説明を始める。


「つまり、現在東京を襲撃しているのは餓鬼王とその軍勢だと?」

「その通りだ。さっきの馬面クラスがゴロゴロいる魔都と化している」

浅井のおっさんの問いかけに答える。

「で、あんたはどうするつもりなの?」

胡蝶の感情のこもってない疑問の言葉に、

「奴らを殺しまくって力をつける。それが俺たち人類が奴らに勝利する唯一の道だ」

アイテムボックスから【DEF・スタック】のカードを取り出しながら、到底信じるに値《あたい》しない策を口にする。クロノの話から予想はしていた。案の定、カードには俺の想像通りの文言《もんごん》が並んでいたのだ。

今現在行われているのは、人類と餓鬼王との間の戦争《ウォー・ゲーム》。俺たち人類の勝利条件は東京を占領している羅刹とかいう怪物の撃滅、ないし降伏《こうふく》。敗北条件は、羅刹軍による東京の完全制圧という単純なもの。

これだけなら、俺たちには勝ち目が一切ない。人類の勝機はこの【DEF・スタック(人類)】のカードの特殊的効果により、羅刹軍は新塾《しんじゅく》区、豊嶋区、仲野区、分京区、渋屋区の五区に分団配置され、8日に限り移動の自由が禁止されるということ。ただし、新塾区から他の四区へは羅刹以外の四名に限り移動可能ということ。要するに8日間に限り、【DEF・スタック（人類）】のカードの効力により、人類に攻め込んだ羅刹軍は、五つの区内に分断され閉じ込められたわけだ。この戦力が分断されている間に、レベルを上げつつ各個撃破していく。

『お主、マジでイカレてるのじゃ』

俺の話を聞いて、クロノが頬を引き攣らせ、しみじみとそんな感想を口にする。

「かもな。でもそれこそが、俺たち人類がこのゲームに勝ち得る唯一ともいえる策だ」

「わかった。総理と超常事件対策局には私の方から話しておく」

助かる。あいつらには普通の人間には無理だ。すぐにさっき伝えた五区以外に退避するよう伝えてくれ。これで大分スムーズにいく。

話が終わりに差しかかったとき、赤髪眼鏡の新入社員は俺の前まで来ると胸の前で両手を絡ませ忙《せわ》しなく動かしながら、

「あ、あ、ありがとう」

頭をペコリと下げてくる。

「うん？　何が？」

「た、助けてくれたこと」

大きく息を吐き出し、

「いや、だから話したろ。お前らを俺が巻き込んだんだ。俺が謝るべき話なんだよ。すまなかったな」

香坂秀樹とこの事件の黒幕のせいでこいつらは、自身の意思に沿わない行動を強いられた。その原因は俺が梓に預けた勾玉だ。マスコミは自分勝手だからな。今回の件が明るみに出れば、自分たちの報道したことなど全て忘却し、二人を悪役に仕立てて吊るし上げかねん。そんなリスクを二人に負わせてしまった。

「ほう、外見とは異なり随分《ずいぶん》、お優しいのだな。あの自己中ナルシスト男とは大違い。彼女が惚《ほ》れるわけだ」

研究開発部の部長が俺たち二人を見て、面白そうにそんなくだらぬ冗談を呟く。忽《たちま》ち顔を真っ赤にして俯く赤髪眼鏡の新入社員。ほら見ろ、雨宮と同じ。この手の女はその手の冗談に免疫《めんえき》がねぇんだよ。

「惚れるって……まさか」

胡蝶はといえば検討することすら値しない法螺《ほら》話を真《ま》に受けたのか、東京湾に出現したゴ〇ラでも目にしたように、強張《こわば》った顔つきで俺と赤髪眼鏡の新入社員を交互に見る。

さてこれで話は終わった。そろそろ俺も戦場へ向かうとしよう。そう思っていたわけだが、意外なところから横槍《よこやり》が入る。

「反対だっ！　何もお前がやる必要はあるまい！」

まさか親父に反対されるとは夢にも思わなかった。俺のような落ちこぼれなどいつ死んでも構わないと、ずっと幼い頃から言われ続けてきたんだからな。

「俺にはやらなきゃならない理由があるんだよ」

「それは、梓のため？」

「ああ、そうだ。俺にはあいつを助ける理由がある」

唐突な胡蝶の問いに顎を引く。

「それは恋愛感情ってやつ？」

「どうだろうな」

「へー、てっきりチキンなあんたのことだから、血相変えて否定するかと思ったんだけどね。意外だわ」

「そうだな。俺も意外だよ」

俺は雨宮を大切に思っている。それは紛れもない事実だ。だが、それが恋愛感情かまでは俺自身わからない。だが、少なくとも雨宮の気持ちを軽《かろ》んじたくはないと思っている。

胡蝶は呆《あき》れたように肩を竦めると、親父に向き直り、

「おじさま、こいつは卑怯《ひきょう》で臆病でどうしょうもない奴ですが、命を賭けるだけの大切な子ができたみたいなんです。こいつを行かせてやってください。お願いします」

頭を深く下げる。突然の胡蝶の行為に俺が目を白黒させていると、胡蝶は今度は俺に向き直り、

「使いなさい。どうせ今持っていないんでしょ？」

スマホを投げて寄越《よこ》してくる。

「あ、ああ、助かるよ」

壮絶に口ごもりながら、スマホを受け取る。

「礼なんかいらない。だから、無事に帰ってきなさい」

そっぽを向いて呟く胡蝶の姿に思わず吹き出してしまう。

「何が可笑《おか》しいのよ⁉」

ギヌロと刺すような視線を向けられ、凄まれる。

「今のお前の台詞、昔、ドラマかなにかで見たことあるなと思ってな」

「――っ⁉」

忽ち顔を紅潮させて俯く胡蝶。本当にこいつは昔から変わらない。正義感が強く、俺のような外れた奴にもまともに対応し、自分の雰囲気に酔ってはそれを指摘されるとすぐに言葉に詰まる。

「うーん、乳繰《ちちく》り合っているところ申し訳ないが、いいかね？」

「だ、誰がこんな奴と乳繰り合ってますかっ⁉」

歯を剝き出しにして反論する胡蝶を押しのけると、研究開発部の部長は姿勢を正し、

「梓君は私の大切な部下。私からも彼女を頼むよ」

俺に頭を下げてくる。

「あ、アキト先輩、梓先輩をお願いします。わ、私、すごくあの人にお世話になったから……」

赤髪眼鏡の新入社員もそう懇願してきた。

「雨宮は任せろ。あと胡蝶、お前の弟も必ず連れ帰る。だから、もう一度しっかり向き合えよ」

「ええ、そのつもりよ。でもそれはあんたもでしょ」

不機嫌そうだが、強い眼差しで胡蝶は頷き、意味深な台詞を吐く。

「じゃあ、俺は行くぜ」

俺が背中を向けたとき、

「秋人！」

親父から声をかけられる。背中越しに振り向くと、神妙《しんみょう》な顔で、

「必ず戻ってきなさい」

そんな言葉を絞り出した。

「あんたに言われるまでもない」

そんな捨て台詞を残して、俺は外へ向かって走りだした。

◇◆◇◆◇◆

「胡蝶さん、ごきげんよう！」

ホッピーの後を追うようにホテルの外に出て行って、戻ってきた胡蝶に浅井七海《ななみ》は軽くドレスの裾《すそ》を摘《つ》まんで挨拶をする。胡蝶さんとは一回り歳《とし》が離れていることもあり、パーティーで数回話したことがあるに過ぎない。

「ええ、七海ちゃん、こんにちは」

「胡蝶さんは、あの人と知り合いだったんですか？」

「あの人？　ちょっと待って、まさか貴女まであいつにお熱だとかいうんじゃないでしょうね？」

難しい顔で眉間を押さえながら、七海を凝視する胡蝶さん。

「貴女まで？」

なぜかその言葉に妙な引っかかりを覚えておうむ返しに尋ね返していた。

「違う……ようね。だったらいいわ。あいつには必要以上に関わらない方が幸せよ」

鉄壁の作り笑いで誤魔化す胡蝶さんの様子から察するに、これ以上は詮索《せんさく》するなということなんだろう。そうはいっても彼がホッピーならば、七海には聞かねばならないことがある。

「違うっ！　私は知らないっ！　あの鬼に操られていたんだっ！」

黒装束の男たちに拘束されている短髪の目つきが悪い中年男性が、必死の形相で弁明を口にするが、冷ややかな目で見るだけで誰もリアクションすら取ろうとしない。

あの上野と呼ばれていた男は馬面の怪物がホッピーにより倒されてすぐ、元の人の姿に戻ったが、当然、危険分子として身柄を拘束される。それ以来、ずっとみっともなく弁明を口にしている。

「哀れね。欲を出さず、身の丈《たけ》でやってさえいれば、相応の場所まで登っていけたでしょうに」

憐《あわ》れむような視線を向けながら呟く胡蝶さんに、

「あの人はこれからどうするつもりなんですか？」

もう一度、あの人について問いかける。聞くなと態度で示されても譲《ゆず》れないことはある。

「それは俺も知りてぇなぁ」

赤髪坊主頭の男、荒武が近づいてくると、厳粛な顔で胡蝶さんに尋ねる。

「なんでも、餓鬼王とかいう怪物の親玉を倒すんですって」

「が、餓鬼王様を倒すぅ？　本当にあの御方はそう仰ったのかっ⁉」

「え、ええ。あいつ一人で各個撃破していくんだそうよ」

荒武の鬼気《きき》迫る形相にわずかに引き気味に頷く胡蝶さん。

「餓鬼王様を倒すなどできるはずが……いや、できぬというなら、先の戦いとて勝てぬ戦い。あの御方は他の六道王様の眷属？　いや、おそらく違うな。ただの眷属と六道王様との間には到底超えられぬ深い溝がある。それは眷属であれば周知の事実。つまり、打倒の発想を思い浮かぶ時点で……だったら、俺たちはそんな御方にあれほどの無礼を働いてしまったのか？」

ブツブツ呟きながらもブワッと滝のような汗を流す荒武に、

「荒武さん、変な生物が数匹、このホールの前に現れましたッ！」

血相変えて黒装束の男がそんな突拍子《とっぴょうし》もない報告をしてくる。

「餓鬼王様の眷属か？」

「いえ、違います。なんと言いますか……」

報告してきた黒装束の男は途端に口籠《くちご》もる。

「なんだ、早く言え！」

「小さなヒヨコがこのホールの前に立ち、侵入してくる鬼たちを撃退しています！」

「はあ？　なんだそりゃ？　フカシてんじゃねぇぞっ！」

荒武が黒装束の男の胸倉を摑み、凄むが、

「本当です。嘘だと思うならご自身でご確認くださいっ！」

投げやりにホールの扉の方を指さす。荒武が走り出してホールの扉を開くとそこには小さなヒヨコが横一列に整列していた。

「なんだ……こりゃ？」

動揺しているんだろう、頰を引くつかせている荒武に、

「多分、ホッピーの力だと思う。友達がホッピーって、敵をヒヨコに変えて使役《しえき》する力があるって言ってたから。あの人がこのホールの保護のために指示を出したんだと思う」

「マジかよ……」

そう呟くと蹲《うずくま》って荒武は頭を抱えてしまう。その気持ちは痛いほどわかる。ケーコたちに聞いていた七海自身も実際に見るまでは到底信じられなかったのだから。

（ケーコたち、無事ならいいんだけど……）

『らしょうもん』の活動も、今日は東京に用などなかったはず。ならば、巻き込まれている可能性は低い。でも、なぜか、妙な胸騒ぎがするんだ。そう。これはあの旧校舎に閉じ込められた直後のような……丁度そう思い至《いた》った時――。

「あ、荒武さん、来てくださいっ！」

悲鳴のような声が黒装束の男の一人から上がる。その視線の先にある備え付けのＴＶパネル

にはこの東京を襲撃した元凶が映し出されていた。

◇◆◇◆◇◆

超常事件対策局。

「新塾区を始めとする五区に出現した黒渦から生じたＵＮＫＮＯＷＮ《アンノウン》どもは、大軍をなして都民を襲っています！　このたった数時間で、既に死者は千人に達しています。このままじゃあ、東京は壊滅ですよっ！」

泣きべそをかき半狂乱になりながら、他部署から報告を受けていた職員の一人が叫ぶ。

「落ち着け！　自衛隊への追加要請《ようせい》は!?」

「もうとっくに限界まで出ていると怒鳴り返されましたっ！」

それもそうか。こんな緊迫した状況を黙って眺めているほど自衛隊は無能でも間抜けでもない。総理からの命令も既に出ているし、統合司令部も総力を挙げて臨《のぞ》んでいるはずだ。

要するに、自衛隊の近代兵器では食い止めるのが精一杯《せいいっぱい》。いやそれすらも怪しい。既にどうにもならない状況になっている。そう考えるべきなのかもしれない。

「くそっ！　対策室の右近とは連絡が取れたのかっ！」

「いえ、右近対策室長は今別件で独自に動いている最中でして……」

「あやつめ、どこで油売っているっ!!」

右拳をテーブルを叩きつけたとき、坊主頭の大男——真城歳三《ましろさいぞう》の携帯がけたたましく鳴った。

『やあ、どうも』

スマホ越しに聞こえてくるのは待ち望んでいた相棒《あいぼう》の声。一度も耳にしたこともない憔悴《しょうすい》しきった声色《こわいろ》は、想像以上に最悪な状況を突き進んでいることを否《いや》が応でも理解させた。

「現状はわかるな？」

『ええ、漠然《ばくぜん》とですが。ところでそちらに藤村君が行っていませんか？』

「藤村？　あーあの殺人犯か。いや、いない。奴は投獄中のはず。いるわけがなかろう」

正直、頭のおかしい猟奇殺人事件の容疑者のことなど今はどうでもいい。こうしている間にも、数百、数千という無辜《むこ》の都民が傷つき命を落としているのだから。

『そう……ですね』

「そんなことより、状況を説明しろ!?」

『私も詳《くわ》しく知るわけではありません。ただ、陰陽師としての見解を述べさせていただければ、この現象はいつもの魔物の襲撃とは違います』

「そんなことは言われんでもわかっている！　それより、お前たち陰陽師たちはどうなっている!?　こんなときこそのお前たちだろうがっ！」

『それを言われると弱いんですがね。既に六壬神課《りくじんしんか》には、私の方から緊急事態宣言を出してきました。もっとも、此度《こたび》は相手が相手です。彼らが動くかは半々といったところでしょうか』

この緊迫した現状で自嘲《じちょう》気味に語る右近にふつふつと怒りが沸き上がり、

「ふざけるなっ!!　無辜の国民が傷つき倒れているんだ！　相手を選んで戦っている場合か！」

『ええ、まさにその通りです。ですが、今回ばかりは、我ら人類はあまりに分《ぶ》が悪い』

「分が悪い？　貴様は今我が国を襲っている相手が何者かわかっているのかっ!?」

『ええ、鑑定能力のある者に解析させたところ、あれらは全て鬼種。つまり目下《もっか》襲撃中の謎の軍隊の正体は鬼。六道王の一柱——餓鬼王の眷属の率《ひき》いる軍勢だと思われます』

「六道王？　それはなんだ？」

『我らが陰陽師にとって神に等しい存在ですよ。大方《おおかた》、この世界をこんなに無茶苦茶にしたのも同じ六道王の仕業《しわざ》でしょう』

この世界を変えたか。そんな超常の存在ならこんなふざけた現象を起こすのもお茶の子さいさいだろうよ。

「奴らの目的はなんだ？　奴ら、一体何がしたいんだっ!?」

『普通に考えれば、この人界の占領ですが、何分神様のやることですから。もしかしたらただの遊び感覚なのかもしれませんね』

遊び感覚ぅ？　ここまで無情で理不尽《りふじん》な仕打ちを遊びで行っているというのか!?　それはダメだ。たとえ神でも、そんな不条理、許容できるものかっ!!

「きょ、きょ、局長、大変ですぅ!!」

裏返った声が部下の一人から上がる。

「なんだ!?　今大事な話なんだ。報告なら後で——」

「新塾にあるテレビ局が奴らにジャックされて犯行声明が流されていますっ!!」

「な、何ぃっ!!?」

部屋に備え付けのテレビの画面に顔を向けるとそこには迷彩色の半ズボンを着用した上半身裸にサングラスをした男がにやけ顔で佇立していた。

『オイラが、今回の人界制圧軍大将、羅刹だゼェ』

羅刹はまるでボールで遊ぶかのようにアナウンサーらしき男の生首《なまくび》をクルクルと右手の人差し指で回しながら、自己紹介をする。

『哀れで矮小《わいしょう》で軟弱なお前ら人間どもに、我らが餓鬼王陛下《へいか》からのお言葉を告げるゼェ』

餓鬼王陛下？　六道王とかいう化け物のことか？　羅刹は口の端を耳元まで引き伸ばすと、

『この地は特別に俺の支配地とすることにした。人間どもよ、俺に平伏《へいふく》せよ。繰り返す、人間どもよ、俺に平伏せよ。されば、種としての生存と下等生物としての最低限の権利は保障しよう。期限は8日後の日没までだ。賢明《けんめい》な判断を望む。以上ダァ!』

淡々《たんたん》と口上《こうじょう》を述べる。

『8日後の日没、それまで我らは今の占領地以外への大規模侵攻はしない。期限まで最後となるであろうひと時の平穏《へいおん》を楽しむんだナァ』

次の瞬間、その映像はノイズに変わる。

「おい、右近、今の放送、見たか!?」

声を荒らげて叫ぶが、電話の向こうの右近からは何の返事もない。ただスマホ越しに聞こえるその荒い息遣《いきづか》いだけが聞こえていた。

『……』

「おい、右近っ！　聞いているのかっ!!」

『ら、羅刹ぅ？　いや、そんなバカな……いくら何でもそんな神話クラスの大物が現界できるはずが……しかも人間を支配？　そんなの防げるわけ……』

それ以後、再び右近は沈黙してしまう。

数十回の呼びかけにようやく反応し、

『速《すみ》やかに藤村君にコンタクトを取ってください。この事態、もし仮に収められるとしたらきっと彼だけだ！』

上擦《うわず》った声でその言葉を残し、一方的に右近は電話を切ってしまう。


それから、数時間が経過した。羅刹からの降伏勧告以降、新たな被害報告はピタリと止む。もっともこれはあくまで新たな地区への被害であって既に占領されている地区では今も目を覆うような残虐《ざんぎゃく》な光景が繰り広げられていることだろう。既に内閣から国家非常事態宣言が発出され当該区域への軍や警察を含む一切の侵入が禁止された。これは、ある意味、奴らに勝てぬことを前提とした上での措置《そち》。つまり、被害を最小限に抑えるため、自国民を見捨てたのだ。

「我々は……無力だ……」

あの右近の様子から察するに、あの羅刹とかいう怪物は、今の人類では抗うこともできぬ理不尽極まりないものなのだろう。さらに絶望的なのは、多くの警察の特殊部隊や自衛隊が出動したというのに、まだ奴らの一匹さえも討伐《とうばつ》したとの報告を受けていないという事実。奴らの戦力は既に日本という国、いや人類にはどうすることもできないレベルに達している。

「終わったのか……」

両手で顔を押さえ、今も全身から流れ出そうとする希望を繋《つな》ぎとめようとしたとき、

「真城、局長、メールが届いています！」

「誰からだ？」

「匿名《とくめい》です。人工衛星経由でアクセスしてきているので特定はまず不可能です。開きますか？」

このタイミング。コンピューターウイルスの感染程度で済めばいいが、今は異能が罷《まか》り通る世界。開いた途端、特殊な能力が発動し、全員の命が失われるなんてことも十二分に考えられるのだ。そうはいっても――。

「……開け」

既に歳三たちは詰《つ》んでいる。もはや我が身可愛《かわい》さで躊躇《ちゆうちよ》している暇などない。

「は！」

ウイルスチェックでもしているのだろう。キーボードを操作する捜査員の背後に移動し、その画面を覗き見る。

「開きます」

熱唱しているネットアイドルの動画。その下の方に、あるリンクが張り付けられている。お

そらくこれを見ろということだろう。

「今更だ。アクセスしろ」

部下が震える手でマウスをクリックしたとき、人相のすこぶる悪い男が白銀色の美しい銃を片手に持っている映像が映し出される。

「きょ、局長！　この男⁉」

戸惑い気味に、そしてどこか縋《すが》るような声色で叫ぶ局員に大きく頷くと、

「ああ、右近の言っていた藤村秋人だ」

右近が人類の最後の希望ともなり得る人物として指定した男は、ゆっくりと右手に持つ狐の仮面を装着し、馬面の怪物と交戦状態へ突入したのだった。

第二章 Chapter 002 東京開放戦編

――分京区《ぶんきよう》。

分京区にあるパーティー会場を出てからひたすら路上を徘徊《はいかい》する餓鬼《がき》どもを一匹も逃さず駆《く》逐《ちく》していく。俺の見立てでは全《すべ》て倒したとき、羅刹《らせつ》とかいう親玉に勝利できる……はずだ。

しばらくして、角《つの》を生《は》やした直立した猿《さる》のような鬼に遭遇《そうぐう》する。その周囲にはまるでモズのはやにえのように、槍《やり》で口から垂直に串刺《くしざ》しにされたまま地面に横たわっている無数の都民たちがいる。千里眼《せんりがん》で判明したのは、雷猿鬼《らいえんき》、ステータス的には今の俺と大差ないということ。

問題は今も建物から建物に跳躍《ちようやく》している身軽さと奴《やつ》の異能の稲妻《いなずま》だろうな。だが、俺にはLv《レベル》7の【チキンショット】がある。千里眼で全ての雷猿鬼を特定しクロノの銃の照準をその頭部へと固定して、【チキンショットLv7/7】の能力を纏《まと》わせつつ、続けざまに銃弾を放つ。全ての銃弾は奴らに迫り、雷猿鬼どもはそれを避《よ》けようとするが、弾丸は不自然な軌道《きどう》を描いてその頭部を穿《うが》ち、奴らは弾《はじ》け飛ぶ。思った通りだ。魔物と違い、殺しても死体が残る。これは俺にとって途轍《とてつ》もなく都合がいい。何せ魔物は殺すと基本血液ごと塵《ちり》と化してしまうから、実際に採取《さいしゆ》した血液から異能を得る実験を行うことができなかったんだ。

【チュウチュウドレイン】により死体から血液を全部抜き取る。まるでミイラのように萎《しぼ》む雷猿鬼。ほとんどの血液をアイテムボックスへ収納、ペットボトルに入れておく。さて、【グルメバンパイア】の種族特性の検証だ。血液を摂取すれば一定時間に限り、その血液の所有者の持つ様々な異能を得ることができるはず。それにしても雷猿鬼の血液か。正直、あまり飲みたいもんじゃないな。血液だから【チュウチュウドレイン】で吸収することもできるが、今は直接飲んだ場合の効果が知りたい。血液を喉《のど》に流し込むと、身体《からだ》が沸騰《ふっとう》するかのように熱くなり、俺の額《ひたい》に角が生えていた。一応、鑑定してみると【雷角《らいかく》——雷《かみなり》を操作し得る角】とある。レベルの概念がないことからも、これはあくまでスキルではなく血液の所有者の特性を断片化したものなんだと思う。つまり、この異能とはスキルまで昇華《しょうか》していない、いわばスキルの下位概念とでもひとまずは理解すべきかもな。

では、さっそく実証実験だ。試しに近くの街路樹の樹上への落雷をイメージすると頭部が熱くなる。刹那《せつな》——柱のような規模の雷が落ち、街路樹を一瞬で炭化させ、その地面すらも溶解してしまう。

いやいや、スキルの下位概念にしてはあまりに威力《いりょく》が強すぎんだろう。おそらく魔力の差だろうが、あの猿どもの放つ雷の数倍の雷の柱が落ちてきたぞ……。あまりの威力に暫《しば》し、頬《ほお》を引き攣《つ》らせながらその惨状《さんじょう》を眺《なが》めていたが、現在がとんでもなく危険な状況にあることに気がつき、他の雷猿鬼二匹から血液を全て取り出しアイテムボックスに収納し、その場を離脱した。

それから俺は千里眼で辺《あた》りを確認しつつ雷猿鬼どもに奇襲《きしゅう》を加えては死体から血液を採取する

ことを実行していた。実験の結果、【雷角】は約一時間で消失することが判明する。また、【チュウチュウドレイン】により直接吸収するのと効果に差異がなく、MPが僅《わず》かに回復することも判明した。【グルメバンパイア】の種族特性と【チュウチュウドレイン】のスキル、この二つの能力が合わさると、冗談のようなチート性能になるな。あとは血液で複数能力を保持し得るのか、その飲んだ血液の量により持続時間が変わるかだ。うーん、面白《おもしろ》くなってきたぞ。

『まるで水を得た魚じゃな』

ウキウキと胸を躍《おど》らせ、悪魔どもの殺害を計画する俺に、クロノが心底うんざりしたかのような声で感想を述べる。そして俺たちは狩《か》りという名の闘争にのめり込んでいく。

それから7時間が経過して、レベルが20上昇し、【グルメバンパイア】のレベルは28/40となる。確かにあの雷猿鬼どもは強かったが、いくら何でも短時間で上がり過ぎだ。理由は複数考えられる。一つはこのウォー・ゲームとやらの特殊な効果により、経験値の獲得《かくとく》等の成長スピードにブースト効果が生じているため。二つ目、魔物以外の生物の殺害はより大きな経験値を獲得できるため。三つ目、俺が実験で採取した血液が知《ち》らず知らずのうちに経験値大量獲得の要件にでもなっていたか。いずれかはまだ判然としないが、もしかしたら三つとも正しいのかもしれない。ともあれ、たった今、【チュウチュウドレイン】のスキルのレベルはMAXのレベル7となり、異次元の使いやすさになる。具体的には俺が視認《しにん》したものの成分を収奪することができるようになったようだ。この視認は千里眼と同期させることができるのも確認している。つまり、エンカウントし次第《しだい》、ミイラ化が可能となるということだ。これで鬼どもの駆除《くじょ》効率は著《いちじる》しく向上するのは間違いないだろう。

まだまだ生きのよい鬼どもはこの分京区にしこたまいる。丁寧《ていねい》にかつ着実に駆除していこう。

◇◆◇◆◇◆

――分京区。

「絶対に俺から離れるんじゃねぇぞ！」

銀二《ぎんじ》さんの強い指示が飛び、相楽恵子《さがらけいこ》は幼《おさな》い子供を両腕に抱えながら、走り出す。トップの銀二さんの能力により、『らしょうもん』に所属するメンバーの身体能力は著しく向上している。だから、子供を抱えて走ること自体は大して苦でもない。でも、流石《さすが》にこうもずっと走りっぱなしだとそろそろ限界だ。『らしょうもん』でも体力が有り余っている恵子ですらそうなのだから、他のメンバーはなおさらだろう。それでも走らざるを得ないのはそうしなければ即死ぬからだ。さらに最悪はビルの陰《かげ》からやってきた。

『新しいおやづ、みーづげだァ――♪』

進行方向から、4、5メートルはある太った鬼が金棒片手に地響きを上げながら姿を現す。

「銀ちゃんっ！」

『らしょうもん』Ｎｏ．2のダンさんが一度も見たことのない石のような固い表情で叫ぶと、

『ああ、わかってる！　フォーム3！』

銀二さんも大きく頷《うなず》きフォーメーションの指示を飛ばす。保護した都民を守るようにぐるっと円陣《えんじん》を組んで武器を向ける。しかし――。

『おい、悪食鬼《あくじき》ぃ！　それはワシが最初に見つけた獲物ぞッ！』

翼に鳥の頭部をもつ鬼が上空を滑空しながら、怒声《どせい》を浴びせる。

『鬼車《きしゃ》、ダメ、ごいづら、オデのおやづ』

だみ声で反論を口にする悪食鬼に、

『たっく、低能なくせに食い意地だけは張ってやがる！　なら、ワシが10匹だけもらう。あとはお前の好きにしろ』

悪食鬼は暫し、指を折って数えていたが、

『わがっだ。他全部、オデのもの』

舌《した》なめずりをすると、金棒を振り上げて、地響きを立てて突進してくる。

「戦闘態勢！　俺たちは『らしょうもん』だっ！　必ず守り抜け！　必ず生還《せいかん》しろ！　これは至上命令だっ！」

そのかけ声を発すると同時に、銀二さんの両眼が赤く染まり、肌《はだ》も褐色《かっしょく》に染まっていく。同時に角が長く伸長して鎧《よろい》のようなものを纏い、振り下ろした悪食鬼の金棒を右手に持つ日本刀で受けて弾く。

「ダンッ！　こいつを頼む」

「了解だ！」

ダンさんの肉体も一回り大きくなり、牙《きば》と角が伸長し、悪食鬼へとタックルして吹き飛ばす。

悪食鬼は数回回転して、正面のビルへと突入してしまう。

『貴様らぁ、同胞かぁ？』

片眼を細める鬼車に、

「んなわけねぇだろ、バーカ！」

銀二さんが跳躍し日本刀を奴に向けて振り下ろした。


銀二さんとダンさん、悪食鬼と鬼車のコンビの実力はほぼ拮抗《きっこう》していた。一進一退《いっしんいったい》の攻防を繰り返している。もし、この拮抗している状況が動くとすれば、それは他の付随《ふずい》的要因。例《たと》えばあの餓鬼ども。

丁度《ちょうど》建物から出てきた餓鬼３匹がこちらに気づくと奇声《きせい》を上げて突進してくる。正直いって、恵子たちは最も弱いあの餓鬼にすら太刀《たち》打《う》ちできない。あっという間に皆殺しになる。

（逃げなきゃだぜっ！）

そう脳は必死に命令を出してくるのに、身体はピクリとも動かない。ただ、妙にゆっくりと迫る餓鬼をぼんやりと眺めることしかできなかった。まさに、餓鬼の爪《つめ》が恵子の目と鼻の先に迫ったとき、その餓鬼の肉体は粉々《こなごな》の肉片となる。

「え？」

頓狂《とんきょう》な声を上げたとき、傍《そば》には女性のように美しい黒髪の青年が剣を片手に佇《たたず》んでいた。

「雪乃《ゆきの》！」

「はーい！」

どこか間《ま》の抜けた声とともに光の筋《すじ》が走り、こちらに接近していた餓鬼どもの頭部が次々に吹き飛ぶ。虎縞《とらじま》の耳と尻尾《しっぽ》を生やした銀髪の少女が恵子たちを守るように身構えていた。

「もう大丈夫。近くに避難《ひなん》場所があるから案内するね」

銀髪少女は有無《うむ》を言わせぬ口調でそう早口に告げると、周囲を確認しつつ歩きだす。


案内されたのはラグジャリーホテル地下一階の大ホール。

銀二さんとダンさんも、女性のように美しい黒髪の青年とともに戻ってきた。あの悪食鬼と鬼車は倒すことまではできなかったが、黒髪の青年が近くに防御結界《ぼうぎょけっかい》を張ったので当分敵はこのホテルに入って来れないらしい。

「俺は来栖左門《くるすさもん》、六壬神課《りくじんしんか》所属だが、今は超常事件対策局の要請《ようせい》で動いている。君ら『らしょうもん』の存在も右近《うこん》から聞いているよ。特に鬼津華《おにづか》銀二、君は雪乃同様、我ら人類の数少ない希望の一つだ。だから、絶対に右近のもとまで大きな傷を負わせることなく送り届ける」

「俺は保護されるほど弱くはねぇ！　それより、こいつらを無事安全地帯まで届けることの方が先決だろう!?」

むっとした顔で銀二さんが声を荒らげる。基本、銀二さんが感情的になることは滅多《めった》にない。

だから、『らしょうもん』の皆が心配そうに眺める中、ダンさんが銀二さんの肩を軽く叩《たた》き、

「銀ちゃん、来栖さんは別に助けないとは言っていないぜ。ただ優先順位をつけているだけだ」

諭《さと》すように静かに語る。

「だから、それが気に入らねぇ！　そう言っているんだっ！」

「今は鬼どもに侵略《しんりゃく》されている状況だ。そして、雑魚《ざこ》の鬼でも俺と銀ちゃん以外は太刀打ちできない。いや、正確には銀ちゃんの力がなければ俺だって無理だ。もし、銀ちゃんがいなくなればここにいる全員即死。それは銀ちゃんが一番わかっているんだろう？」

首を左右に振ると、ダンさんは今まで見たこともない真剣な表情で銀二さんに問いかける。

「……くそっ！」

銀二さんは少しの間、ダンさんを憤怒《ふんぬ》の形相《ぎょうそう》で睨《にら》みつけていたが、椅子《いす》を軽く蹴《け》り上げると、ホールの隅《すみ》の壁にもたれかかり両腕を組んで瞼《まぶた》を閉じた。

それから、お互い情報交換をする。どうやら来栖さんは、所属する六壬神課という組織の指示により、最近禁忌《きんき》に手を染めて解体が決定した一族の支部があるこの分京区を訪れていたとき、鬼の襲来《しゅうらい》に巻き込まれたようだ。それで、右近という人から連絡があり、『らしょうもん』の保護を要請されて受託《じゅたく》した。そして、つい先刻、偶然、同じ六壬神課所属の明石《あかし》雪乃と合流して、逃げ惑《まど》う都民を保護してこのホテルの地下一階へ避難していた。そんなとき、来栖さんが『遠見《とうみ》』という能力で外を観察していると、右近という人から保護を要請されていた

『らしょうもん』のチームの服を目にして保護に向かったというわけだ。

「そうか、君らも偶然巻き込まれたのか？」

「ああ、俺たちもたまたま急な魔物の出現でこの地区に来ていたときにあの鬼どもの襲来に遭遇した」

来栖さんの問いに、口を閉ざしてしまった銀二さんの代わりにダンさんが返答する。

恵子たちは本来、この場にいる予定などなかった。もうじき来る浅井七海《あさいななみ》の誕生日のプレゼントを買いに、恵子、あーやん、小町《こまち》の三人で買い物していた時に、『らしょうもん』の皆に出会ったのだ。ダンさん曰《いわ》く、強力な魔物が暴れまわっているとの匿名《とくめい》の通報により、急遽《きゆうきよ》駆けつけたがフェイク情報だったらしい。それで昼飯《ひるめし》でも食べようとメンバーの一人が営《いとな》んでいるこの分京区にある料理屋を訪れていたとき、鬼どもの事件に巻き込まれたのだ。

「あの人はやってないッ！」

小町の怒声が鼓膜《こまく》を震わせる。そちらに顔を向けると、涙目の小町が今にも嚙《か》みつかんばかりの形相で無表情の雪乃を睨みつけていた。変だな。小町は基本温和で、初対面で他者ともめることはほとんどない。先ほどまでは二人で結構仲良く話していたはずなのに。

「小町？」

近づいて諍《いさか》いの原因を尋《たず》ねようとするが、恵子たちを見ると小町は下唇《くちびる》を嚙みしめ、

「なんでもないっ！」

そう叫ぶとホールの隅に走って行ってしまう。小町にはあーやんがいれば大丈夫。むしろ、

今は雪乃の方だ。

「なあ、どうしたんだぜ？」

「別に……ただ雪乃はぁ、血も涙もない殺人鬼、藤村秋人《ふじむらあきと》のような奴を倒すために力を振るう。そう言っただけだよぉ」

殺人鬼、藤村秋人？　ああ、あの猟奇《りょうき》殺人を犯して現在収監中の男か。別に小町があれほど激怒する要素など皆無《かいむ》だと思うんだが……もしかして、小町とあの殺人鬼は知り合いだったとか？　親戚《しんせき》か、それとも今問題になっているパパ活とか？　いやあの真面目《まじめ》な小町が――。

「マズイぞっ！　逃げ遅れた少女が二人いる！」

『らしょうもん』のメンバーの一人、ハルさんが植物の蔓《つる》の輪《わ》のようなものを眺めながら焦燥《しょうそう》に満ちた声を上げる。なんでもハルさんの創《つく》り出した植物が一種のカメラのレンズのようになって、外部の情報をあの茨《いばら》の蔓の輪の中に投射しているんだそうだ。

「杏《あん》ちゃん！　フーちん！」

ハルさんの投影した映像を見た途端《とたん》、声を張り上げたのは雪乃だった。その顔は血の気が引いて真っ青になっており、全身を小刻《こきざ》みに震わせていた。

「雪乃、お前の知り合いか？」

静かに尋ねる来栖さんに無言で何度も頷くと、

「助けに行かなきゃ！」

「それは許可できない。十中八九、これは奴らの罠《わな》だ」

来栖さんは即座に反対する。

「馬鹿馬鹿《ばかばか》しい！　罠だろうが何だろうが、見捨てるわけにはいかねぇだろうがっ！」

銀二さんが苛立《いらだ》たしげに会話に割って入ってくる。

「ここでのこのこ出て行けば、まず確実に皆死ぬぞ？　お前の仲間もだ。それでもいいのか？」

「俺が殺させやしねぇ！」

「気持ちだけではどうにもならん。俺と同レベルの実力しかないお前では無理だ。この場所を右近に知らせた。奴が最終兵器をこちらに送り込んでくれる手筈《てはず》になっている。それまでは待て！」

「ふざけんなっ！」

来栖さんの胸倉《むなぐら》を摑《つか》むと、銀二さんは長い犬歯《けんし》を剝《む》き出しにして威嚇《いかく》する。

「銀ちゃん、その人の言うことももっともだ」

「ダン、お前まで何言ってやがるっ！」

「言っただろ？　俺たちが今運よくこの場に生きていられるのも、銀ちゃんの能力によるブーストがあるからだ。もし、銀ちゃんが倒れれば、俺たちは逃げることすらできなくなり、全滅する。俺にはそれは許容できない」

「だったら、あの二人を見捨てろってのかっ⁉」

「いや、そうは言っていない。俺が一人で救出に向かう！　来栖さん、それなら構わないな？」

ダンさんは来栖さんに神妙な顔で確認をとる。

「ああ、私も行こう。端《はな》から私抜きで保護など不可能。それに、この結界は私が仮に死のうと内部から開けぬ限り、一日は継続される。その時間があれば、右近の隠し玉が到着できる」

「雪乃も行くっ！」

「駄目だっ！　そもそも、この結界はお前の能力により、術の効果が十数倍に底上げされている。お前が死ねばここは奴らの餌場《えさば》となる」

「で、でも――」

「言っただろっ！　お前とそこの鬼種の彼はこの悪夢のような現状を打破《だは》する鍵《かぎ》！　あの右近がそう言ってたし、俺もそう信じている。俺たちにはな、もうお前ら二人だけが希望なんだよっ！」

初めて見せる来栖さんの激情に、雪乃は大きく目を見開き、銀二さんも奥歯をギリッと噛みしめた。現状では来栖さんの意見が最もリスクが低い。

「それにな、仮にも俺は星天将《せいてんしょう》、修羅場《しゅらば》を潜《くぐ》った数じゃあ、お前らなどに引けはとらないさ」

「だとさ。銀ちゃん、俺たちを信じて待っていてくれよ」

「さて時間も押している。行くとしよう」

歩き出す来栖さんに頷いてダンさんもこのホテルの大ホール唯一《ゆいいつ》の出口に向けて歩き出す。

◇◆◇◆◇◆

ダンたちがホテルを出たとき、案の定、悪食鬼と鬼車がまるで待ち構えていたように姿を現す。女子二人はその前で互いに抱きしめ合いながら、ガタガタと震えていた。映像で見た二人の少女だ。来栖さんの罠という読みは的中《てきちゅう》したようだ。

「やっぱり罠か。目的は俺だよな？　なあ、ギャク、レツ？」

来栖さんが明後日《あさって》の方へ剣先を向けると、

「ああ、やっぱり、気づいてたぁ？」

黄色のローブを着用し、口に『烈』の文字の入ったマスクをしている、小柄《こがら》な青年がにやけ顔でビルの陰から姿を現す。

「なーに、この下種《げす》なやり口、お前ら以外に思い浮かばなかったのさ」

「下種だってぇ？　それって、最高の誉《ほ》め言葉だよねぇ？　ねぇレツぅ？」

鏡に映したごとくそっくりな顔の、黄色のローブを纏《まと》って口に『虐』のマスクを着けた青年が肩を竦《すく》めて両掌《てのひら》を上にしつつ、煙のように出現し、レツに同意を求める。

「うんうん、これから、その下種に無茶苦茶にされるんだぜぇ。理由はわかるだろう？」

「俺が刑部《おさべ》家を解体したからか？」

「もちもちもちろーん。たかが、虫けらで実験したくらいで大騒ぎしやがってぇ。おかげで、人としては生きられなくなっちゃったじゃないかぁ」

「その割にはまったく堪《こた》えた様子はないが？」

「まあねぇ、今や僕は餓鬼王様直属の眷属《けんぞく》の一柱《ひとはしら》。下等種の君たち人間とはそもそも次元が違うのさ。でもねぇー」

「たかが、人間ごときに嵌《は》められた。その事実が僕らは許せないだよぉ」

ギャクとレッが口角を吊《つ》り上げて薄気味の悪い笑みを一層深くする。

「ダン君、君はその子たちをすぐに連れて行くんだ。こいつらの足止めは俺が請《う》け負う」

重心を低くして来栖さんが叫ぶや否《いな》や、背中に生える黒色の翼と額に生じる角。

「へー、君のそれ、悪魔種かい？」

レッが疑問を投げかけた刹那、黒色の稲妻が天空を走り、ギャクとレッ、悪食鬼と鬼車の頭上に落下する。億劫《おっくう》そうにまるで蠅叩《はえたた》きでもするかのように振り払うギャクとレッ。対して悪食鬼はまともに受けてあっさり絶命し粉々になってしまう。一方、鬼車は上空に避けたものの黒色の稲妻が右半身に命中して絶叫を上げる。今がチャンスだ。

「舌を嚙むなよ！」

ダンは即座に鬼種の姿になると震える二人の少女にそう言って小脇《こわき》に抱え、銀ちゃんたちが待つホテルに向けて走り出す。

「玩具《おもちゃ》に逃げられるのも癪《しゃく》だ。あれは、僕が引き受けるよ」

背後からギャクのそんな叫び声が聞こえる。肩越しにチラリと振り返ると、ギャクがこちらに凄《すさ》まじい速度で駆けてきていた。マズイな。このままでは追いつかれる。

「させんさ」

来栖さんの黒色の翼の数十枚の羽根が空を疾駆《しっく》してギャクの眼前の地面に突き刺さり、幾重《いくえ》もの黒色の壁を形成する。よし！　あれなら暫《しばら》くは持つ。

「くそっ！　いつまでも痛がってないですぐに追えよっ！　頭《かしら》に言うぞっ！」

ギャクの叱咤《しった》が飛び、

『わ、わかっとるわいっ！』

鬼車はダンたちに向けて下降してきた。

ホテルの一階のロビーまで来る。ここまで来ればダンたちの勝利。二人を床に下ろすと、

「階段から地下一階の大ホールまで行け！　扉の前で雪乃の嬢ちゃんが待っている！」

「雪乃がいるのっ⁉」

茶髪でセミロングの少女が尋ねてくるが、

「行けばわかる！　早く行けっ！」

「は、はいっ！」

「う、うん！」

二人は頷くと泣きながらも転がるように地下一階へ向けて走り出す。

『行かせぬわぁっ！』

よほど焦《あせ》っていたのだろう。血相《けっそう》を変えてダンの右脇を抜けて二人を追おうとする鬼車の顔面を右の掌で鷲摑《わしづか》みにすると、ダンはその鋭い爪で力任せに切り裂いた。

『ぐごおぉぉっ！』

そして耳を劈《つんざ》くような絶叫を上げる鬼車の後頭部を鷲摑みにすると、力任せに膝《ひざ》を叩きつける。グシャと骨が潰《つぶ》れ、肉が拉《ひしゃ》げる音が鼓膜を震わせる。鬼車の頭部は粉々の肉片となり、糸の切れた人形のようにその胴体は床へと倒れ込む。

背後で二人が無事、地下一階の階段へ姿を消したのを確認し、再び戦場へ戻ろうとしたとき、

「やってくれたねぇ」

憤怒の形相のギャクが目と鼻の先に出現していた。

「ちっ！」

咄嗟に背後に飛びのこうとするが、あっさり喉笛《のどぶえ》を摑まれてしまう。一呼吸遅れてホテルの正面玄関のガラスが割れて血まみれの来栖さんが床に打ちつけられる。

「こっちも終わったよ。少々段取りは違うけど、目的は達した。なーに、こいつらがいれば何とでもなるさぁ」

「そうだね。むしろ楽しみが増えた。そう考えるべきかもぉ」

弾《はず》むような言葉を耳にしつつ、ダンの意識はぷっつりと失われた。

◇◆◇◆◇◆

――分京区城山《しろやま》の城山小学校前。

（ここまでか……）

陸上自衛隊一等陸尉――宗像正雄《むなかたまさお》は、大きく絶望的な太息《ふといき》を漏《も》らす。

既《すで》に鬼どもの軍に完全包囲されてしまっている。鬼どもは無類の強さを誇り、近代兵器もまるで歯が立たない。あれだけいた仲間たちも次々に殺されて、今ではこの小学校を守る部隊のみが都民を守る最後の防波堤《ぼうはてい》となっている。もっとも――。

（その役目すらまっとうできているとは言いがたいが）

何せ、今までの戦闘で最弱と思われる腹の突き出た小柄な鬼一匹すらも倒せちゃいないんだ。特にここを包囲している頭部が梟《ふくろう》の鬼どもは、まるで兎《うさぎ》狩りでも楽しむように正雄たちを弓矢で射抜《いぬ》いてきていた。こんな小学校など攻められればいちころだろう。

（宗像一尉、お話があります）

部下の数人が正雄に近づき、耳元で運命に取り組むような神妙な顔で囁《ささや》いてくる。

（今、行動を起こすのには反対だ）

（し、しかしここには幼い子供や年配の方、重症患者もいるんですよ！　このままでは手遅れになりますっ！）

そんなことくらい見ればわかる。それでも奴らと人類との圧倒的な力量差を考えればそれは無謀《むぼう》を通り越してただの自殺行為だ。

（もう少し待て。時が来れば必ず救助が来る）

（機甲《きこう》師団ですらも為《な》す術《すべ》もなかったんです！　いくら待っても来やしませんよ！）

涙を流し痛恨《つうこん》の表情で言葉を絞《しぼ》り出す部下に、隣の部下たちも肩を震わせ悔《くや》し涙を袖《そで》で拭《ふ》く。

（来るさ。今の超常事件対策局は、あの真城《ましろ》元幕僚長が指揮している。お前たち若い世代も名前くらい聞いたことがあるだろう？）

そうだ。それがこの国に残された数少ない希望。これまで大規模テロや大災害の際に現場を指揮し数多くの国民を救ってきた自衛隊の英雄的存在。あの人ならば、今にこのクソッタレな戦況を挽回《ばんかい》できる救助を寄越してくれる。それはマスコミどもが騒いでいるような紛《まが》いものではない。巷《ちまた》で有名な狐《きつね》仮面ホッピーや過去に正雄たちを助けてくれたあのトランクスマンのような真のヒーローを！

（だから、今は耐えるんだ）

（……）

部下たちが歯を食いしばり、頷いたとき、優に数百にも及ぶ頭部が梟の黒色の軍服を着た鬼どもが空中に整列する。そして、その中心にいる他より一回り大きな真っ赤な軍服を着ている鬼が少し前に進み出ると顎《あご》を摘《つま》みながら、

『人間どもに告ぐぅ！　直《ただ》ちに降伏《こうふく》しろ。そうだなぁ――』

ニタァと梟の顔を兇悪《きょうあく》に歪《ゆが》ませる。どう考えても碌《ろく》なもんじゃない。

『我らが羅刹様への恭順《きょうじゅん》の証《あかし》として子供を調理して振る舞え。されば残りの家畜は労働力としてひと時の生存を認めてやる。何せ人の子の肉は甘く頬が落ちるほど美味《うま》いからなぁ』

顔を恍惚《こうこつ》に染めて当然のごとく悍《おぞ》ましい提案を口にしてくる。

「そんなの認められるわけないでしょっ！」

あまりの不条理に耐えられなくなったのか、赤髪を肩まで垂《た》らした一人の女性自衛官が立ち上がり、震えながらも大声を上げる。彼女は赤峰奈美《あかみねなみ》三等陸尉。防衛大卒の幹部の一人。彼女の父は検察官、母は裁判官、姉は警察庁にキャリアで入省したというエリート中のエリート一家育ちらしい。

『おぬしは酷《ひど》い匂《にお》いもせん。このまま食ろうても美味そうじゃぁ』

まさに瞬《また》きをする間に赤峰は赤色の軍服を着た梟に胸倉を掴まれて持ち上げられていた。

『ほう、なかなか生きのよいのがいるようじゃのぉ』

「下種がっ！」

赤峰がその顔に唾《つば》を吐きつける。忽《たちま》ち太い青筋が赤軍服の梟の顔面に浮かぶ。

『そうじゃのぉ、少し趣向を変えるのも面白いかもしれぬ』

赤軍服の梟はそう叫ぶと赤峰を地面に放り投げてパチンと指を鳴らす。黒軍服の梟どものうちの一体が地面に降り立ち、担《かつ》いでいた布袋《ぬのぶくろ》を地面に放ってその口を開くと中から人間の10歳くらいの女の子が出てくる。

『おい、女、その人のメスガキを殺せ。もし殺せば、そこの建物にいる人間どもは見逃してやる』

咄嗟に言葉の意味が理解できなかったが、次第に赤軍服の梟の言わんとしていることを認識して、グツグツと煮えたぎるような熱い感情が身体中を駆け巡《めぐ》り、

「ふ、ふざけるなっ！」

『いんや、儂《わし》は大真面目《まじめ》だ。メスガキ一匹を殺せば、主《ぬし》ら全員が助かる。ほら、主らにとって

最良の方法であろう？』

「宗像一尉、申し訳ありません。ですが――」

部下たちは据《す》わりに据わりきった目で立ち上がり、銃口を野蛮《やばん》な梟どもに向ける。

「謝るな。俺も同じ想いだ。お前ら、意地を見せろっ！」

幼い子の命を天秤《てんびん》にかけてまで生き延《の》びようとは思わない。それをした時点で、軍人はおろか人ですらなくなる。

『そうか、なら手伝ってやろう。上手《うま》く解体するのじゃぞ』

軍服の梟が人差し指を正雄たちに向けると、その身体が硬直しピクリとも動かなくなる。それに加えて――。

「ちょ、ちょっとッ!?」

赤峰が腰からアーミーナイフを引き抜きながら、女の子に近づいていく。そして恐怖に顔を引き攣らせる女の子に向けてナイフを振り上げる。

「と、止まってぇっ！」

必死に悲鳴のような制止の声を上げるが、赤峰の両手に握られたナイフは女の子に吸い込まれていく。そして、なにかの映画のスローモーションのようにやけにゆっくり流れる時間の中、そのナイフの切っ先は長身の狐の面をした男により、鷲掴みにされていたのだ。

◇◆◇◆◇◆

――タイムリミットまで、6日。

俺はひたすら分京区の南から鬼どもを駆逐していった。当初は命懸《いのちが》けだったレベル上げも、【チュウチュウドレイン】がLv7となり、千里眼の範囲で自身よりも弱い鬼を問答無用でミイラ化することができるようになり、著しく向上する。そして遂《つい》に、【グルメバンパイア】の種族レベルが40になりランクアップの要件を満たす。この際、【万能胃袋《ばんのう》】と【貘縛《バクバク》】のスキルを獲得する。【万能胃袋】は【社畜の鞄《アイテムボックス》】に吸収されて、【グルメ王の胃袋《ネオアイテムボックス》】へと統合進化する。これは、無限の量を永久に劣化せずに貯蔵できるというアイテムボックスの強力版。これにより、途轍《とてつ》もなく使いやすくなった。【貘縛】は一定の範囲なら強度や太さ、長さ、色等を一定限度で調節可能な糸を自在に出現、消失、操作することができるという拘束《こうそく》型のスキルだった。

さて肝心要《かんじんかなめ》のランクアップについてだが、ランクCの種族として俺の選んだ種族は、【ヘルシング・エジソン】。【グルメバンパイア】が、摂取した血液の特性に応じた異能《アビリティ》を獲得する能力であり、それを【グルメ吸血伯爵《はくしゃく》】の称号により維持《いじ》し得たので、その異能を鍛《きた》えようとしたのだ。ほらさ、エジソンといえば発明王。今俺が作成しているのは異能だ。だから異能を開発する種族だと思ったわけだが、その狙《ねら》いは見事に的中する。結局、【ヘルシング・エジソン】のレベルが50となり、【食と才を極《きわ》めし吸血王】という獲得称号により、取得した異能をスキルに融合《ゆうごう》して新スキルを獲得できるようになった。この能力により、攻撃系の異能は【チキンショット】、防御系、回復系の異能は、レベルが50の【ヘルシング・エジソン】により獲得したスキル【守る君】、【癒《いや》し荊《けい》】に。束縛《そくばく》系の異能は【貘縛《バクバク》】、眷属系の異能は【ピヨピヨビーム】にそれぞれ融合して新スキルを作成している。そして、遂に俺はBランクの種族、【ジェノサイドバンパイア】にまで昇格し、各ステータスは三万付近まで上昇する。ちなみに、この種族を選択した理由は最も戦闘に特化していたから。この種族特性は、『殺戮《さつりく》に特化し、攻撃範囲とその威力が向上する』というややぱっとしないものだったが、実際は途轍もなく悍《おぞ》ましいものだった。

試しにクロノの弾丸を一発撃ってみると、それだけで放たれた弾丸は敵の数だけ増幅し、俺が千里眼で敵として認定していた鬼どもの頭部を正確に打ち抜くと同時に、半径30㎝の球体状に綺麗《きれい》に削《けず》り取ってしまう。もちろん、あんな何かに齧《かじ》られたかのようなふざけた威力は通常の弾丸にはない。普通なら頭部を打ち抜いて終わりのはずなのだ。つまり、この種族特性は、『通常攻撃が全て広範囲で、かつ全体攻撃になり、おまけに威力が大幅に向上する種族』というわけ。俺が敵と見なせば皆殺しなど、もはやこれって呪《のろ》いの域《いき》だろ。早急に調節の仕方を学ばなければなるまい。そんなことを考えながら、分京区城山の城山小学校前に到達したとき、空中に浮遊している無数の梟の頭部をもつ鬼どもが視界に入る。そしてその一匹は自衛官と思《おぼ》しき女に細い糸を巻きつけて、あろうことか、10歳ほどの少女を殺させようとしていた。まったく、この鬼どもはどこまでも俺の禁忌に触れたがる。当初覚えていた殺害することへの忌避《きひ》感など今や微塵《みじん》も感じなくなってしまっている。

高速疾駆《しっく》して少女の額に触れる直前で赤髪の女のアーミーナイフを握り、潰す。

『誰じゃあ、貴様ぁッ⁉』

赤色の軍服のコスプレをした梟の頭部をもつ鬼が怒号《どごう》を上げてくるので、

「うるせぇ！　お前らの悪趣味さ加減にはマジでうんざりしてんだよ！」

怒りのままに殺意たっぷりの視線を向ける。たったそれだけで、

『ひっ⁉』

赤軍服の梟は小さな悲鳴を上げて上空へ退避《たいひ》する。傍にいた部下の黒軍服の梟の一柱も上空に逃げようとするので、【チュウチュウドレイン】により、一瞬にしてミイラ化してしまう。実に滑稽《こっけい》だな。睨みつけられただけで恐怖を覚えるくらいなら、端からこの地獄のようなゲームに参加などしなければよいものを。

『き、貴様ぁ、人間の分際《ぶんざい》でこの儂に――』

「うぜぇ」

俺は奴らの両腕、両足、翼を指定して千里眼でクロノの銃口を固定して放つ。銃弾は優に千を超える数に分裂し、次の瞬間、距離さえも無視して奴らの両腕、両足、翼を抉《えぐ》り取る。まるで羽をもがれた蛾《が》のごとく、地面にバタバタと蠢《うごめ》いている数百体の奴らを【獏縛】により、一カ所に集めて山のように積む。眷属系のスキルの丁度良い実験となるし。

『わ、儂らをどうするつもりじゃ？』

顔面蒼白《そうはく》で震え声で尋ねてくる赤服梟の疑問など一切無視して両腕をクロスさせただけで冗

談じゃないほどの数の、立体型の魔方陣が奴らを包んでいく。そして――。

「べなにぽぽそ、ぴるぺにあ、らちるよ、ぺぺぺぺ」

どこぞのレトロゲームの復活の呪文《じゅもん》のような言葉を叫ぶ。途端《とたん》に断末魔《だんまつま》の声とともに梟どもの肉体はドロドロに溶解して一カ所に集約されて一つの人型の肉体を形成していく。

『我らが至上の主よ』

両腕が翼の人型の青年が俺の前に跪《ひざまず》き、恭《うやうや》しく頭《こうべ》を垂《た》れる。名はオウルマン、ステータスは2万。俺の【ジェノサイドバンパイア】の能力を一部使用可能。これならこの周辺の鬼どもなど瞬殺《しゅんさつ》だろう。これは【ピヨピヨビーム】のスキルの進化版であり、極めて強力。

俺は今も尻《しり》もちをついて震える少女に近づき、抱き起してしゃがみ込むと頭を優しく撫《な》でる。

「もう大丈夫だ。よく頑張ったな」

「――っ!?」

少女は俺にしがみついて顔を押しつけるとわんわんと声を上げて泣き出してしまう。

「お前はここにいるものを保護しつつ、避難を完了しろ」

『御意《ぎょい》。お望みのままに』

姿を消失させるオウルマンを横目で確認して、少女を赤髪の女に渡すと、

「この子を頼む」

そう依頼して俺は北側にいる奴らの駆逐《くちく》のため再び走り出した。

◇◆◇◆◇◆

――ラグジャリーホテル地下一階の大ホール。

雪乃の友人の杏ちゃん、フーちんの二人は無事保護できたが、救助してくれた来栖さんとダンさんは戻ってこなかった。きっと、捕らえられてしまったんだと思う。

「ご、ごめんなさい……」

雪乃が消え入りそうな声で謝罪の言葉を口にするが、

「謝る必要などねぇよ。何もできなかったのは俺も同じだ」

銀二君はただそっけなくそう答えるのみ。銀二君の固く握られた右拳《こぶし》からは血が滴《したた》っていた。まだ知り合って間もないが、銀二君は仲間想いで義理堅い。今すぐにでも二人を助けに行きたいはずだ。なのに、この場にとどまっているのは二人の想いを無駄にしたくはないから。故《ゆえ》に来栖さんが最終兵器とまで言った人が来るのを待っている。

「銀さんっ！」

黒髪をツーブロックにした男性、ハルさんの裏返った声が鼓膜を震わせる。咄嗟に銀二君がハルさんの傍まで行って、茨《いばら》の輪により投影された映像を目にし、

「くそぉぉぉっ！」

憤怒の形相で咆哮《ほうこう》を上げる。そこには太い右腕と血で書かれたメッセージ。

『17時、栓国《せんごく》駅前で来栖左門、弾馬団十郎《だんまだんじゅうろう》の処刑を行うわぁ。芸術的なものとなるから、興味

のある方々はどうぞお越しあそばせ』

　そんなおふざけのような文言《もんごん》が記載されていた。あの右腕を纏っている服は、銀二君たちと同じ。間違いなくダンさんのもの。ならば、囚《とら》われているのも処刑が予定されていることもフラグではなく事実なのだろう。何より、奴らなら平然とそれをする。そう確信できた。だからこそダン君と仲の良い銀二君はすぐにでも助けに行くと思った。なのに、銀二君の口から出た言葉は意外極まりないものだった。

「今は12時、まだ5時間ある。ギリギリまで待つ」

「正気か、銀二さんッ！　腕をもぎ取られてんだぞっ！　ダンさんを見捨てるつもりかよっ!?」

　赤髪坊主《ぼうず》頭の少年、栄吉《えいきち》君が血相を変えて叫ぶが、『らしょうもん』の皆は誰も一言も口を開かない。ただ、悔しそうに俯《うつむ》くのみ。多分この場の全員がわかっている。ここで救助に動いても、これが罠である以上、二重遭難《そうなん》になる危険性が極めて高い。しかも、命懸けで保護した都民をも犠牲《ぎせい》にする。それがわかっているから誰も動けないでいるのだ。

「見損《みそこ》なったぜっ！」

　怒りで身を震わせつつ、栄吉君は傍のテーブルを蹴り上げて両腕を組んで座る。

「もう我慢《がまん》ならんっ！　早く避難を決行しろっ！」

　タイムリミットまで後1時間半を切ったとき、保護された都民の方から退避を求める声が上がる。より正確には、あのスーツに眼鏡《めがね》をかけた恰幅《かっぷく》のよい中年の男性が先導している。彼はよくテレビにも出ている比較的ハッキリとした発言を売りにしている政治家、成兼《なりかね》衆議院議員、与党の政治家だったと思う。

「ここから出れば、まず間違いなく捕まります」

ハルさんが丁寧に説明するが。

「君らの判断が誤《あやま》っていて都民が大勢死ねば、誰が責任をとるんだっ!? 君がとってくれるのかね!? えぇッ!? 返答したまえっ!」

「そうよっ！ 成兼さんの言う通りよっ！」

「そうだ、ここから出せっ！」

騒ぎ立てる大人に避難した子供たちは泣き声を上げる。ハルさんは両手を左右に振って必死に宥《なだ》めようとするが、

「別にいいんじゃないですか。そいつら自分で死にたがっているんですし、もうお互い勝手にして、俺たちもダンさんを救出に行きましょうよ」

栄吉君が身も蓋《ふた》もない横槍《よこやり》を入れて、会場は混乱の極致《きょくち》となる。

「き、貴様らは我らを見捨てるつもりかっ!?」

成兼がそんな焦燥《しょうそう》に満ちた声を上げ、他の避難民たちも次々に非難の声を上げたとき、

『陸上自衛隊です。皆さんの救助に来ました。もう大丈夫ですので、ここを開けてください』

妙に無機質な若い男性の声が扉越しに聞こえてくる。

「ハル！」

銀二君の強い指示の声に、ハルさんが茨の蔓を出現させて外を観察しようとするが、

「駄目だぜ、何かに邪魔をされてこのホールの外が映らない。一切の視界が遮断《しゃだん》されている」

首を左右に振る。これで確定だ。これは明らかな罠。第一、ここに救助に来るのは自衛隊ではなく超常事件対策室のはず。そう来栖さんは言っていた。だから、これは雪乃たちにとっては当然の認識。だが――。

「ほら、自衛隊の救助が来たぞっ！　早くここを開けろ！」

成兼議員が声を張り上げると避難民たちもそれに続き、室内はその声でビリビリと震える。

「駄目です。これは明らかな罠。この結界は内部から招き入れたものには効果がありません。もし敵だったら、我らは全滅します。それでもいいんですか？」

そうだ。来栖さんが言っていた情報。結界は内部の人間が許可したもののみ、その中に侵入することができる。もし、内部のものが自ら進んで敵を招き入れれば、その結界の効果は消失する。そして、この状況で自衛隊が救助に来る余裕があるなど、考えられない。十中八九、これは敵の策謀《さくぼう》。

「ざけんなっ！　何の権限があってそんなことほざいてんだっ！　早くその扉を開けろよ！」

ガラの悪い縞柄《しまがら》のスーツを着ているサングラスの男が、ハルさんの胸倉を掴んで激高《げっこう》する。

「皆さん、彼らはここに我らを不当に監禁するつもりなのです！　こんなことが許されていいのですかっ！」

成兼議員のこの言葉がスイッチだった。一斉《いっせい》に扉の前に殺到して扉を開けようとする。

「ユッキー……」

濃厚な不安を顔に張り付けながら、杏ちゃん、フーちゃんの二人は雪乃の袖を摑む。

「大丈夫。大丈夫だよぉ」

余裕のない内心を必死に押し隠して普段の声色《こわいろ》で安心させるように繰り返す。そして、暴徒と化した避難民を必死に押し戻そうとするが、二人の若い男性が扉を開いてしまう。

「やった！　開けたぞっ！　俺たちは助かっ――」

男性の叫び声は最後まで続かず、顔面の上半分が吹き飛び、血飛沫《ちしぶき》をまき散らしながらその胴体がゆっくりと倒れる。

「うぁ……うあぁぁぁぁぁっ!!?」

絶叫を上げるもう一人の男性の頭部も粉々に弾ける。阿鼻叫喚《あびきようかん》の地獄図と化す会場で、

「もう遅い！　やるぞ、お前ら！　自分の命を最優先に考えろ！」

銀二さんのある意味当然の指示が飛び、他の『らしょうもん』の人たちが武器を構える中、軍用のヘルメットを被った生首を右手に持った黄色のローブを着用し、口に『烈』のマスクをしている、小柄な青年が会場に入ってくる。

『陸上自衛隊です。皆さんの救助に来ました。もう大丈夫ですので、ここを開けてください。陸上自衛隊です。陸、陸、陸、りくりくりくりくくくく…………』

頭部はまるで機械のような声を上げながら、早口でまくし立てつつドロドロに溶解した。

「クズがっ！」

銀二君が吐き捨てると鬼化していく。雪乃も獣化《じゅうか》を発動すると、両手の爪と尻尾が伸長し、身体の中心が熱くなり、全身に広がっていく。

「残念♬　守ろうとするほど馬鹿《ばか》じゃなけりゃ、もう少しばかり延命できたのにねぇ」

「そう言うなよ、ギャク。それが人間という下等種の本質なのさぁ」

口に『虐』のマスクをしているそっくりさんが姿を現して肩を竦めつつそう宣《のたま》う。

「だからこそ、世界から人は間引《まび》くべきなのさ。徹底的に、ねぇレツ」

「それこそが、我らが餓鬼王様の望みぃ。じゃあ、さっそく食料の選別に入ろうかぁ」

ギャクと呼ばれた青年がグルリと見渡し、母親に抱きしめられている男の子に視線を固定すると いやらしい笑みを浮かべて、

「みーつけたぁ」

欲望に満ちた声を出す。冗談じゃない。身内がいなくなったときの絶望と悲しみを雪乃は嫌というほど味わった。もうこれ以上、一人たりともあんな思いをさせてなるものか！

「させるかよ！」

「させないっ！」

全力で床を蹴り上げて、レツの背後をとり、その無防備な後頭部に渾身《こんしん》の右回し蹴りを振り切るが、あっさり空振《からぶ》りして、次の瞬間、喉首を鷲摑みにされて持ち上げられてしまう。

（そ、そんな、まったく見えなかった！）

この獣化した雪乃の肉体強度は相当なものだ。それが、こうもあっさり無力化される。その

事実が信じられない。銀二君も背中から相当な強さで叩きつけられたのだろう。蜘蛛《くも》の巣状にひび割れた柱の下で咳《せ》き込んでいた。

「馬鹿だなぁ。悪食鬼と鬼車の雑魚と互角《ごかく》だった奴らが僕らを傷つけられるわけないだろう。ねえ、レツ？」

「そう、そうそう。それはそうと、ギャク、この女、僕がもらってもいいかい？」

　雪乃を見上げながら、レツは欲望に満ちた表情で確認をする。

「レツゥ、また若い女の生き胆《ぎも》を食べるつもりかい？」

「畜生王《ちくしょうおう》の眷属を食うのは初めてだしさぁ。どんな味がするのか、マジで楽しみだよぉ」

舌なめずりをしながら、雪乃の肉体をジロジロと眺め回す。その蛇《へび》のような目で射抜かれただけで、思わず雪乃の口から小さな悲鳴が漏《も》れる。このとき、人を食料としか思っていないこの人型の怪物がひたすら怖かった。そして無力な自分が、涙が出るほど悔しかったのだ。

「なら僕は人のガキをもらうよ。僕は女より、軟らかい人の子の方が好きなんだよね」

　ギャクも物色《ぶっしょく》し始め、母親に抱きしめられている男の子が目に留まり、その顔を兇悪に歪《ゆが》ませて歩き出す。突如《とつじょ》、暴風が巻き起こり、ギャクの背後に出現した銀二君の右手の爪がギャクを横薙《よこな》ぎにする。しかし――。

「ちくしょう……」

　ギャクを切り裂いたはずの銀二君の右手がグシャグシャに潰れていた。

「雑魚ぉ、少しは身の程、理解したかい？　理解したら、死になよ！」

銀二君の首に向けて妙にゆっくり振り下ろされるギャクの右手の手刀《しゅとう》。あれが振り降ろされれば、銀二君は死ぬ。そして次は雪乃。銀二君と雪乃が破れれば、ギャクとレッに抗《あらが》えるものはいなくなる。そうなれば、この場の全てのものがあいつらに食い殺される。あの親子も、カップルも、そして雪乃の大好きな杏ちゃん、フーちんも！

なぜこうなったんだろう？　いや、本当は、わかっている。きっと雪乃は自惚《うぬぼ》れていたんだ。あの運命の日、雪乃の選択した種族は、他の人たちよりずっと強力無比《むひ》。それを雪乃が自覚したのは、ファンタジアランドでのホッピーの戦闘の映像。あのときの戦いは確かにすごいと思った。だが同時にあれなら雪乃にもできるかも。そうも考えてしまっていた。

思いついたら即実行。それが雪乃の長所でもあり短所でもある。魔物を探し数回戦闘し、己《おのれ》の強さが桁外《けたはず》れであることに気づく。最初は、別に認められようと思っていたわけじゃない。ただ、魔物から助けられた人たちのほっとするような安堵《あんど》の表情が、父が家に帰宅したときのそれに似ていたから。多分、そんな些細《ささい》な理由だったんだと思う。

そして、ヒーローごっこを続けるうちに、六壬神課という組織が雪乃の前に現れ、組織に入ってほしいと懇願《こんがん》される。この時の雪乃は本当にどうかしていた。まるで昔テレビで観《み》たアニメ【フォーゼ】の白虎《びゃっこ》――ライガーのような特別な存在になった、そう勘違《かんちが》いしてしまっていたんだと思う。六壬神課からの誘いを二つ返事で了承し、それを父に話したとき、烈火《れっか》のごとく怒られ反対される。六壬神課の幹部の人も雪乃の家まで来て説得してくれたが、仮に力があっても娘にはその覚悟がない。だから絶対に許可するわけにはいかない。そう主張し、父は断固として首を縦《たて》に振らなかった。六壬神課に入れば国から給料として多額の金銭が入る。魔物の討伐《とうばつ》など雪乃にとって目を瞑《つむ》っていても倒せる作業に過ぎない。危険など微塵もありはしないんだ。だから父が了承しない理由がどうしても理解できず、大喧嘩《おおげんか》してしまう。そしてその次の日、父はあの兇悪な殺人鬼――藤村秋人によりあっさり殺され、この世を去ってしまった。父が反対した理由は今ならはっきりわかる。致命的なほどに雪乃には覚悟が足りなかった。自分が死ぬ覚悟も、為す術もなく蹂躙《じゅうりん》される覚悟も、相手を完膚《かんぷ》なきまでに叩き潰す覚悟も、そしてたとえ自分の全てを投げ捨ててでも己の信念だけは貫く覚悟も――およそヒーローに必要なものを何一つ持っていなかった。結局、雪乃はずっと守られる立場だったんだと思う。昔も、種族の選定を終えた今も。泣きながらヒーローの助けを待つ弱くて無力な存在に過ぎない。どうしてだろう。そんな境遇を認め諦めてしまっている自分は、いつもの雪乃のはずなのに。このとき、雪乃はとっても悔しく許せなく感じていたのだ。

だから――。

「やだぁぁあっ！」

雪乃があらんかぎりの力で声を張り上げたとき、

「ぴえっ⁉」

頓狂な声とともにギャクの身体が歪み、まるでボールのように凄まじい速度で高速回転して壁に叩きつけられ、大きくホールが揺れ動く。

「誰……だ？」

レッが何かを言いかけたとき、雪乃は床に放り投げられてしまう。咄嗟に顔を上げると丁度雪乃の喉首を握っていたレッの右手首は長身の男により鷲掴みにされていた。

「ホッピー」

狐面の男は猫背《ねこぜ》気味にレッを見下ろし、静かにただそう名乗りを上げる。

「はい？」

「だから、ホッピーだって言ってんだろっ！　てめえが聞いてきたんじゃねぇかっ！」

狐面の男ホッピーはその頭部を鷲掴みにすると、そう怒号を浴びせながら地面に叩きつける。グシャという生理的嫌悪を催《もよお》す音とともに、床が破砕《はさい》されて顔面はぐちゃぐちゃに潰れてしまう。

「ちっ！　どうにも手加減が難しい。まだ聞きたいことがあるってのによ。ま、一応鬼らしいし、こんなもんで死にやしねぇだろ」

舌打ちすると、狐面の男は立ち上がり、壁まで吹き飛ばされたギャクに視線を向ける。

「ひっ!?」

たったそれだけで、ギャクは悲鳴を上げて壮絶《そうぜつ》にめり込んだ壁から這《は》い出ると、後退《あとずさ》りしようとするが、

「おい、どこに行くつもりだ？」

背後から髪を右手で鷲掴みされて持ち上げられる。顔を向けると、そこにはあの狐面の男ホッピーが威風堂々《いふうどうどう》と佇んでいたんだ。

「な、な、何なんだ、お前はぁあっ!?」

ギャクの恐怖に満ちた問いかけに改めて答えたのは、狐面の男ではなく、今まで母親に抱きしめられてシクシク泣いていた男の子だった。

「ホッピー！　ホッピーだっ！　ママ、ホッピーが助けに来てくれたよっ！」

「ホントだっ！　ホッピー！」

次々に親の腕を振り切り、両拳を握り、兎のごとくぴょんぴょんと飛び跳《は》ねてはしゃぎまくる。大人たちがこの状況に呆気《あっけ》に取られている中、ホッピーは無造作《むぞうさ》にギャクを放り投げる。

「あああああぁぁっ！」

たったそれだけの行為で絶叫を上げながらギャクの身体は砲弾のように一直線に吹っ飛ばされて柱を次々に突き破り、扉を粉々に破壊してホールの外へと消えていく。

大人の誰も口を開かず、奇妙な静寂《せいじゃく》のみがホール中を支配していた。無理もない。あれだけ強く、皆を絶望させたギャクとレツがあの狐面の男に、為す術もない。それが信じられず、現実感がないのだ。ただ、子供たちのホッピーを応援する弾んだ声だけが、ホールにシュールに響いていた。

『ギャク、そいつ、マジでヤバイよっ！』

レツが震える手に持つ真っ赤な剣の剣先をホッピーに向けながら、金切《かなき》り声を上げる。

（なんて回復力っ！）

あれだけ顔面を滅茶苦茶《めちゃくちゃ》に潰されていたのに、既に傷一つなくなっている。あの回復力は異常だ。きっと、あの外見が変わったのに関係があるのだろう。そう。レツの頭には長い角が生えて全身は赤褐色《せきかつしょく》に染まって禍々《まがまが》しい赤色のオーラがユラユラと陽炎《かげろう》のごとくその体表で揺らめいていたのだから。

『わかってるさ！』

レツと瓜二《うりふた》つの外見《けんげん》に変貌したギャクも扉から出現すると空中に巨大なチャクラムのような武器をいくつも顕現させる。

「無駄だぞ」

狐面の男は右肘《ひじ》を引き、人差し指と中指を伸ばす。そして無造作に突き出した。

『ぐがっ！』

『ぎひっ！』

ギャクとレツの眼球はもちろん、その周囲の組織や眼窩《がんか》までドロドロに溶解し、大きく抉《えぐ》れてしまう。

「たーく、限界まで抑えてこれかよ。この暴れ馬、どうにかならんもんかね。危なっかしくておいそれと敵意を向けられねぇよ」

舌打ちしながら独《ひと》り言《ご》ちると狐面の男は今も悶《もだ》えるギャクにゆっくりと近づいていく。

『ぐ、ぐるなぁっ！』

驚異《きょうい》的な回復能力により回復したギャクが拒絶の言葉を吐く。レツが狐面の男に向けて赤色の剣先を高速で伸長させる一方、ギャクから一斉にチャクラムのような円状の武器も放たれる。レツの握る剣から伸長した紅《くれない》の刀身《とうしん》は狐面の男の眉間《みけん》を一突きにしようと空を疾駆する。一方、円状の武器も炎を纏って高速回転し、狐面の男の蟀谷《こめかみ》、頸部《けいぶ》、心臓、鳩尾《みぞおち》など全身の急所に向けて殺到する。

　ホッピーは億劫《おっくう》そうに顔を歪めながら、右拳を突きだす動作をする。それだけ。そう、たったそれだけで、ガラスの破砕音が響き渡り、赤色の剣も円状の武器も粉々に弾け飛んでしまう。

『へ？』

『……なっ、そん……』

　もごもごと口を動かしているギャクとレッツの顔は死人のように血の気が引いており、その足はカタカタと小刻みに震えている。今の数手のやり取りで、雪乃にも両者の間に存在する越えようのない大きくも深い溝を理解した。そして、それはきっと、雪乃以上にギャクたち自身が感じていること。

「お前らあの拷問《ごうもん》好きの変態一族なんだってなぁ？　心配するな。鬼どもに加担《かたん》している以上、きっちり、お前らは鬼として扱ってやる。だが、その前にいくつか聞きたいことがある」

『聞きたい……こと？』

　おうむ返しに尋ねるギャクまで狐面の男は一瞬で移動するとその胸倉を摑んで引き寄せ、

「坪井《つぼい》涼香《りょうか》と明石勘助《かんすけ》の殺害について、知っている情報を全てゲロしろ」

　低い声で命じる。その言葉を聞いた途端、雪乃の心臓が跳ね上がる。それはそうだ。雪乃にとって最も重要で、看過《かんか》できない事柄だったのだから。

『し、知らない！』

「ほう。しらばっくれるのか？　いいぜぇ、俺もそれを望んでいる」

狐面の男はギャクとレツの襟首《えりくび》を両手で掴むと引きずってホールから出て行ってしまう。

（行かなきゃっ！）

あの事件に隠された真実があるなら、是非《ぜひ》とも聞かなければならない。それが娘としての最後の責務だ。意を決して雪乃も狐面の男の後を追う。

◇◆◇◆◇◆

既にステータスは五万となってしまっている。正直、目がチカチカする。数値以外での新たな判断基準がないものかと思い、千里眼にいくつかの敵から奪った鑑定系の異能を融合させると、【神眼《しんがん》】という中二病《ちゅうにびょう》っぽいスキルへ進化した。このスキルがレベル７となり、各ステータスの強度をアルファベットで表すことができるようになる。具体的には、HP：B－、MP：B＋、筋力：B、耐久力：B－、俊敏性：B－、魔力：B＋、耐魔力：B＋、運：D、成長率：SSS＋となる。この周辺の鬼どもの強さの平均がせいぜい、D－からD＋であることもあり、ほぼ瞬殺だった。

スキルも回復系のスキル【癒し荊】に異能を融合させた結果、【絶対復元】に進化した。束縛系の【獏縛《バクバク》】も【奈落の糸】まで、【ピヨピヨビーム】は【眷属化（限定解除）】に進化した。

これらに、さらに異能を融合しようとしてもできないことから、最終進化というやつなのかもしれない。

ともかく、【絶対復元】の効果はどんな傷を負っても生きてさえいればほぼ完全回復できるほどのものだし、【奈落の糸】は神眼の範囲で糸を自在に出現、消失、操作できるというもの。この【奈落の糸】で拘束されたものは俺より格下である限り、全ステータスが1となり、全保有能力の行使が禁じられる。【眷属化（限定解除）】は、眷属が俺の複数の種族特性を取得できるという優《すぐ》れもの。いずれも反則的なスキルだ。

しばらく鬼どもの殲滅《せんめつ》を続けていると、鬼沼《きぬま》からラインでいくつかの資料が送られてきた。どうやら、捕らえた刑部《おさべ》一族の尋問《じんもん》の結果報告の資料らしかった。それで、坪井と勘助のおやっさんを殺した実行犯はあの変態拷問一族、刑部家であることが判明する。そしてその実行犯は此度《こたび》の餓鬼王という化け物に取り入って、晴れて人をやめ、この分京区で好き放題やっているらしい。ようやく摑んだ事件の手がかりだ。意気揚々《いきようよう》と鬼沼が指示する地点に向かうと、銀髪のケモミミ娘とニット帽の青年が、コスプレをした二人の男に今にも殺されそうになっている。鬼沼の情報にはあのマスクの二人のものもあった。あいつらが、ギャクとレツだろう。あいつらは今回の事件の実行犯のメンバー。ならば、かなり詳細に事件について知っていることだろう。

ギャクとレツに対して敵意が剝き出しだったせいだろう。手加減が殊《こと》の外《ほか》、難しかったが何とか隣の小部屋まで連れてくることができた……はずなんだが。

「なぜ、お前までいる？」

「私にはお父さんの死について知る責務があるのぉ！」

強い口調で銀髪虎女は叫ぶ。お父さん？　おいおい、そんな偶然ってあり得るのか？

「おい、虎娘、お前の名前、フルネームで言ってみろ！」

「明石雪乃！」

ビンゴか。おやっさん、高校生くらいの溺愛《できあい》している娘がいるって言っていたし、辻褄《つじつま》は合う。まさか、鬼沼の野郎、この虎娘がここにいるのを知っていて資料にあえて載《の》せなかったんじゃねぇだろうな？　まあいい、こいつがおやっさんの娘なら確かに、聞く権利がある。

「今から少々エグイものを見るぞ？　それでもかまわんか？」

「いいよ！　早くやって！」

正直言えば、おやっさんの娘だけにはこんな薄汚い世界に首を突っ込んでほしくはなかったんだが。まあ、成り行きだし本人が望んでいるのだし仕方あるまい。俺はギャクとレツに向き直る。

「や、やめろよ……」

俺と視線が合っただけで、到底《とうてい》認められない懇願の言葉を吐く。俺がこいつらのボス以上に悪質で外道《げどう》で非情だということを漠然《ばくぜん》とだが、理解しているのかもしれない。

「やだよ。お前らはようやく見つけた手がかりだし」

「やめてくれッ！」

耳を劈《つんざ》くような声で首を左右に振るギャクに見せつけるように右拳を固く握る。

「お前らには先に謝っておくぞ。俺は今からお前らに人道にもとる行為をする。お前らの人格を否定し、尊厳を踏みにじる。そう、お前たちがおやっさんたちにしたように」

「ゆ、許して――」

ギャクの懇願の声を契機《けいき》に俺は右肘を深く引き絞って、二者への尋問を開始した。


尋問を開始してから、たった15分で奴らは全てをゲロッた。より正確には、拷問に音《ね》を上げてギャクとレッツに憑依《ひょうい》していた鬼が真っ先に消滅してしまった。十数分で人間よりも先にドロップアウトするとは、まったく根性のない鬼どもだ。

凄惨《せいさん》極まりないシーンに雪乃は真っ青になって震えていたがそれでも最後まで見続けた。

それから、人に戻ったギャクとレッツは土下座《どげざ》をして泣きじゃくりながら許しを請《こ》うている。

「最終確認だ。坪井涼香と勘助のおやっさんを殺したのは刑部黄羅《きら》とかいうお前らの頭《かしら》で間違いないないな？」

「は、はい!!」

これで直接の実行犯は突き止めた。あとは裏で糸を引いていたクズ野郎だが――。

先ほどまで俺の尋問を真っ青な顔で見ていた虎耳娘が夢遊病のようにふらりと立ち上がると目尻《めじり》に大粒の涙を溜《た》めながら、レッツに近づきその胸倉を摑み、

「なぜ、お父さんを殺したのっ!!?」

声を張り上げる。

「答えてやれ」

この虎娘はおやっさんの実娘。ならば、俺以上にこの事件の原因を知る権利がある。

レツは顔を恐怖一色に染めながらも、何度も頷くと、

「六壬神課の元老院の依頼を頭が請け負い実行しました！」

その裏で糸を引いていた悪党の名を告げた。

「六壬……神課って言った？」

「は、はい！」

「そんなの――嘘《うそ》だぁ！」

「嘘って言っているが？」

ゴキリと指を鳴らして凄むと、

「ヒィッ!?　真実です！　信じてください！　僕ら刑部家は元より掃除屋の系譜《けいふ》！　六壬神課の元老院からの依頼を受けていました。今回も元老院からの依頼で、我らが殺したんです!!」

これで俺の排除《はいじょ》対象の名が判明した。俺は警察じゃない。奴らの動機などどうでもいい。それが真実であるなら、その報《むく》いをしっかり与えるだけだ。

「いや、いやだぁ……」

ギャクの胸倉から手を放して、雪乃はペタンと尻もちをつく。そして、

「そんなの嫌ぁぁぁぁっ!!」

頬をガリガリと引っ掻《か》く。鋭い爪が頬に食い込み、綺麗な肌を真っ赤に染める。

「馬鹿野郎！　何やってやがる!!」

羽交《はが》い絞《じ》めにして雪乃の自傷行為をやめさせる。

「放して!!　私のせい！　私のせいで、お父さんが!!」

明石雪乃は幼い子供のように声を上げて泣き出してしまう。もういちいち事情を聞かなくても容易に推知《すいち》できる。要するに、この変貌した世界でこの虎娘に目をつけスカウトしようとしたが、勘助のおやっさんが拒絶。反対するおやっさんが邪魔になって殺害を命じた。そんなところだろう。それにしても、陰陽師《おんみょうじ》という奴らの倫理《りんり》観って毛虫の脳みそ並みにないのな。もしかして、今も襲《おそ》っている鬼どもといい勝負するんじゃね？　まあ、俺が言っても説得力皆無《かいむ》かもだけどよ。それでも、そんな奴らにこの変貌した世界の秩序維持を任せちゃまずいだろう。

「坪井涼香を殺せとお前らに依頼をしたのは、氏原《うじはら》という政治家の秘書、久我《くが》という七三分けの男だったんだな？」

結局のところ二人の殺害は、依頼元すらも別個だったたってわけか。

「はい」

「だとすると、その氏原ってやつが黒幕なのか？」

一瞬、目が彷徨《さまよ》うレッツの髪を左手で鷲掴みにすると、自分の顔に近づけ笑みを浮かべて、

「うーん、この期《ご》に及んで、法螺《ほら》を吹くか。いいぞ。お前、根性あるよ」

右肘を引く。

「ひぃぃぃ!!　話します!!　話しますから殴らないでぇ!!」

「次はない。もう一度聞くぞ、黒幕は誰だ？」

「月夜《げつや》教の教主――八神間郡《やがみまぐん》です！」

八神という名は初耳だがこの事件の元凶ならきっちり排除する。とりあえず、これで排除対象が全て判明した。あとは――こいつらの処理だな。俺がギャクとレッに視線を落としたとき――。

「た、大変だっ！　ホッピー、銀さんが、ダンさんたちを助けに行っちまったっ！」

黒髪ツーブロックの青年が小部屋に飛び込んでくると声を張り上げる。あのホールの中で他者を助けに飛び出していくほど生きのよい奴は、あのニット帽の青年くらいだ。人類としては相当な強さだが、この鬼どもの巣窟《そうくつ》では相手にすらならない。このまま放っておけば確実に死ぬな。

「……」

なぜだろうな。あのニット帽の青年が死ぬことを許容できない。そう俺は思ってしまっている。あのニット帽とは初対面のはずだが、どうにも妙な既視《きし》感がある。まあ、話くらい聞くべきだろうな。一度隣のホールに戻ろう。

「どう考えても罠だろうな。いや、ただの遊びか……」

俺が隣で正座しているギャクとレッを凝視《ぎょうし》しながら呟《つぶや》くと、ビクッと全身を硬直化させてガタガタと全身を震わせる。大方、これはこいつらの長《おさ》である刑部黄羅による不穏《ふおん》分子のおびき寄せ。もっとも、わざわざこんな偽計《ぎけい》を練らなくても、奴らの圧倒的優勢は揺るがない。要するに、助けに来たものの前で切り刻《きざ》んで楽しむ。そんなクズのような嗜好《しこう》だろうさ。

「キャッツ！　いるか？」

『御身《おんみ》の傍に！』

俺の前に跪《ひざまず》く、頭部が猫で肉球《にくきゅう》を持った人型の女。こいつは、多数の鬼を原料に俺の眷属化の能力により、創《つく》り出した不思議生物。眷属化の実験により数百体単位で統合させていたら、こんな姿になってしまった。キャッツの気配消失の能力は相当なものだ。こいつに姿を消させたままここを守らせればストレスなく救助隊を待つことができることだろう。

「お前は姿を消して救助隊が来るまでこいつらを守れ」

キャッツは【ジェノサイドバンパイア】を始めとする俺の有する複数の固有の能力を使用できる。ステータスもかなりのものだし、少なくともギャクとレツ程度の奴なら数万相手でも余裕で対処できる。ここの守護など造作《ぞうさ》もあるまい。

『御意《ぎょい》！』

瞬時にその姿を消失させるキャッツに、ざわめきが巻き起こる。歩き出そうとすると、

「どこに行くつもりだっ!?　我ら無辜《むこ》の都民を見捨てるつもりか！」

スーツに眼鏡をかけた恰幅のよい中年の男が声を張り上げる。

「俺にはやることがあるからな。俺の能力で眷属にこの場を守らせるからあんたらは安全だ」

「もし、その眷属とやらより強い化け物が襲ってきたらどうするつもりだ!?　もし死んだらど

う責任をとるつもりだ!?」

「責任云々《うんぬん》と言われてもな。端《はな》から俺にはあんたらを救う義理などこれっぽちもないし」

俺はヒーローじゃない。信念により子供は見捨てるつもりはないが、大の大人の命まで救う義理はない。というかどうでもいい。こんな思考を持つこと自体、俺はヒーローとは真逆。今も襲っている鬼どもとタメを張る悪逆《あくぎゃく》の徒といっても過言ないんじゃないかと思う。

ともあれ、既に安全が約束されているいい歳《とし》した中年の我《わ》が儘《まま》に付き合うなど御免被《ごめんこうむ》る。

「皆さん、聞きましたかっ！　彼は私たちの保護を放棄《ほうき》し、一人で逃げだそうとしているようです！　こんなことが許されていいのでしょうか！　いや、いいはずがない！　この私、成兼《なりかね》は衆議院議員。国会議員には日本国民の皆様を守る責任があるっ！　君にはこの場に是《ぜ》が非《ひ》でも残って我らを守ってもらう！」

恰幅のよい中年のおっさん、成兼が右拳を握って演説をすると、周囲の避難民たちから賛同の声が上がる。多分、己の保護とともに売名目的で扇動《せんどう》してるんだろう。付き合いきれん。

無視して出口に向けて歩き出そうとしたとき――。

「ふざけないでください！」

少女の怒声が地下一階ホールに響き渡る。避難民たちの俺への非難の声が止《や》み、声を発した少女に視線が集まる。そこには赤色の髪をボブカットにした少女が両目尻《めじり》に涙を溜めながら小刻みに全身を震わせていた。この女、いつぞやの旧校舎の事件のときに俺に依頼をしてきた少女、木下《きのした》小町だったか。そういや、あの赤のカラジャンの幾人《いくにん》かは見たことがある。

「子供が大人の話に口を挟《はさ》むなっ！」

成兼が不快そうに叱責《しっせき》の声を上げると、奴の支援者と見られる者らも同調し声を張り上げる。

「その人は――ホッピーはそいつらから私たちを助けてくれたんですよっ！　逃げるつもりなら端から助ける必要はなかったはずです！」

大人の恫喝《どうかつ》など意にも介《かい》さず、ギャクとレツを睨みつけ、そして避難民を見渡しながら叫ぶ。

気まずそうに押し黙る避難民に、

「皆さん、こんな子供の言葉に惑わされてはいけません！　また、この者どものような賊《ぞく》に再度襲われでもしたら、私たちは終わりですぞ！」

成兼は苛立たしげに声を張り上げるが、避難民たちは顔を見合せるのみ。明らかに戸惑《とまど》っている。ギャクとレツを見る目の奥にあるのは強烈な恐怖。鬼化した化け物に襲われたのだし、無理もないか。

「おい、貴様、私は民治党の成兼、与党の政治家！　いわば国民の代表だぞ。お前も公僕《こうぼく》なら、私の意見に従え！」

遂《つい》に己の支持者すらも沈黙してしまったことに焦ってもいるのだろう。唾を飛ばしながら捲《まく》し立て、そう命じてくる。

「俺は公僕じゃねぇよ。自分の意思で動いているにすぎねぇのさ」

「ほう、なら貴様は何の権限もなくこの私的施設を破壊し、暴れまわっているのか!?　それにホッピー、お前は銃を所持《しょじ》しているな！　それはれっきとした銃刀法違反だっ！」

「だろうな。だが、だからどうした？」

「どうした、だと!?　このままなら、お前はこの事件の終息後、必ず逮捕されるのだぞっ!?」

「もとより覚悟の上だ」

そもそも俺は脱走犯だしな。もとより、脱走犯の俺がこの場にいる時点で端から詰《つ》んでいるんだ。今さら保身の気持ちなど湧《わ》きようもない。

「貴様が義務を果たすなら緊急事態だったと、司法機関に口添えしてやる！　悪いことは言わん！　ここに残って私たちを守れ！」

「断るね」

もういい。こいつとはもう一秒たりとも話すことはない。再度歩き出そうとしたとき、数人の子供たちがしがみついてきて、

「ホッピー、行っちゃうの？」

不安そうに見上げてくる。くそっ！　ガキのこの手の表情はマジで苦手なんだ。頭を掻きつつ、しゃがみ込むと子供たちに視線を合わせて、

「ごめんな。俺は今から他の奴らを助けに行かなきゃならん。ここでママたちと大人しく待っていてくれるか？」

優しくその頭を撫でながら諭すように語りかけた。

「うん！　大丈夫だよ！　僕らいい子で待ってる！」

「私もぉ！」

「僕もぉ！」

「だからホッピー頑張って！　悪い奴、やっつけて！」

次々に子供たちが頷き、励《はげ》ましの声が飛ぶのを視界に入れて避難民たちの表情から怯《おび》えが消える。そして代わりに強烈な感情が灯《とも》るのを感じる。

「ふ、ふざけるな！　私を無視して話を進めるなっ！　わかっているのか！　この男にしか私たちを守れないんだぞ⁉」

成兼がヒステリックな声を上げ始めたとき、俺のスマホの着信音が鳴り響く。このスマホは、胡蝶《こちょう》から譲《ゆず》り受けたもの。あいつから以外にはありえない。通話を押して耳に当てると、

『スピーカーにしなさい！』

「ああ？　今取り込み中──」

『いいから早く！』

スマホから聞こえてくるいつもの怒声。まったくこいつも通常運行のようだ。大きく息を吐きだして、スピーカーに設定してスマホをテーブルに置く。

『こんにちは、皆さん。私は内閣総理大臣の維駿河《いするが》です』

「そ、総理！」

スマホから聞こえてくる声に仰天《ぎょうてん》の声を上げる成兼。先ほどとはえらい違いだなおい！

『やあ、成兼君、君も無事で何よりだ』

「総理、今、この仮面の男に避難民の保護を要請しているところでして──」

『黙りなさい！　君はもう少し恥《はじ》というものを知った方がいい！』

普段穏《おだ》やかな維駿河の声には、明確ではっきりとした憤怒の色が滲《にじ》んでいた。

「それは、どういう意味で？」

『その部屋の出来事はずっと見ていました。それ以上、説明が必要かね？』

「へ？　部屋の様子を見ていた？」

不可思議そうに天井や壁の隅を確認し、監視カメラを認識し顔を青ざめさせる。

『そうだ。我らにはそこの部屋の光景が見えているんだ。もういいだろう。君は引っ込んでいたまえ！』

怒号を浴びせられて、

「は、はひっ！」

成兼は身体を硬直化させて慌《あわ》てて何度も頷く。

『ホッピー、いや、藤村秋人君、都民を救ってくれてありがとう。国民を代表して礼を言うよ』

胡蝶のやつ話しやがったな。何せ急いでいたからな。口止めをしなかったのが悔《く》やまれる。

「藤村秋人って、あの阿良々木《あららぎ》電子殺人事件の容疑者か！」

「マジかよ……」

次々に上がる避難民の声。まあ、こうなることは十分想定の範疇《はんちゅう》ではあるわけだがね。

「だったらどうする？　出頭しろとでも言うつもりか？」

『まさか。君しかこの日本を救えない。それは私たち皆が理解している事柄さ。止めるなどとても』

声色同様、実にとぼけた発言だ。この状況で日本政府が今更《いまさら》俺のような小悪党に関《かか》わっている余裕などない。奴らにとってまさに猫の手も借りたい状況だし、こんな発言にもなるだろうさ。

「なら、なんだ？　時間もない。用件があるなら早く言ってくれ」

『日本国内閣総理大臣として、改めて君にこの事件の解決を依頼したい』

「俺に事件の解決を依頼？」

『そう。私のような現場を碌《ろく》に知らぬ事務屋ではなく、プロに変わるよ。その方が君を口説《くど》きやすそうだ』

スマホから出る声が野太《のぶと》い声に変わる。

『私は超常事件対策局局長、真城歳三《さいぞう》だ。時間も押しているし、単刀直入《たんとうちょくにゅう》に説明するぞ。お前の持つスマホで我らと連絡をとってくれ。今後、都民の保護は我らで請け負う！』

「おい！　俺はまだ引き受けるとは言っていないが？」

『あのなぁ、お前自身でさっき時間がないといったばかりじゃねぇか。だったら、既に異論がないことにいちいち突っ込むなよ。それこそ時間の無駄だ』

「俺は猟奇殺人の容疑者だぞ？　そんな俺と手を組むってのか？」

『お前の人となりは十分理解した。その上での俺の判断はお前はやってない。以上だ！』

「はあ？　正気かよ？」

こいつの意図が読めない。世間《せけん》一般は俺が猟奇殺人鬼で異論はないはずだから。

『ああ、当たり前だ。第一、それほどの力があって、あんなみみっちい猟奇殺人などするわけねぇだろ？　それに仮にお前が頭のおかしい殺人鬼でも、俺たちはお前さんと手を組むしか道はないのさ』

「はっ！　俺のメリットは？」

『んなもんあるかっ！　というか、最初から一人でやるつもりだったんだろ？　俺たちが手を貸してやるって言ってんだ。素直に受けろよ、ヒーローー！』

何がヒーローだ！　この俺が好き好んでこんな役回り引き受けているわけがねぇだろうがっ！　きっと、胡蝶のやつが余計なことを言いやがったな。だが、確かにこのまま成兼のような奴に邪魔されるのも面倒《めんどう》だ。何より俺に不利益はない。受けるしかないか。

「勝手にしろ」

俺は了承《りょうしょう》したに等しい言葉を口にしたのだった。

◇◆◇◆◇◆

（ちくしょう！　ちくしょう！　ちくしょう！　ちくしょう！）

銀二は走りながら、涙を袖で拭《ぬぐ》う。悔しかった。別に己の選択に負い目などないし、後悔だってしちゃいない。目につく奴らを助ける。それは銀二の昔からの本能のようなもの。否定することなど到底できない。銀二が悔しいのは、目につく者たちはおろか、己の兄弟同然の奴すらも救えないこのか弱き自分に対してだ！　たしか、遠い昔にも似たようなことがあった。そう思えたのだ。

目的の御国寺《ごこくじ》駅前に到着する。そこは地獄だった。全身杭《くい》のようなもので串刺《くしざ》しになるもの。火あぶりになるもの、ダーツの的《まと》になるもの。人間パズルにされた子供たち。一言でいえば、これら全てはお遊び。それ以外の理由など思い浮かばない。

「あーら、来たのねぇ。レツとギャクに憑依《ひょうい》していた鬼が死んだ。あんたがあの子たちを倒したのぉ？」

悪趣味な笑いの仮面をしたビキニ姿の金髪の鬼が豪奢《ごうしゃ》な椅子に座って踏ん反り返りながらそう宣う。背後には三人の、やはりビキニ姿の女の鬼、さらに黄色服を着た鬼どもが後ろに手を組んで直立不動で佇立《ちょりつ》していた。

（冗談じゃ……ねぇよ！）

あそこの黄色服の一体一体自体があのギャク、レツと同格の気配がする。これではあの狐面の男でも劣勢は免《まぬが》れまい。このまま突き進んでも死しかないだろう。それでも、銀二にだって譲れないものはある。絶対に二人は生かして返す。たとえこの身がどうなろうとも！

「ダンと来栖はどこだっ⁉」

奴の疑問には答えず代わりに質問で返す。どのみち、この手の外道との問答など不要。

「うん？　あーあ、これのことねぇ」

鉄の椅子に雁字《がんじ》搦《がら》めにされ、目隠しをされている二人の男。そのダンと来栖の全身にはいくつもの細長い鉄の棒が刺さっていた。

「おい、ダン！　しっかりしろ！」

強烈な焦燥《しょうそう》から、喉が潰れん限りの声で叫ぶ。

「銀……ちゃん？」

ダンの口から微《かす》かに聞こえる声。生きている、その事実に、心の奥に小さな火が灯《とも》る。

「すごーいでしょうぉ。これでも生きてるのよぉ」

「二人を放せぇ！」

必死だった。助けたい一心で鬼化して右拳を強く握り、奴に向けて疾駆する。

「なんだ、雑魚じゃん」

その女の落胆《らくたん》するような声とともに、背後から羽交い絞めに拘束される。

「腐れ外道がっ！　放しやがれぇ！」

「だめよぉ。でも私、いい趣向を思いついちゃった。貴方《あなた》の前でゆっくりとこれを突き刺していきましょう。何本刺したら死ぬかの勝負よぉん♬」

金髪の女は椅子から立ち上がり、両手にいくつもの細長い杭を出現させると、ダンの腹部へ突き刺す。

「ぐぅっ！」

ダンの口から小さな悲鳴が上がる。

「やめろぉぉぉっ！」

必死に拘束を振り切ろうとするが身体は全く動かない。

「だめよぉ。世の中っていつも思うようにならないものよぉ」

仮面をしているのに、その顔が快楽に醜《みにく》く歪んでいるのが容易に想像できた。

「頼む。そいつを助けてくれ。そいつは俺の義兄弟《きょうだい》なんだ」

必死に懇願の言葉を紡《つむ》ぐ。

「だめよぉ。言ったでしょ。この世はままならないってぇ」

そのとき隣のビキニ姿の鬼女が何やら耳打ちをすると、仮面の女は左の掌に右拳をポンと当てて、

「そうねぇ。じゃあ次、私の指示に従ったら、特別に貴方たちは助けてあげるわよぉ」

「わかった！　なんでもする！」

悔しかった。だが、それ以上にダンを失う方がその何倍も怖く、恐ろしい！　ダンが救えるならなんだってする。たとえ、この手を外道な行為に染めようとも。

拷問を受けたって、どんな恥辱《ちじょく》を受けたっていい。絶対にダンだけは助けてやる。ダンを助けるためならなんだってできる。そう思っていた。しかし――。

「そう。それは楽しみねぇ」

耳打ちした鬼女は頷くと一瞬で姿を消し、布袋に入ったサッカーボールほどの球体を持ってくると、銀二の前に放り投げる。

「それを食べなさい。そうすれば私たちの仲間として認めてあげるぅ」

そして、鬼女は紅《くれない》に染まった布をとる。そこにあったのは――。

「うぁ……」

【らしょうもん】の棄損《きそん》された仲間の頭部だった。

「あーらぁー、やっぱり、同じ服を着ているからお仲間だったのねぇ。その子は私のお気に入りぃ。しゃぶりつきたくなるほど綺麗な顔をしてるでしょうぉ？　私的にはアートを――」

途中から声が耳に入ってこない。ただ、体の中心で燃えるようなどす黒いものがウゾウゾと蠢いているのを明確に自覚していた。

「グギッ！　ガァァァァッ！」

口から出る獣《けもの》のような咆哮《ほうこう》。視界が血のように赤く染まり、次第にドクンドクンと心臓が強く波打ち始める。

（熱い……）

身体の中心から生じた熱。それらは銀二の全身を隅々《すみずみ》まで駆けめぐっていく。

それはきっと無意識だ。背後から銀二を押さえている黄色服の頭部を右手で摑むと捩《ね》じり上げる。ゴキンッと骨が拉《ひしゃ》げる音。絶命し脱力した黄色服の鬼を脇《わき》に放り投げて、右手で胸を押さえる。今や熱はその喉を掻きむしりたくなるほど強烈なものとなっている。

（熱い！　熱い！　熱い！　熱い！）

熱に唸《うな》されるかのように突如、景色から色が消える。

――よお、やっと起きたか。

振り向くと、そこには和製の鎧姿の一匹の長身の鬼が佇《たたず》んでいた。

（お前は？）

——うーん、俺はお前。お前は俺さ。それにしてもいつも、お前はギリギリだよな。

でもまあ、ようやくあいつに会えたようだし、よかったぜ。

（あいつ？）

——いずれわかる。

その声を最後に、景色は元に戻り、

『鬼津華銀二の種族——鬼将《きしょう》が種族覚醒《かくせい》条件を満たしました。鬼津華銀二の系統樹がノーマルからレアへと移行いたします。直《ただ》ちに、強制進化を開始致します』

無機質な女の声が頭の中で反響する。

「へー、鍛治場《かじば》の馬鹿力ってやつぅ？　でも　無駄よぉ」

黄羅がパチンと指を鳴らすと、一斉に囲まれる。

「グアアア——アッ！」

自分の声とは思えぬ獣のごとき唸り声。そしてそのどす黒い衝動に全てを委《ゆだ》ね、銀二は動き出す。銀二が紅爪《べにづめ》を数回振っただけで黄色服の鬼どもが輪切りとなる。

『いい気になるなっ！』

隣の鬼女が右回し蹴りを放ってくるが、それを右の前腕でそらして左手の爪で切り裂く。鮮血が飛び散り、鬼女の左腕がズルリとスライドしていき、地面にグシャと落下した。

『貴様ぁッ！』

鬼女が怨嗟《えんさ》の声を上げる。その顔面に全力の左回し蹴りを叩き込んだ。弾丸のような高速で一直線に吹き飛び背後のビルを半壊させる。

「グアアァッ」

「あらまぁ、あれじゃあ、サードも数分は使い物にならないわねぇ。それにしても、怒りに任せての陳腐《ちんぷ》な覚醒なんて、どんな三流小説よ」

右足を全力で踏み込み、小馬鹿にしたように左右に首を振る黄羅の顔面に渾身の右拳を叩きつける。仮面を粉々に叩き割るが、女に喉首を摑まれてしまう。

「あーあ、割れちゃった。いけないいんだぁ。でもぉ、これでもうあんたに万が一にも勝利はないわぁ」

金髪の女は薄気味の悪い笑みを浮かべ、その肉体はボコボコと波打ち始める。

「教えてあげーる。真の覚醒とはこういうのをいうのよぉ――」

忽《たちま》ち、下半身が蜘蛛《くも》。上半身が六本腕の女の姿へと変貌する。

「私はアラクネ。この地の支配を命じられた羅刹三鬼神の一柱ッ!!　下賤《げせん》で醜い下等生物どもは、ただ我らに平伏し、喜んで供物《くもつ》となるべきものなのよぉ」

勝ち誇ったように声高らかに宣言する。そして椅子に縛《しば》られたダンと来栖を見下ろす。

「心配いらないわぁ。今からこの二匹のようにたっぷり拷問して生死の狭間《はざま》にある貴方たちのキラッキラッの欠片《かけら》を取り出してあげるぅ。そうよぉ、貴方たちには私たちを感動させる義務と責任があるのだからぁ。今からたっぷりこの私が拷問の粋《すい》を――」

顔を恍惚《こうこつ》に染めて、アラクネが得々と口上《こうじょう》を垂れ流している最中《さなか》、銀二の首を持つその右腕が粉々に吹き飛ぶ。

「へ？」

真っ赤な血飛沫《ちしぶき》を上げる自らの右腕を眺めながらアラクネが頓狂な声を上げる中、赤色の糸により銀二とダン、来栖の全身はグルグル巻きにされて宙を舞い地面にそっと降ろされる。

「よく頑張ったな。あとは俺に任せろ」

その頼もしく、どこか懐《なつ》かしい声を耳にするとともに、銀二の意識は完全に消失した。

◇◆◇◆◇◆

今【絶対復元】を使用し、三人の傷を瞬時に癒《い》やしたところだ。マジで間一髪《かんいっぱつ》だった。もうあと数分遅かったら、全滅だったな。

「雪乃、その三人を連れて離れていろ」

「う、うん。まかせて！」

時間を巻き戻すように復元する三人に頰を引き攣らせながら、雪乃は頷く。雪乃がどうしても最後まで見届けたいと懇願したので、戦闘に参加しないことを条件に同行を許可したのだ。断って下手に動かれて攫《さら》われるくらいなら、俺の傍に置いた方がまだ安心できる。それよりも

――。

「クズがっ！」

ブロック状に積まれた子供たちの肉片を目にしてつい怒りで我を忘れそうになってしまう。坪井と勘助のおやっさんを殺したことはもちろん、こいつらは俺が最も嫌いな奴だ。もう、ただではすまさん。正真正銘《しょうしんしょうめい》の地獄を見せてやろう。

『あんた、今、何をしたぁ？』

蜘蛛女アラクネは重心を低くして俺を注意深く凝視してくる。

「もう話すな。お前が口にしていいのは悲鳴だけだ」

俺はアラクネの口に向けて軽く殴る仕草《しぐさ》をする。刹那《せつな》、アラクネの頭部はおろか上半身が爆発する。

顎を少し撫でるつもりが、つい殺しちまった。【ジェノサイドバンパイア】の種族特性は俺の感情に左右されるらしい。どうにもこいつらには手加減というものができない。まあいい、他にも沢山《たくさん》いるしな。俺が眼球を向けただけで、急速に血の気が引いていく様子の黄色服の鬼ども。

「お前ら運がなかったなぁ。十朱《とあけ》とかいう短髪の男なら楽に殺してもらえたろうに」

『うわぁ……』

俺の宣告が全てのトリガーだった。奴らは一斉に俺に向けて総攻撃を仕掛けてくる。

「ま、待て、出鱈目《でたらめ》に突っ込んで勝てる相手じゃないっ！　アラクネ様が復活するまで連携《れんけい》をとれっ！」

　ビキニの鬼女が指示を叫ぶ。よかった。アラクネとかいう刑部黄羅は殺していなかったか。これで、奴に地獄を与えることができる。俺は冷めた眼差《まなざ》しで銃弾を襲いかかってくる黄色服の鬼どもに放つ。弾丸は黄色服の数の分だけ分裂すると、その両足を根元から消滅させてしまう。地面に這いつくばって呻《うめ》き声を上げる奴らに、

「そうだなぁ。お前ら拷問好きの一族なんだってなぁ。ならば、同じことをされてもしかたねぇよなぁ」

　俺は奴らの十数体を【奈落の糸】により集めて【眷属化（限定解除）】を発動する。限定解除され、妙な構えや呪文は不要となっている。これで今の俺に最適な眷属を編み出せるはず。

『ぐひぃ』

　断末魔の悲鳴を上げつつも、融合してマスクを被った頭部のみの怪物を形成していく。即座に神眼で鑑定すると、『笑拷鬼《しょうごうき》：ステータス平均C＋、保持スキル――狂乱の福笑い、拷極図《ごうきょくず》、透過』とあった。本当にこのスキル、俺が望むように動いてくれる。

「こ、こ、この圧《あつ》ってアラクネ様と同格ぅっ!?　そんな馬鹿なッ!!」

　滝のような汗《あせ》を流しつつ、金切り声を上げるビキニ女を尻目《しりめ》に、

「おい、笑拷鬼、あの蜘蛛女以外、できる限り長く、可能な限り苦痛を与えろ。この世の地獄を味わわせてやれ！」

「くけけけけけけけけ――」

俺の命に狂喜に震えるように、マスクの生首は高笑いを開始する。それだけ……そうたったそれだけで、三柱《みはしら》のビキニ女と黄色服どもは突然笑い出す。そして、次の瞬間、人数分、上空に浮遊する黒色の直方体の物体が、高速で落下し、奴らを全て呑《の》み込んでしまう。元は人だろうが、こいつらは俺を本気で怒らせた。すぐに滅びるという慈悲《じひ》すらこいつらに与えるつもりはない。

『アキト、数々のイカレきった異能に、あの化け物を生み出す能力、しかも、しかもじゃ、あれは鬼神羅刹の三本指の一柱、アラクネじゃぞっ！　それを一撃で沈めるとはいったい、そなた何なんじゃ！』

俺の右肩で血相を変えて、俺の方が知りたい疑問について唾を飛ばしながら叫ぶ馬鹿猫。

「んなこと聞かれてもな。多分、俺の種族特性が原因だろ」

クロノは器用に腕組みをして考え込んでいたが、

『前々から聞こうとは思っておったんじゃが、そなたの種族はなんじゃ？』

今更極まりないことを尋ねてきた。というか、お前、俺のアイテムボックスは自由に扱えるのに鑑定はできないのかよ。なんか、クロノの奴、運営側から中途半端に制限されてるよな。

「最初は人だったが、種族の選択で途中からバンパイアになったな」

『その非常識な回復能力に、太陽の光で燃えるんじゃ。バンパイアなのは見ればわかる！　妾《わらわ》が尋ねているのは、今の現象を引き起こした理由じゃ！』

まあ、こいつに隠す意義もないか。

「俺の今の種族、【ジェノサイドバンパイア】の種族特性だ」

『はあ？　そんな種族聞いたこともないぞ？』

「だろうな。俺もビックリだ」

俺が誤魔化《ごまか》していると判断したのか、クロノの奴が肉球で俺の顔を叩きながら拗《す》ね始めた。

面倒なやつ。

「う、後ろっ!!」

三人を守るようにしながら、雪乃が俺の背後に指をさし、声を張り上げる。

「ん？　ようやく復活したか」

『許さん……』

「ん？」

「許さんぞぉ!!　下等生物の人間ごときがこの私を――」

「五月蠅《うるさ》い」

奴の脳天を指定して右拳を振り下ろす。潰れる音とともに蜘蛛の肉体以外は円盤状に潰れてしまう。唸っている暇《ひま》があるなら、スキルの一つでも使ってみせろっての。

『とても、信じられん……』

クロノがボソリと呟くのを尻目に、暫《しばら》く待っていると完全復活する。へー、本当に復活したよ。マジでゴキブリ並みの生命力だな。

『貴様、何をし――』

「馬鹿が！　お前ごときの実力で無駄口を叩いている暇があると思ってんのか？」

再び俺の右拳が振り下ろされ、形成された円盤状の肉塊《にくかい》。

『死ねぇ!!』

復活したアラクネは蜘蛛の尾から真っ白な糸を俺に伸ばしてくるが、それらを全て【奈落の糸】で巻きつけ効力を奪う。たかが状態異常の糸が俺の【奈落の糸】に勝てるわけねぇだろ。

「なっ!?　なぜ私の【即死の糸】が消滅して――」

「だから口じゃなく手を動かせって」

うんちくを垂れ流している奴に俺の鉄拳制裁《てっけんせいさい》が飛び、頭から潰れ形成される円盤肉塊。さらに時間が経過する。変だな。せっかちな俺が全くこいつを何度も殺すことに忌避《きひ》感を覚えない。むしろ、何時間でも待ってやる気になっているぞ。

「くそっ！」

今度は動けるようになり次第、バックステップしようとするが、

「逃げんなよ」

やはり、俺の右拳が叩き落とされ肉塊プレスが出来上がる。

数十回殺しただけで、奴は完全に戦意を喪失《そうしつ》してしまう。今や蹲《うずくま》ってこちらを怯えた目で見ながら震えるだけ。わからん。あれほどの非道をはたらきながら、この程度のことでどうしてこうも簡単に音《ね》を上げることができる？　俺はこの時どうしてもそれが知りたかった。

「今から質問に答えろ」

「ひぃ!! 許してぇ!」

既に戦意など微塵《みじん》もないのか、顔を涙と鼻水で濡《ぬ》らして懇願の言葉を口にする。

「イライラするな。お前、そんな命乞《いのちご》いをしてきた無力な奴らに何をしてきた?」

自覚はしているさ。俺も奴らに拷問をしている以上、奴らと同じ穴のムジナ。非難する資格などないということくらい。でも、どうしてもこいつらにだけは怒りが抑えられない。

「ゆ、許し――」

俺が人差し指を下ろす。それだけで奴の顎が弾け飛ぶ。

「問われたことのみ答えろ? なぜ、お前たちは他者の痛みをわからない?」

「いた……み?」

「今、お前が怯えているようにお前に殺された者たちはもっと痛く、つらく、苦しかったはずだ。己の痛みにはそれほど敏感なのに、なぜ、他者を踏みにじることができる?」

「それは人間が――」

「お前の身体の持ち主もほぼお前と同様の感性をしている。だから、他種族だから踏みにじるということでは説明がつかない。答えろ」

頬を引き攣らせながらも、何度も俺の顔色を窺《うかが》っていたが、抵抗が無駄と知ったのか、

「楽しいから」

観念したかのように素直に返答し始めた。

「それが楽しくて気持ちがよいからよ」

「楽しい？　他者の苦痛がか？」

「ええ、私の手によりそいつの人生、精神、肉体の全てが無茶苦茶《むちゃくちゃ》になる。それが楽しくて気持ちがよいからよ」

「お前、それ本気で言ってんのか？」

「当たり前よ！　どうしていけないの!?　お前も強者ならわかるでしょ!?　私たちと家畜どもは違う！　家畜どもは強者に寄生《きせい》することでしか生存できない。こいつらの存在価値なんて、私たち強者を楽しませるくらいしかない。むしろ、私たちが上手く口減らしをしてあげなきゃ、際限なく増えて世界を汚濁《おだく》する。私たちにはこいつらを上手く管理する必要があるのよ！」

　今はっきり理解した。救えない。どうしょうもないくらい救えない。こんなくだらない奴のくだらない欲望のために、坪井や勘助のおやっさんは殺されたのか。

「毎日のように失敗して、怒鳴られてへこんでよ、いつも会社を辞《や》めようと思ってたんだ。そんなとき決まって糞不味《くそまず》いコーヒーを出してくれて話を黙って聞いてくれた。疲れてんのに、つまんねぇ話を何時間もだぞ？　ありえねぇだろ？」

「はあ？　それってどういう意味？」

　黄羅は眉《まゆ》を顰《ひそ》めて俺の言葉の意図を問いかける。

「話し終えたら全部すっきりしちまって、もう少し頑張るかって気になるのさ。いつも、それの繰り返しだった。それでこの歳《とし》になるまで何とかやってこれたんだ。オヤジってのは本来、こんなウザイくらいお節介《せっかい》な奴なんだろうなって……そうずっと思ってた」

俺は両拳を固く握り締める。強く、強く、強く。爪が両手に食い込み、僅かな痛みが脳髄《のうずい》を刺激する。

「そんなことより、貴方は私と同じよ。絶対的強者らしく、人間というゴミムシどもなど捨てて、羅刹様につきなさい！」

「そうさ。お前の言う通りだ。俺もお前と同じ。俺のこの強烈な欲求を満たすために、この拳を振るうんだ」

決壊寸前の感情の導火線に火がつき、全身に伝っていく。

「なら共に羅刹様のもとに行きましょう。貴方の力を示せば、あの御方もきっと快く受け入れてくだされるわぁ！」

頓珍漢《とんちんかん》な台詞《せりふ》を口にするアラクネに、俺は構えをとって右肘《ひじ》を大きく引き絞る。そして——。

「きっとお前を殴ればすっきりする。だから、俺は俺の全てを込めてお前を殴るっ！」

「ひへ？」

間《ま》の抜けた奴の声を契機に、俺は奴に向けて暴虐《ぼうぎゃく》の感情を解き放った。


俺の前には刑部黄羅が襤褸《ぼろ》雑巾《ぞうきん》のようになって横たわっていた。まったく力を感じないし、アラクネはこの世界から消滅し、もうただの人間に戻ったのだろう。そして、同時に刑部黄羅の部下どもも笑拷鬼の拷極図による拘束から逃れた。おそらく、俺が命じたのは鬼の拷問であり、アラクネの消滅により、鬼化の根源が消えて人に戻り、命令が解除されたのだと思われる。

次いで、笑拷鬼も元となった黄羅の部下に戻ってしまう。これも鬼化が解けたのが原因だろう。ともあれ、こいつらは明らかにやりすぎた。もはや救うことなどできない。

「そこまでだぜ」

突然、黒短髪に無精髭《ぶしょうひげ》を生やした大男が、俺の右手首を摑んでいた。

「放せ！　十朱、たとえお前でも邪魔するなら許さねぇ！」

「駄目だ。そいつらは、坪井涼香と明石勘助殺害及び、この事件と絡《から》む都民大量虐殺《ぎゃくさつ》の重要参考人。これから署で洗いざらいゲロしてもらわにゃならんのだぜっ！」

「司法の裁《さば》きってやつか⁉　反吐《へど》が出るねっ！　お前も見たろうっ！　あんな小さなガキどもを遊んで刻んだんだぞっ！」

「あーわかっている。正直、俺もそいつらの命など心底《しんそこ》どうでもいいんだぜ」

「だったら、なぜ止める！」

「お前が手を汚すほどの価値がないからだぜ！　この光景は全国ネットで世界中の人々が目にしている。悪辣《あくらつ》な殺人鬼でも無抵抗な人に戻ったそいらを殺せば、十年単位で刑務所から出てこれなくなる」

「その覚悟くらいあるさ。だから放せ！」

「いいのか？　お前が今ここにいるのは守るためだろ。もし刑務所に入れば、今後一切、そいつを守れなくなるんだぜ？」

「……」

反論の言葉一つ口にすることができず、気がつくと奥歯を砕《くだ》けんばかりに噛みしめていた。

そして、そのことに俺自身が一番驚いていたんだ。だってそうだろう？　雨宮《あまみや》をこれからも守るなど、それこそ傲慢《ごうまん》ってもんだ。第一、俺は既に阿良々木電子をクビになっている。ならば、もう雨宮とは今後接点自体がなく、既に違う道を歩み始めているといってよい。この事件が終われば二度と関わり合うことはない。

「お前が巻き込まれた阿良々木電子の殺人事件もこの度の東京を狙った鬼どもの襲撃《しゆうげき》も全て一本の線で繋《つな》がっている。その事件の解決のために、俺たちやお前の仲間たちは寝ずに動いている。お前は周りをもっと信頼すべきだぜ」

ちくしょう。なぜ言い返せない？　こんなにこの外道が許せないのに！　こんなにこの外道を粉々にしてやりたいのに！

「くそ、くそ、くそおおおぉぉぉっ!!」

俺はただ言い表せぬ激情に任せて咆哮したのだった。


タイムリミットまで、5日と21時間。

俺がアラクネに勝利した後、分京区での人類の勝利が確定し、天の声によりそれが宣言される。分京区の鬼は一匹残らず消滅させたようで、もうこの分京区は安全だ。ほどなく、自衛隊と警察が救助に来ることだろう。俺のやるべきことはもうここにはない。次のステージである豊嶋《としま》区の解放を開始すること。だから、先に進もうとしたわけだが、いくつか想定外のことが起こる。一時的に手を組んでいる超常事件対策局が十朱、銀二、雪乃の同行を求めてきたことだ。
十朱は俺と年齢も思考パターンも近く、強さも竜化しない状態でCはある。この戦争は守ってばかりいても勝てない。だから、やり手の右近ならば、十朱に同行を指示するとは思っていた。意外なのは銀二と雪乃だ。二人とも民間人であり、強さも銀二がD、雪乃がD－程度しかなく現時点では使い物にならない。特に雪乃はまだ高校生だ。到底、この戦いに投入するのが相応《ふさわ》しいとは思えない。もっとも、この作戦の実質的指揮を執《と》っている超常事件対策局からのこのタイミングでの同行の指示だ。鬼沼か忍《しのぶ》に俺の能力について聞いているんだろう。すなわち、俺の【系統進化の導き手】による成長率の補正。多分、十朱たち三人とパーティーを組ませて成長率を大幅に向上して、この戦争を人類の有利に進ませる。そんな狙いでもあるのだろう。

俺の成長補正の能力については粗方《あらかた》神眼により調査済みだ。結果、鬼の殺害に関与してさえいれば、チーム全員に経験値は同額だけ入るのが判明している。ならば、俺が束縛し十朱たちに殺させれば効率の良いレベルアップを見込める。ただ、この方法は無抵抗な鬼を殺せることが最低条件となる。特に鬼には人に近い外見の者も多く、雪乃辺りが殺すのに躊躇《ちゅうちょ》することも考えられた。故《ゆえ》に、テストをすることにした。具体的には、都民の死体を的《まと》にして遊んでいた人型のクソ鬼兵士を【奈落の糸】で捕獲《ほかく》し、銀二と雪乃に攻撃の指示を出した……わけだが――。

自分で指示しておいてなんだけど、正直、引くわ。ドン引きだわ。だってよ。二人とも命乞いをする鬼どもに戸惑いの表情すら浮かべず、逆に薄《うす》ら笑いを浮かべて、奴らから奪った槍《やり》でめった刺しにしたのだ。

「やったよ！」

槍を上げて血まみれで勝利宣言をする雪乃に、

「俺もな」

笑顔で右手を上げる銀二と、

「よくやった！」

親指を立てて爽《さわ》やかに微笑《ほほえ》む十朱。

「ありがと！」

俺にも褒《ほ》めてほしいのか、血のりがべったりとついた槍をブンブン振って無邪気に微笑んでくる少女。この光景を視界に入れて、俺は自分の致命的なほどの勘違いを明確に自覚していた。

『アキト、こやつらそなた同様、絶対、頭がおかしいのじゃ』

（あいつらが頭おかしいってのは俺も素直に同意するが、俺までというのはどういう了見だ？）

『だってそなたが、一番頭がおかしいし』

この駄猫が!!　まあいい。これでこいつらに最低限の覚悟があるのはわかった。あとは実験にのめり込むことにしよう。

◇◆◇◆◇◆

そこは既に廃墟《はいきょ》と化した豊嶋区内にある高層ビル内の一室。その豪奢な内装の部屋の窓際で、泣き顔をモチーフにした真っ白な仮面を被った男が、豪奢な椅子に腰をかけ、デスクの上に置いてあるPCに映し出されている分京区における人類勝利の動画を視聴していた。

「アラクネが負けましたか。中途半端な遊びでつけ込まれて潰された。大方そんなところでしょう。実に愚《おろ》かだ。遊びは全て勝たなければ意味はない。第一、あれと真っ向からやり合うなど愚《ぐ》の極致《きょくち》。何より勝負とは、始める前に勝つものなのです」

テーブルの上に置いていたスマホを手に取ると、ある場所に電話をかける。

『久我！　貴様、久我か!?』

スマホから漏《も》れる野太い声。

「ええ、久我信勝《のぶかつ》ですよ。先生」

『貴様、どこで油を売っていた!?』

「不運にも今世間を賑《にぎ》わせている事件に巻き込まれましてね。今は動けぬ状況です」

『今、追い込んだはずのホッピーがヒーローの真似事《まねごと》をしておる。その動画のせいで大層面倒な事態になっておるのだ！』

部下である久我の安否《あんぴ》よりも、自己の保身にしか関心がない。気持ち良いほどのクズ。鬼と融合する前の以前の久我なら吐き気がしていたことだろう。だが、無駄な倫理《りんり》観が吹き飛んだ今、この醜悪《しゅうあく》な獣の外道さがこの上なく心地よい。

「あの『イノセンス』の記事ですね？」

『そうだ！　あの記事のせいで、ひっきりなしに儂《わし》の事務所や自宅にあの記事の真偽《しんぎ》を問う電話がかかりっぱなしだ。しかも、例の事件の実行犯も逮捕されたと聞く。もし、その実行犯が自白でもすれば儂は、お終《しま》いだ！』

「生憎《あいにく》、私は今ここから動けません。ですので、どうぞ私の助言通りに行動してください。藤村秋人の評価を再度地に落とし、先生の評価を確たるものとしてみせましょう」

『そうか！　なら早く話せ！』

　馬鹿な人間だ。羅刹様に対抗し得る力を持つ人間など藤村秋人くらいだろう。それはあの動画を一目見れば明らかだろうに。今回、藤村秋人に羅刹様が勝利すればウォー・ゲームの勝者として、人界制圧の足がかりが得られる可能性が高い。そもそも、この【カオス・ヴェルト】というゲームの本質は、六道王《りくどうおう》という超越種同士のバトルロイヤルであり、そのプレイヤーに人類という種は含まれていない。ただ、人界を制圧した後でしか他の種族へ戦争を仕掛けられない仕組みなだけなのだ。つまり、【カオス・ヴェルト】で勝利するには人界を制圧することが必須《ひっす》となっている。もし、この戦いで藤村秋人が勝利すれば様子見を決め込んでいた他の六道王の勢力も人類に接触することになるだろう。人類に好意的な勢力ならば、かなりの好条件での人類の生存が可能となるかもしれない。しかし、力絶対主義の餓鬼王様は違う。軟弱で罪深い人間という種に道端《みちばた》の石ほどの価値も見出《みいだ》してはいない。鬼による人類の支配はまさに家畜以下に対するものとなる。つまり、鬼側のこのウォー・ゲームの勝利は、人類の鬼種に対する永劫《えいごう》の隷属《れいぞく》へのトリガーになり得るということ。自己保身のために、人類すらも売り飛ばす。なんとも醜悪で救いようのない外道。これぞ純粋な悪！　いい！　最高だ。やはり人とはこうであらねばならぬ！

「ではお話しいたします」

レッド・ノブカツは、悪魔のごとき計略を口にし始めた。

◇◆◇◆◇◆

超常事件対策局。

「十朱捜査官からの報告によると、豊嶋区の８割が解放されました。残された西端の地区の制圧が完了すれば、豊嶋区全域を人類が奪取となります！」

部屋中に巻き起こる歓声《かんせい》に、右近は大きく息を吐き出す。豊嶋区が解放されれば残りは、仲《なか》野《の》区、渋《しぶ》屋《や》区、新塾《しんじゅく》区の三区のみ。羅刹という神話級の化け物が完全に解き放たれれば、その被害は想像を絶する。一瞬で日本は廃墟と化すだろう。だからこそこの５日以内に勝利する必要がある。そしてあと三区の制圧に、残り丸５日の猶予《ゆうよ》も与えられているのだ。これは、十分すぎるほどのアドバンテージ。

「やったな。右近！」

右拳を突き出してくる坊主《ぼうず》頭の大男――真城歳三に、右近も無言で大きく頷き右拳を合わせる。こんな赤面ものの行為など通常、右近も頼まれてもしない。あの伝説の化け物、アラクネ討伐で、予想以上に気分がハイになっているのかもしれない。室内が歓喜《かんき》に包まれる中、右近のスマホがけたたましく鳴り響く。

「すいません。失礼」

スマホを耳に当てた時、

『右近様!! テレビ、テレビを見てください!!』

朝倉葵《あさくらあおい》の上擦《うわず》った声が鼓膜を震わせる。

「テレビ? 誰かつけてください!」

右近の指示に局員が部屋に備え付けのテレビをつける。映し出されたのは、高価そうなスーツを着用した恰幅のよい中年の男性。

『成兼議員、貴方は実際にあの地獄と化した分京区で過ごしましたが、そのときの状況についてお聞かせください』

女性アナウンサーが隣に座る恰幅の良い中年男性に尋ねる。

『賊《ぞく》どもに囚《とら》われておりましたが、私を始め同じく避難した都民の有志とともに励まし合っていました。私が奴らの隙《すき》を作り、自衛隊員により賊を制圧したのです。それから私は――』

成兼は今も流れている『イノセンス』の動画は全て合成であり、嘘《うそ》っぱち。今東京で奮闘《ふんとう》しているのはホッピーというヒーローではなく、自《みずか》らのような勇気ある人間や自衛隊、警察官である。

さらに、ホッピーである藤村秋人は脱獄犯であり、気を失った若い女性に危害を加えようとし

たことすらある。そんな凶悪犯は即座に収監して司法の裁きを与えるべきだと主張していた。

「マズイですね。ところどころに真実が入っているのが実に質《たち》が悪い」

東京の現状を知るものなら、その９割が出鱈目《でたらめ》とわかる内容だが、藤村君が逃亡犯であることと、刑部黄羅を殺そうとしていたことは真実。何らかの圧力でもかかっているんだろう。マスコミどもは皆、不自然なほど一方的に猟奇殺人犯、藤村秋人の断罪を叫び、いま拘留《こうりゅう》中の刑部黄羅の不当逮捕の事実を理由に即時の超常事件対策局の解体を強く主張している。さらに——。

『カラジャンを着た不良少年少女の勝手な振る舞いにより、一時は侵略者の侵入を許しましたが、成兼議員が敵の気を逸《そ》らしている間に、自衛隊の方が制圧してくださいました』

テレビでは幾人もの地獄から救助《せいかん》された人物が得意げに虚偽《きょぎ》の事実を吐露《とろ》している。もちろん全て荒唐無稽《こうとうむけい》の内容だ。第一、生還《せいかん》した証人なら顔にモザイクを入れる必要はないし、救助された都民にあのような外見の人物はいなかった。

「おい、右近、お前ら陰陽師は俺たち人類を裏切ったのか？」

顔面にいくつもの太い青筋《あおすじ》を立てて、真城は右近に射殺《いころ》すような視線を向けて尋ねてくる。

「刑部黄羅の不当逮捕を主張している時点で、そうお考えになるのは当然でしょうね。ですがね、真城、私たち陰陽師にも誇りはあります。あれは明らかにやり過ぎました。ここに誓《ちか》いましょう。今回の件に陰陽師は無関係です」

憑依《ひょうい》を受けた者には一定の意思が認められる。つまり、あの愚行《ぐこう》は刑部黄羅の意思に基《もと》づくもの。あれはダメだ。たとえ陰陽師がいかに倫理観が希薄《きはく》でもあれだけは人として認められない。あの行為で日本全国の全陰陽師を敵に回した。第一、星天将《せいてんしょう》を多数輩出《はいしゅつ》している名家刑部家が存在したのは数日前まで、あの悪質な実験施設が明るみになり取り潰しになっている。何より、藤村秋人はあの鬼神アラクネを一方的に撲殺《ぼくさつ》したのだ。さらに、あの眷属を生み出す非常識な能力。陰陽師なら間違いなく他の六道王直下の幹部と判断する。権威《けんい》を失った刑部家を守るため、藤村秋人に喧嘩《けんか》を売るような馬鹿な真似は絶対にしない。

むしろ、あの抜け目のない六壬神課の元老院のご老人どもなら、藤村君の庇護《ひご》を受けるため今までの失態《しったい》を挽回《ばんかい》すべく日本政府からの完全離脱くらい考えているはずだ。

「なら、なぜ、我ら人類の裏切者の腐れ外道を解き放とうとするっ！　お前ら陰陽師以外にどんなメリットがあるってんだっ⁉」

「人類有利なこの状況で、わざわざ藤村君の足を引っ張ることにメリットがある存在など一つだけでしょう」

右近の意味ありげな台詞に、真城は怒りの表情を消す。

「この流れは敵側が仕掛けている。そうお前は言いたいのか？」

「文献では、アラクネは鬼神、羅刹の三本指の一柱。それがあんなにあっさり滅ぼされたのです。警戒《けいかい》くらいしますし、私が奴らの立場でも何らかの手は打ちます。おそらく、藤村君を一時的に戦場から排除するための敵側の工作です」

「敵も必死ってことか？」

「ええ、そしてこのタイミングで刑部黄羅を解放させる目的は――」

右近が敵の策の核心《かくしん》を口にしようとしたとき、

「局長、たったいま警視庁捜査一課長が緊急記者会見を行う旨《むね》を発表しました！　藤村秋人の再逮捕と逮捕した刑部黄羅の釈放を決定したものと思われます！」

局員からの悲鳴にも似た声が響き渡る。急転直下、事態は最悪の最悪に向けて走り出す。

◇◆◇◆◇◆

タイムリミットまで、５日と６時間。

俺たちは豊嶋区のほぼ大半を制圧するに至《いた》る。

一連の戦闘で【ジェノサイドバンパイア】のレベルは40となり、俺のステータスは大幅に上昇し、運以外の全ステータスがＢ＋で固定されていた。多分、【ジェノサイドバンパイア】の最高ステータスがＢだからだと思う。そして、【チキンショット】に攻撃系の異能を融合していたら、【皆殺死《みなごろし》】に最終進化した。これは、『スキル保持者の攻撃はあらゆる防御系能力を無効化する一撃となる。また、的《まと》を指定さえすれば距離を問わず必中となり、その傷は決して癒えることはない』となる反則的な能力。事実上、これで俺にはあらゆる防御が無効となった。あとは純粋な俺の強さを上げていけば、理論上はこの東京を侵略している鬼どものボスである羅刹にも通じる。

元々強かった十朱はＢランクの竜種【ジャッジメントドラゴン】へと進化した。種族特性は十朱の定めた十戒《じっかい》を提示、それを破った者にペナルティーを与えるというよくわからん能力。本人曰《いわ》く、強力極まりない能力らしい。さらに、平均ステータスはBであり、筋力、耐久力、耐魔力は俺と同じB＋だ。さらに称号が融合し【熱血聖龍王】という称号を得ていた。これは『聖太龍』の称号の効果に加えて『熱血と正義の気持ちに比例し全ステータス最大2・5倍』というチート称号だった。竜化するとステータスだけなら俺をも超えるほどのものだ。

銀二はCランクの鬼種『天邪鬼《あまのじやく》』となる。これは、聖と邪の二つの相反する特性を有する鬼。具体的には聖と邪の二つのスキルを獲得していく種族のようだ。既に相当な数のスキルを獲得し、ステータスの平均はCまで上昇している。一方、雪乃だけがまだDランクの『玄武《げんぶ》』であり、平均ステータスはD＋くらい。『白虎《びやっこ》』の称号は、『白き風獣』であり、風を操《あやつ》れる能力と、虎化の二つの能力を持つ。

「あそこの地区で最後だな」

豊嶋区の最後、北西部の区域に到達した。とっくの昔に俺にとって奴らは道端にいる蟻《あり》のような存在へと変わっており、たとえこの先にいるのがこの豊嶋区を仕切るボス鬼だろうと大した脅威《きょうい》に感じやすまい。

「行くぞ。用意はいいな？」

三人が厳粛《げんしゆく》な顔で大きく頷いてくるのを確認し、最後の地区へと踏み出そうとしたとき、こちらに近づく気配を感じる。千里眼で解析《かいせき》を開始すると、どうやら自衛隊のようだ。多分、真城からの連絡だろう。そう思って立ち止まって黙って待っていると、数台のジープが俺たちと一定の距離をとりつつ停車し、武装した兵士が降りてくる。そして、歪んだ笑いを頬に浮かべたまま、一斉に俺に銃口を向ける。こいつらの雰囲気《ふんいき》、好意的な態度とは言いがたいな。

「なんのつもりだぁ？」

銀二が額に太い青筋を張《みなぎ》らせながら片目を細めて威圧《いあつ》する。それに答えるように、自衛隊員たちをかき分けるようにしていかにもインテリっぽい黒髪に背広の青年が奴らの前に出ると、俺たちの前に一枚の紙を掲《かか》げて、

「警視庁の芥《あくた》警視だ。藤村秋人、殺人罪及び加重逃走罪により裁判所から逮捕状が出ている。直ちに署まで出頭しなさい！」

勝ち誇ったように叫ぶ。そう来たか。逮捕状も本物のようだし、日本政府とは現在共闘ということになっていたが、一方的に破棄《はき》してきたらしいな。まあ、だからって止まる理由はない。もとより俺は日本政府の指示でこの戦争に参加しているわけじゃないから。

「断るね」

背を向けて歩き出そうとすると銃声が響く。数発の銃弾が俺の脇を通りすぎて向かいのビルのショーウインドーにぶち当たり、クモの巣状の弾痕《だんこん》を作る。

「止まれ！　今のは威嚇《いかく》だが次は当てるぞ」

「好きにしろ」

俺は肩越しに振り返ると、そう静かに告げて歩き出す。背後から銃声が鳴り響く。ゆっくり迫った銃弾は俺の両足の太ももに当たるが、弾丸は粉々に砕《くだ》け散る。

「なっ⁉」

　明らかに動揺する自衛隊員。スキルでも付加しているのかと思ったが、ただの銃弾のようだ。そんなものでは今の俺に傷一つつけることはできない。そしてそれは現場の自衛隊員なら知っていてしかるべき情報。つまり、こいつらは現場の自衛官ではないってことか？　いや、今は心底どうでもいい事柄だ。雨宮の安全がかかっている。こんな茶番に付き合う気はないと、歩きだそうとしたとき、

「これでも逃亡できますかねぇ？」

　低い小馬鹿にしたかのような声が反響し、

『こんにちわぁ、怪物さーん』

　俺にとって不快極まりない声が聞こえてきた。咄嗟《とっさ》に顔を向けると、芥警視とやらが俺にタブレットを向けており、その中には捕縛《ほばく》されたはずのあの拷問女——刑部黄羅が映し出されていた。十朱は驚愕《きょうがく》のあまり、目を見開いていたが、すぐに身を焦《こ》がすような怒りに打ち震え、

「警察は……裏切ったのか？」

　絞り出すように疑問を口にする。

『そうよぉ。マスコミや与党民治党の政治家の先生方のお力で、こうして晴れて自由の身。ヒーロー気取りの怪物さんは、今から獄中ってわけ』

　この女はまるでお遊びのように子供を殺した。だが、これはいい機会かもしれん。あの時の会話はこの女に取り付いていた鬼との会話。こうしてこの女自身と話すのは初めてだし。もし、

この女が俺の想像通りなら——。

「お前は鬼の時の記憶があるのか？　あの光景をどう感じた？」

『あーあ、あの玩具《おもちゃ》のことを言っているのぉ？　もち、しっかりと覚えているわぁ。特にパパー、ママーと泣き叫ぶガキをゆっくりと切り刻むあの興奮《こうふん》、今でも忘れられないのぉ』

自らの身体を抱きしめて恍惚に悶《もだ》える刑部黄羅。

「そうか……」

変だな。怒りが沸きそうなものだが、全く何も感じない。多分、感情自体がマヒしてしまっているんだろう。

『ファンタスチック！　そうよ。それ、それが見たかったのよっ!!　絶対強者が苦渋《くじゅう》にまみれて悔しがる姿。それが私をこうもエキサイトさせるぅぅ!!!』

タブレットに映し出された刑部黄羅は恍惚とした顔で、息を荒くする。俺が悔しがっていると勝手に勘違いしている哀《あわ》れな道化《どうけ》に大きく息を吐きだすと、

「御託《ごたく》はいい。何が目的だ？」

有無《うむ》を言わせぬ口調で尋ねる。この手の卑怯者《ひきようもの》は己が優位に立たない限り、姿を見せることはあるまい。お上の指示程度で俺が侵攻を止《や》めないことも十分承知《しようち》だろう。だとすれば、まず俺を封じ込める手段を握っている。

『でわ～、ご対面！』

刑部黄羅は右手を胸に当てて一礼すると、脇にずれる。そしてカメラのアングルが変わり、

猿轡《さるぐつわ》に目隠しをされている艶《つや》やかでサラサラの栗色《くりいろ》の長い髪の少女を映し出す。

「ほう……」

そこには椅子に縛られている朱里《あかり》がはっきりと映ったのだ。俺が今この世で最も大切にしている家族を人質にとるか。こいつは、最後の最後で破滅への引き金を引いたぞ。

(十朱、悪いなぁ。やっぱり俺、ダメだわ。でも、マジであのとき俺を止めてくれたことには心の底から礼を言う)

隣の十朱にのみ聞こえる声で、俺はそう呟く。

「……」

俺の感謝の言葉に、十朱は悔しそうに俯《うつむ》き奥歯をギリッと嚙みしめる。

そうだ。こいつはただ撲殺するにはあまりに業《ごう》が深すぎる。どうしても、俺はこいつの存在を受け入れられない。もう俺に自重は一切ないし、こいつを同じ人だとは思わん。この世の地獄を見せてやる。

『まだ彼女は無事よぉ。怪物さんが大人しく警察の彼にタイーホされて、取り調べを受けるなら、私たちは指一本触れないわぁ。大丈夫。信頼してぇ。ほら、私って約束だけは守るからさぁ』

何が信頼してだ。おそらく電話を切り次第、拷問でもするつもりだろう。だが、本来のこいつの悪辣極まりない性格からすれば拷問した朱里の姿を俺に見せつけ、留飲《りゅういん》を下げつつ、もっと露骨に牽制《けんせい》してしかるべきだ。それが現在映されている映像では、朱里は傷ついているようには見えない。つまり、こいつ、俺を相当警戒しているってことだ。なら話は早い。

「そうだな。信頼するしかねぇかもな」

『あらー、なんか意外ねぇ。もっと取り乱すかと思ったんだけどぉ？』

初めて黄羅がその気色悪い笑みを消し、俺の顔を凝視してくる。

「いんや、十分取り乱してるぜ」

『強がりは見苦しいわよ』

「あー？　だから取り乱してるって言ってんだろ？」

『あなた、その仮面を外しなさい』

「なんでだよ。別につけたままでいいだろう？　お気に入りなんだ」

『外せっ！』

先ほどとは一転、激高する奴に俺は肩を竦めると、

「はいはい。わかりましたよ」

狐の仮面を外す。刑部黄羅は俺を観察し、その奥底にある感情を読み取ろうとする。

間抜《まぬ》けが！　それが俺の思う壺《つぼ》なのさ。俺はこいつを徹底的に痛めつけた。それこそ夢に見るくらいに。故にこいつの根っこには俺に対する過剰《かじょう》な恐怖と警戒がある。俺がみっともなく取り乱しているうちはいいが、そうでなくなったとき、奴の恐怖心が鎌首《かまくび》をもたげ始める。

『妙なことを考えるなよ？　お前の行動一つでこのメスガキはさも残酷《ざんこく》な死が待つ。男どもに十分に嬲《なぶ》らせた後、生皮《なまかわ》を剝《は》がして――』

「あのな、俺は何も言ってねぇだろ。十分取り乱してるぜぇ。ただ一つ、お前に忠告だ」

『忠告？』

「ああ、お前は少々俺を舐《な》めすぎだ」

実に自然に吊《つ》り上がる俺の口角。演技ではない。心からの俺の感情の発露《はつろ》。

『――ッ!!?』

息を呑む刑部黄羅の顔にあったのは、濃厚で抗《あらが》えぬ恐怖。肩のクロノが俺の顔を見下ろし、

『今のそなたの顔、多分、大人でも夜に出会ったら悲鳴を上げて全力疾走《しっそう》で逃げ出すと思うぞ』

そんなどうでもいい感想を述べる。

『あ、後は頼むわよ』

まるで逃げるように刑部黄羅は裏返った声を上げつつ、タブレットでの映像を一方的に切る。

よしよし、今頃奴の頭の中は疑心と疑問でぐちゃぐちゃのはず。ひとまずは、俺の意図がはっきりするまで、奴は朱里に手出しはできん。その間に、あいつに狩りでもさせるとしよう。今のあいつは、俺でさえ背筋《せすじ》が寒くなることがあるくらいだ。俺が本気で命を下せば嬉々《きき》としてあのクソ女を地獄の一丁目に送ってくれるはず。

喜べよ。お前が今から相手にするのは、きっとこの世で最も邪悪で、悍《おぞ》ましい何かだ。

俺は冬の空を見上げると、両腕を広げて大きく息を吸い込み、

「お前の流儀《りゅうぎ》に従い、糞のような最後を与えてやれ」

今も東京で暗躍《あんやく》しているであろうあいつに最も適した指示を飛ばす。脈絡《みゃくらく》もない言葉に、芥

警視とやらは眉を顰めて、

「何かしようとしても無駄ですよ？　この周辺の人払いは済ませてあります」

俺の発言の意図を尋ねてくる。

「そのようだな」

周囲にはこいつら以外誰もいないが、今のあいつは異常だ。これで十分、あいつには伝わる。

「君、何か企《たくら》んでいますね？」

「それより、警視庁の芥警視とやら、お前はなぜあの外道の肩を持つ？」

話題を変えるべく今の俺にとってどうでもいい疑問を口にする。

「この件は、我らが神の啓示。神の意志に従って行動するのみ」

神の啓示ね。そうか。月夜教が今回の仕掛け役だったな。鬼どもを神と崇《あが》め忠実に従う信仰か。厄介《やっかい》極まりないな。まあ、俺が厳命した以上、こいつらも終わりだ。

「アキト――――！」

俺に近寄ろうとする銀二、雪乃に芥警視は左の掌を向けると、

「スマホは全て没収させてもらおう」

「今は従え」

下唇《くちびる》を嚙みしめると、十朱たちは芥警視に自身のスマホを投げた。

「お前たちは、信徒たちの監視のもと、この場にとどまってもらう。信徒たちの目にした光景は、私には筒抜《つつぬ》けだ。抵抗はするなよ。すれば、あの画像の娘は死ぬ」

信徒が見た光景が筒抜けか。こいつの『通信』というスキルだろうな。何《いず》れにせよ、真実っ

ぽいぞ。

「お前たちはここに待機だ」

どのみち、刑部黄羅は朱里には手を出せない。なぜなら、仮に朱里に危害を加えたら、俺の能力が発動し何らかの行為を及ぼせる。その僅かな疑念が芽生《めば》えてしまったから。もし、俺が朱里のもとまでショートカットでもすれば、奴は破滅。それは妄想《もうそう》だが、奴にとっては可能性のある現実の一つ。奴に残されたカードは二つ。安全策をとり、このまま何もせず様子を見るか、それとも己の快楽を優先し、命と人生を賭《か》けて朱里を拷問するかだ。俺と戦う前の奴ならば、その天秤《てんびん》は快楽に傾いていただろう。だが、誓ってもいい。奴は朱里になにもできない。奴の拷問は所詮《しょせん》、遊び。エンターテインメントだ。そんな大層な信念がないことは既にわかっているからな。それに、そもそも、奴らにとっては時間を潰し、俺の鬼どもへの侵攻を防ぐだけで目的は達成できるんだ。言い換えれば、奴らにとってもすぐに俺に行動を起こされては困るということになる。それに、今のあいつが刑部黄羅ごときの姦計《かんけい》を見抜けないほど間抜けとも思えない。おおかた既に刑部黄羅はあいつの腹の中だろうさ。

「しかし――」

「いいか。待機だ」

笑顔で強く繰り返し、十朱に仲間のあいだの連絡網《もう》を使って、『後は頼む。お前ら自身の安全を優先させてもらっていい』と伝える。

「では本庁までご同行願おうか」

俺は両手首を合わせて芥警視に向ける。

「いい心がけだ」

奴は勝ち誇ったような笑みを浮かべると俺の手首に手錠《てじょう》をし、ジープへ乗り込む。俺のターンは終わった。朱里の命が危険な以上、俺は目立って動くことはできない。もっともこれは狩りだ。狩人《かりゅうど》は俺の命を受けたあいつ、狩られる哀れな溝鼠《どぶねずみ》は俺の最大級の禁忌二つに触れた刑部黄羅。その狩りが終わるまでの間に、この状況を見極《みきわ》めようと思う。

この不愉快《ふゆかい》な流れは日本首脳部の意向なのは間違いないが、全ての意思とまでは思っていない。少し話しただけに過ぎないが、超常事件対策局局長——真城歳三は信頼できるように思える。少なくとも、こんな人類滅亡の危機に足の引っ張り合いを良しとするほど愚かには思えなかった。このタイミングでの俺の戦場からの排除だ。この一連の動向も東京を占拠《せんきょ》している鬼側の謀略《ぼうりゃく》の可能性が高い。これは元鬼の刑部黄羅を使用していることからも明らか。内部に敵を抱えたままでは今後も邪魔をされる危険性が高い。邪悪な奴らにはこの機会に退場願うとしよう。それをできる奴らにも心当たりがある。忍たちイノセンスに、十朱の上司、右近たちだ。あいつらならこの危機的状況をひっくり返してくれると信じている。

さて、方針が決定した以上、狩りが完了するまで、俺は大人しく囚われるのみ。待っていろ、すぐに散々《さんざん》好き放題遊んでくれた報《むく》いを骨の髄《ずい》まで味わわせてやる。

◇◆◇◆◇◆

──超常事件対策局。

超常事件対策局の一室には、この度《たび》の未曽有《みぞう》の事件解決のために必要最低限の人材が集められていた。ちなみに警察関係者は既に右近の指示で、ある人物の捜査を開始しておりこの場にはいない。そこにイノセンスのメンバーも同席している。当初は他の場所を借りようかと思っていたが、とっくの昔にこれ以上悪化しないほど最悪の状況を突き進んでいる。上層部と敵対した以上、周囲を気にする必要はもはやない。少なくともこの部屋に仕掛けられている盗聴器や監視カメラは全て特定した上で偽《いつわ》りの映像や音を流している。逆にこの極めて厳重なセキュリティーで守られ、通信設備が充実しているこの場所を右近たちの本拠地として動いた方がよほど色々やりやすいってものだ。だからこの場所を会議場に選択したのである。

「遂《つい》に逮捕されてしまったか。これで大幅なタイムロスだ」

真城歳三が憎々《にくにく》しげに絞り出す。

「悪い知らせが続きます。ご存じの方も多いと思いますが、先刻、維駿河総理が何者かに刺されて緊急搬送《はんそう》されてしまいました。命には別状ないようですが、法務大臣の氏原陰常《かげつね》が臨時総理として総理の職を代行することとなります。おまけに、超常事件対策局にも、厳重待機の命令が下されました。事実上、この事件からお払い箱ですよ」

最悪ともいえる凶報《きょうほう》に一同、深いため息を吐く。氏原陰常は、阿良々木電子殺人事件の重要参考人の一人であり、今回の鬼襲来《しゅうらい》を招いた一人と見られる人物。そんな人物が、臨時とはいえ、この日本の政治の頂点に立ったのだ。警察や自衛隊への協力要請は絶望的といってよいだろう。

「このタイミングで藤村秋人を逮捕するとは、政府のお偉方《えらがた》はあと数日後に鬼の軍勢が東京制圧に動き出すことを本当にわかっているんですかね？　どうも自分にはレミングの群れの指揮者になりたがっているようにしか思えませんが」

元自衛官である真城の直属の部下である黒色短髪の青年が訝《いぶか》しげに素朴《そぼく》な疑問を口にする。

「多分、鬼との取引でしょうねぇ。この状況で彼らが藤村君を戦闘から排除する理由、それしか考えられないんですよ」

今回、事を起こしたのは月夜教。それは数時間前にあの男、鬼沼が送りつけてきた資料に書いてあった事実。今回の件は全て月夜教が中心にある。氏原陰常の動き、一部の自衛隊や警察、マスコミの不自然な動き。この月夜教という団体を中心に考えれば全て説明がつくのだ。氏原陰常の秘書、久我信勝がこの月夜教の信者なのは調査から判明している。久我は鬼側。氏原は久我を介《かい》して鬼側の指揮官羅刹と取引を交わしている可能性が高い。

「鬼との取引か。右近、お前はそれがどんなものだと思っている？」

真城の声色が一段と低くなる。これは経験則上、真城の怒りが臨界《りんかい》に到達したときの癖《くせ》だ。

「冷静になってくださいね。私に怒っても仕方ないですからね？」

「当たり前だろ。お前に怒って何になる」

嘘つけ、絶対怒るだろ、とそう内心で毒づきながら、

「例《たと》えば日本の土地と人民の半分を分与《ぶんよ》するから、今まで通りの統治を認めよとか」

グシャッと物が潰れる不吉な音。真城の顔は茹蛸《ゆでだこ》のように真っ赤に染まり、その顔中に太い血管が浮き出していた。ほら見ろ。思った通りじゃないか。

「でも、あいつら自分ら人間を家畜程度しか思っていませんよ。そんな鬼どもが人類との口約束を守るとはどうして思えない。それは氏原も承知しているはずでは？」

元自衛官である黒短髪の青年の当然の疑問。そう思うのが通常だろう。

「口約束ではないんでしょうね。陰陽術の秘術には六道王の眷属との間で結ばれる『盟約』という概念があります。その『盟約』は世界の法則。六道王の眷属であっても拘束する。現在、鬼は東京の特定の区画に封じ込められており事実上行動不能です。ですがこの盟約なら月夜教の信者を使って触媒《しょくばい》を届ければ可能です。つまり――」

「そうか！　通常なら六道王様の眷属の召喚《しょうかん》自体や盟約に用いる触媒の存在は極めて高位の奇跡。でも、現在、この東京にはその両者とも溢《あふ》れている！」

朝倉葵が興奮気味に右近の説明を補足説明する。陰陽師の葵なら当然、辿《たど》り着く結論だ。

「ええ、もっとも六道王の眷属との契約ですし、十中八九、反転しているでしょうがね」

「反転？」

「盟約は両者の魂《たましい》の預け合い。要は綱引《つなひ》きです。弱い魂は強い魂に握られてしまう。反転とは、魂を握られた人間が半分怪物と化す現象のことです」

これが右近の出した結論だ。氏原たち政府首脳陣が鬼側に落ちているなら、この一連の特攻のような無茶苦茶な行動にも全て辻褄が合う。

「もっと建設的な話をしましょう。奴らの目的がアキトさんの封じ込めだとして、私たちのとるべき行動は？」

烏丸《からすま》忍の提案に真城も怒りの表情を消し、他の者たちも各自神妙な顔で右近を見てくる。わかっている。ここからが本題。一分一秒、無駄にすれば、それは人類の敗北に繋がる。

「私たちの勝利条件は二つ。一つは藤村君たちを縛っている要因の排除。もう一つは、邪魔な氏原側に与《くみ》した政府関係者の完全失脚《しっきゃく》と国内に散在する月夜教の摘発《てきはつ》です」

逐一《ちくいち》連絡をしてくれていた十朱との連絡が途絶《とぜつ》している。氏原たちが十朱をどうにかできるわけがない。藤村君と十朱が共に鬼の制圧を中止している理由として、考えられるのはただ一つ。人質をとられた。それに尽きる。もし人質がいるなら、その解放が最優先事項となる。そして、今回のようなゴタゴタを起こしている余裕は我ら人類側にはない。氏原と月夜教の罪を全て明らかにし、人類側の足の引っ張り合いに終止符《しゅうしふ》を打つ。それに尽きる。

「先輩を縛っている要因？」

「ええ、堺蔵《さかえぐら》警察署の皆さんが動き、他の所轄《しょかつ》の警察署を説得し、藤村君の周囲を徹底的に調べ上げていただきましたところ、彼の妹――藤村朱里の行方《ゆくえ》が不明となっていることが判明しました。彼を縛っているのはそれでしょう」

「先輩の妹さんまで！　どこまでも汚いやつら!!」

テーブルを叩いて憤《いきどお》る一ノ瀬《いちのせ》雫《しずく》と、イノセンスを中心に次々と怒りの声が上がる。

「ご心配なく、堺蔵の署長さん、相当の人格者のようで今や東京中の非番の警察官が捜査に協力してくれております。直《じき》にその居場所も割り出せるでしょう。いや、そもそも、その必要性すらないかもしれませんが……」

そうだ。あの異常極まりない鬼沼が藤村朱里の拉致《らち》を易々《やすやす》と許したこと自体が不自然すぎる。もしかしたら、この騒動《そうどう》自体が藤村君の無実を証明するための出来レースの可能性すらある。

「必要性すらないとはどういうことだっ!?」

案の定、真城が疑問の声をぶつけてくるが、

「いえ、確証もないことですので言葉にするのは止めておきます。とりあえず、彼が裏で動いている以上、刑部黄羅に待つのは正真正銘の地獄ですよ」

これは勘《かん》だが、あの鬼沼という男は人ではなく、六道王の系譜《けいふ》のもの。それは従えている二者の黒服の存在からも明らかだ。たかが人間が六道王直下の怪物に抗えるはずがない。

「任せて大丈夫なんだな?」

「ええ、私たちは氏原と月夜教の排除に集中することにいたしましょう」

右近は大きく頷く。

「一ノ瀬君のお陰《かげ》で氏原の汚職や獄門会《ごくもんかい》との繋がりなどの資料は取得しましたが、阿良々木電子殺人事件の主犯格だという決め手となるものが何もない。それがそもそも問題ですね……」

右近が最大の問題に口にした時――。

「右近さん! 超常事件対策局にファルファルなる人物から動画の添付メールが来ています」

やっと来たか。待ち望んだ反撃の狼煙《のろし》だ。

「メールの内容は？」

「ホッピーの無実を証明するために使えとのみ記載されています」

右近たちとは極力関わり合いになりたくないか。予想通り、この人物、よほどの人見知りとみえる。

「探知はできますか？」

「米国の軍事衛星経由でのアクセスなので、まず不可能です」

この用心深さと米国の人工衛星をいとも簡単にハックする腕。お目当ての人物とみて間違いあるまい。ではここからだ。この作戦はこの人物の全面的な協力が必須。しくじれば、右近たちの敗北で幕が下りる。

「私の言う通りにメールで打ち込んでください」

「了解！」

頷く局員を確認し、頭で瞬時に会話の流れを構築する。このときのため、当該《とうがい》人物に対する入念なプロファイルを行い、いくつかのタイプにその言動パターンを絞り込んでいる。

「動画感謝する。だが、我らは現在大手メディアと対立している。この動画を適切に使用する機会自体がないんだ。できれば、君も協力してほしい」

その十数秒後、メロディーが鳴り響く。

「先ほどのメールの返信が来ました。出します」

皆が画面を食い入るように見入る中、捜査官はクリックし、ファイルを開く。

『そんなの、知らない』

　知らないか。この言葉は非常に重要な意味を有する。この人物が他者に無関心だとは思わない。もし真に興味がないなら、そもそもこんな動画を送りつけてはこない。だからといってこの人物が、正義感やらの倫理観のような感情で右近たちにアクセスしてきたとも思わない。きっと、この人物は藤村君と同じ。正義や良心のような上《うわ》っ面《つら》の言葉では決して動かせない人種。もし、少しでも発言を間違えばこの人物はこのアクセスを一方的に切ってしまうだろう。そしてそれは右近たち人類側の敗北を意味する。

「それじゃあ、別に私たちに協力しなくてもいい。ただ、自分自身のために私たちに力を貸してくれないだろうか？」

『それどういう意味？』

「ずっと見ていたんだろう？　なら私たち以上にわかっているはずだよ。このままでは東京の――違うな、ごく一部を除き日本中で生きる人々の生活は無茶苦茶になる。君や君の家族も死ぬかもしれないし、君のその今いる場所も奪われるかもしれない。他ならぬ君が動かなければ」

『嘘だ！　お前、オイラをいいように利用しようとしているなっ！』

食いついてきてくれている。無視して切られるよりよほどいい。この調子だ！

「もちろんだとも。私たちの生活を守るために私は君を利用する」

『ほら見ろ！　みんなそうだ！　お前たちはすぐに利用してあっさり捨てる！』

「君がどんなトラウマを持つのか私はわからない。だがね、衣食住、日常生活品、人というものは少なからず他者を利用して生きているものだよ。私たちを利用するのは君も同じだ」

『オイラも同じ？』

「そうさ。君は自分の家族と生活を守るため我らを利用する。我らは私たちの家族や生活を守るため君を利用する。それ以上でも以下でもない関係さ。そう悩むこともない。実にすっきりした関係だろ？」

その直後、メールはぷっつりと途絶したのだった。

◇◆◇◆◇◆

――堺蔵町郊外、高級住宅街。

「あ、あいつらと同じ、り、利用するだけ利用したら、す、捨てるに決まってるっ！」

真城園寿《えんじゅ》は、まるで駄々《だだ》っ子のように足を踏み鳴らした。園寿にとって他者を利用するということは、最も憎《にく》むべき行為。汚い大人にどんな綺麗ごとを並べられようと、それを許容できるはずもない。

「もういい、勝手にすればいいんだぞ！」

椅子に便所座りしてポテチを口にしようとするが、袋はすっからかんであることに気づく。

「ムキィィッ!!」

ヒステリックな声を上げて、机の上の既にカラになったペットボトルやらスナックの袋などのゴミを右手で振り払った。心を鎮《しず》めようとパソコンの検索エンジンをクリックしようとするが、臨時ニュースとしてあの不愉快で強欲《ごうよく》な政治家やら、すっかり踊らされているマスゴミの連中が嫌でも目についてしまう。

「もし、このまま……」

見たところ、あの鬼に勝利できるのは藤村秋人のみ。あの醜い政治屋やタルトとかいうマスゴミ社長は、よりにもよって日本を、いや人類をあの鬼どもに売り渡そうとしているんだ。このままタイムアップになれば、この日本という国でこんな呑気《のんき》にネットなどできなくなるだろう。それは嫌だ。絶対に許せない。でも——。

「オイラは二度と利用されたりしない！」

園寿にも過去に心を許した女教師がいた。彼女は、園寿のネットでの過去のいたずらを知って交際相手の監視を依頼してきた。姉のように思っていた担任からの頼みだ。二つ返事で了承し、その動画を女教師に渡す。そこで話が済んでいたなら、どれほど幸せだったかわからない。

だが、それに味を占《し》めた女教師は、園寿に数度依頼してきた。そして、同級生の一人が発作で倒れたことを契機に、緊急時のため必要だと教室内をリアルタイムで記録するアプリの開発を依頼してきた。ちっぽけな正義感から、そのアプリを女教師に渡してしまった、丁度、一カ月後、園寿の教室の盗撮画像が問題となる。よりにもよってあの女教師は教室での女子の着替えを録画し、有料サイトにアップしていたのだ。逮捕された女教師は、以前園寿を叱《しか》ったからその腹いせに自分を陥《おとしい》れるため、自分のスマホにアプリを入れたと主張した。その結果、笑ってしまうくらいあっさり園寿は全てを失ったのだ。その教師は外面《そとづら》だけはやたらと良かったから、いくら園寿が真実を語ろうと、今まで親友と思っていたクラスメイトも学校も信じちゃくれなかった。クラスでは裏切り者として強烈な虐《いじ》めにあってしまう。実の父さえも園寿の言葉に真剣には耳を傾けてはくれなかった。今さら誰を信じればいいというんだ？

「オイラはもう知らない！　これで終わりだ！」

幾《いく》つもの感情が嵐のように吹き荒れる中、大好きなアニメのキャラの真似をするが、自分でもびっくりするほど滑っていた。脳裏《のうり》に浮かぶ大切な両親や兄が傷つき倒れる姿。激烈な焦燥感に涙が溢れる。同時に頭がガンガンと割れるように痛くなる。突如、世界から色が消失した。

――本当によいのでおじゃるか？

不意にかけられた声。顔を向けると透明な羽を生やした文官束帯《そくたい》姿の女性が佇《たたず》んでいた。

「だ、誰だ!?」

――オイラ？　オイラはヌシで、ヌシは、オイラよ。それより、いいのでおじゃる？　ヌシが動かなければ、この戦争、あの鬼どもの勝利で終わる。ヌシは全てを失うぇ？

「そ、そんなのわ、わかってるんだぞ！」

――いんや、まったくわかっちゃおらんぇ。ようやく、あの男に会えたこの奇跡、ヌシは棒に振る気かぇ？

「あの男？　意味不明なんだぞ？」

——おいおい嫌でも思い出すでおじゃるよ。だが、誓ってもいい。このまま以前のように逃げ出せば、ヌシは死ぬほど後悔するでおじゃる。

「でも、でも、オイラはカメラの過去の映像を取得するしかできないんだぞ！　カメラのない場所では、奴らの企《たくら》みを証明する術《すべ》がないぞ！　奴らがカメラのない場所で会話したら――」

超常事件対策局に送った動画や画像も、カメラに映ったものであり、あくまで奴らの悪業の証拠を補完する程度のものにすぎない。個人ではやはり、その程度が限界なんだ。

——それは本質ではない。そもそもの問題はヌシがやるかやらぬかよ。

「そ、そんなの……」

カメラのない場所での犯行の証明など、したいと思ってできたら世話はない。もし、そんなことが可能ならば、もはや電子の神の領域だ。

——やれやれ、このオイラは随分臆病《ずいぶんおくびょう》で、しかも己に自信がないと見える。

「う、煩《うるさ》いんだぞ!!」

——もう一度だけ繰り返すぇ。オイラたちにとってその程度のことは本来障害にすらならぬ。ヌシがやるかやらぬか。それだけじゃ。

「煩い！　煩い！　煩ぁ――い!!」

必死に声を張り上げる。

——駄々っ子のように喚《わめ》きおってからに。これ以上、ヌシを諭そうと無駄なようじゃ。

周囲の景色が歪み――。

担任の女教師を取り囲む多数のクラスメイトたち。全員の顔は激烈な怒りで歪んでいた。

親友だった学級委員長の少女が、

『やっぱり、園寿ちゃんがやったというのは嘘だったんですね？』

一度も耳にしたことがない荒ぶった声色で激高していた。

『う、嘘じゃないわ。彼女が私のスマホにあの盗撮用のアプリを入れたのは本当よ』

『先生よぉ、あんたの彼氏を問い詰めて既に裏はとれてる。あのアプリの件で旨《うま》い話があるともちかけたら、全部ゲロってくれたぜ。あんたあの糞《くそ》野郎に指示されて、真城を騙《だま》してアプリを作らせ、有料サイトにアップしたんだろ？　そしてそれがバレたんで、発覚を恐れたあんたは真城に全ての罪をなすりつけたんだ！』

金髪不良の男子生徒が、ボイスレコーダーのスイッチを入れ、男の声が教室中に響き渡る。

『彼女は僕の発作を心配して協力したそうじゃないか。それをこんな風に馬鹿にまでして!!』

発作持ちの男子生徒が立ち上がり、涙目で声を張り上げた。

『このレコーダーを警察に届け出ます』

無表情に委員長が宣言するが、担任の女教師は小馬鹿にするように鼻で笑うと、

『そんなことしたら、君たちもただじゃすまない。君たちが真城さんに何をしたか忘れたの？　彼女、自殺も図《はか》っているのよ？　今更真犯人は別の人でしたぁ、ごめんね、なんて世間が認めると思う？　世間に知られれば、大バッシングの嵐よ！　モンスター教室とかいう見出しで連日連夜報道されるわ』

歌うように言い放つ。

『あ、あんたが先導したんだろうがっ!!』

不良の男子生徒が右拳を震わせるが、委員長に右手で制される。皆耐え難い怒りと悔しさを滲ませていた。

『承知の上です』

『へ?』

『私たちはこの件を全て世間に公表します。いいよね、みんな?』

躊躇《ためら》いがちにも全員が委員長に頷く。

『ちょ、ちょっと待ってよ。彼女はもう退学してるし、わかってるの? 進学の推薦《すいせん》が決まっていた子は取り消しだろうし、君らの将来、メタメタになるのよ!』

『それでも、このままうやむやにすれば、私たちは二度と本気で笑えないと思う。園寿ちゃんに謝らなきゃ!』

そこで風景は教室から、警察署一階ロビーに切り替わる。

『ごめんね。でもできないわ』

年配の婦警が、クラスメイトたちにすまなそうにそう謝っている。

『なぜです!? 私たち謝りたいんです!』

『もう娘をそっとしておいてほしい。それが先方の親御《おやご》さんからのたっての願いなの』

『でも真実を話せば――』

『もちろん、話したわ。そもそも、先方も娘さんが盗撮動画を売却していたとは端《はな》から思っていなかったみたいで、そんなことは最初からわかっていると、受け入れてはもらえなかった。ほら、あの事件でマスコミ関係者のかなり悪質なつきまといにあったらしいし、それが大きいんじゃないかしら』

『わかりました。じゃあ、この手紙だけでも渡してください！』

『わかったわ。一応、先方に話してみるね』

婦警は委員長から手紙を受け取ると風景は元に戻る。そういえば、数年前、母が手紙を置いていったことがあった。もちろん、今まで、触りもしなかったが――。弾かれたかのように部屋を飛び出すと、居間へ向かう。居間でテレビを見ていた母と兄が、惚《ほう》けたような顔で園寿を見つめていた。

「ケ、ケ、ケーちゃんからの手紙は!?」

ケーちゃんとは当時親友だった学級委員長。

「手紙？」

母は暫《しば》し、そう反芻《はんすう》していたが、すぐに弾かれたようにタンスの引き出しを開けて手紙の束を持ってくる。母からひったくるように受け取ると、勢いよくそれらの封を切り、目を通す。

「ふふ、バカみたいだぞ……」

震える手で握る手紙にポタリと涙が落ちた。ほんと、滑稽《こっけい》なほどバカみたいだ。園寿はあの担任にあのアプリを渡してしまい、あの事件の引き金を引いた。あの画像のせいでみんなの下着姿がネットにアップされたんだ。むしろ、怒って当たり前だろう。なのに全員、それについての恨《うら》み言など一言もない。ただ、信じてやれなかったことへの強い謝罪と温かな労《いたわ》りの言葉だけが溢れている。独《ひと》り相撲《ずもう》で勝手に他人に失望して、怨《うら》み、憎んで自分の殻《から》に閉じこもってしまった。再度世界から色が消える。

——どうでおじゃる？　まだ殻に閉じこもるつもりかぇ？　そなたが動かなければ、大好きな両親や兄上殿のみならず、その娘たちも死ぬことになる。それでもよいのかの？

「そんなの答えるまでもないっ!!」

自室へと駆け上がる。全身は焼けつくように熱く、心臓は痛いくらいに自己主張している。その反面、頭は恐ろしいほど冷えていく。

『真城園寿の種族——【光の妖精】が種族覚醒条件を満たしました。真城園寿の系統樹がノーマルからレアへと移行いたします。強制進化を開始致します』

無機質な女の声を耳にしながら、園寿はＰＣに向かい合い、到底不可能な作業に没頭していく。

◇◆◇◆◇◆

江戸川《えどがわ》区臨時首官邸。

タイムリミットまで、4日と5時間。

長かった。警察官僚から政治家に転身してからはや15年。ようやくこの椅子に座ることができた。黒塗りの総理の椅子の座り心地を堪能《たんのう》しながら、氏原陰常はご機嫌に頰を緩《ゆる》ませた。久我の指示通り動いた結果、万事《ばんじ》うまくいった。藤村秋人とかいう下級国民は再度獄中へとぶち込み、あの目の上のたん瘤《こぶ》だった維駿河一派を実際上失脚させることに成功する。

あと数日過ぎれば契約通り、この日本は事実上、陰常の所有物となる。まあ、鬼どもとの約束を揺るぎないものにするため契約をして人間をやめねばならなくなったが、この種族絶対主義の世の中だ。人じゃなくてもさして奇異ではないし、何より劣等人種である人間と決別することができてむしろせいせいしてさえいる。

(あと思い通りにならぬのは、あの女だけか)

そんなとき、プライベート携帯が鳴り響く。

(電源を切り忘れたか)

首をかしげながらも、ポケットからスマホを取り出し耳に当てると聞き覚えのある女の声が聞こえてきた。

『氏原先生、私です』

「忍、決心はついたか?」

願ってもない相手からの電話。過去に手に入れようとして逃した極上の羊《ひつじ》。今回の件で氏原は内密に忍と連絡を取り、ある取引を持ちかけていたのだ。

『ええ、私はイノセンスの皆を守ります』

「そうか。ならばすぐに儂のもとまで来い。たっぷり可愛《かわい》がってやる」

あの極上の女に、ベッドの上で十年間の劣情をぶつける光景を夢想したとき、

『これは純粋な興味なんですが、先生はなぜそれほど御自身の欲望に忠実でいられるのです？』

忍がそんな疑問を投げかけてくる。

「ふん！　今更、私に説教か？　負け犬の遠吠《とおぼ》えにしか聞こえぬぞ？」

『いえ、繰り返しますが、本当に純粋な興味なんです。力のない一般国民から、政敵の政治家や周囲を嗅《か》ぎまわったジャーナリストまで、先生は幾人《いくにん》もの人々の人生を食い物にしてここまで来た。そして、今度は日本という国家すらも生贄《いけにえ》にしようとしている』

ほう。そこまで摑んでいたか。それともはったりか。いずれにせよ、忍には何もできない。

「この音声を証拠として提出しようとしても無駄だぞ。既に警察の上層部は押さえている。マスコミどももタルトの奴が仕切っているしな。お前たちの主張が通ることはない」

少し前ならいざ知らず、今や種族特性という概念によりその手の技能があるものなら、音声くらい楽々合成することができる。大した証拠能力などない。

『無駄ならいいじゃないですか。答えてください』

強烈な怒りと侮蔑《ぶべつ》の表情を向けられながら、とびっきりに美しい女を犯す。それは悪くない。

「儂が特別な人間だからだ」

『特別な人間ですか？』

「ああ、国民は三種に分けられるのだ。全ての力と富が集中する儂ら上級国民とそんな儂ら上級国民に貢《みつ》ぐしか価値のない下級国民。そして、儂らの命を忠実に守る中級国民の三者にな」

『先生は、その下級国民はどうなっても構わないと？』

「いんやそこまで言ってはおらんよ。ただ、下級国民には少々生きづらい世の中になるだけだ。当面の生存くらいは保障されるんじゃないのか。多分」

電話越しに、忍の大きく息を吐きだす音が聞こえる。

『先生、今、あなたは仮にもこの国のトップでしょう？　そんな身勝手が許されると？』

「それは認識の違いだな。儂の使命はこの国の維持。そして、国とは政治を動かす儂ら政治家と官僚であり、財界を始めとする上級国民に他ならない。つまり、これは身勝手でもなんでもなく正当な国の保全だ」

氏原の完璧《かんぺき》ともいえる理論構成に、息を呑む声が聞こえる。

『先生のお考えはよくわかりました』

忍はコホンと咳払《せきばら》いをする。

「では、忍、儂のホテルに――」

氏原が口を開こうとすると、

『このぉ――ドグサレ外道がぁぁぁぁ!!』

鼓膜を破るかのような大音声がスマホから飛び出てくる。耳を押えて暫し呻《うめ》いていたが、

「貴様、よくも――」

屈服したばかりの飼い犬に噛まれたという屈辱《くつじょく》に激高するが、

『お前はもう終わりよ。お前の味方をする人間なんてこの世のどこにもいやしない。せいぜい、お前が下級国民と蔑《さげす》んできた人たちに泣いて詫《わ》びることね』

通話はその言葉を最後にプチッと切れる。

「あの女ぁッ‼」

怒りをぶちまけた途端、外が急に騒がしくなる。そして転がり込んでくる氏原の第二秘書。

「た、た、大変です！　至急、至急、テレビをご覧《らん》ください‼」

「テレビ？」

眉を顰めて部屋に備え付けられているテレビの電源を入れると――。

『あの女ぁ‼』

激怒する氏原の姿がアップで映し出される。そして次に映し出された光景を目にしたとき、サーッと全身から血の気が引いていくのを自覚する。そこには氏原が絶対に知られるわけにはいかぬ映像が画面一杯に映されていたのだ。

◇◆◇◆◇◆

――長埼《ながさき》駅前。

長埼駅前の道行く通行人たちは、ビルに設置されたＬＥＤビジョンを呆然《ぼうぜん》と見上げていた。

——阿良々木電子本社ビルロッカールーム。

真っ赤な鮮血が舞い、耳を劈《つんざ》くような悲鳴と絶叫が鳴り響く夜間の社員用のロッカールーム。金髪の女が顔をだらしなく快楽で歪ませながら、髪を後ろでお団子《だんご》にした30代半ばの黒髪の女をナイフで切り刻んでいる。

「あらーん。まだ生きているのぉ。本当に貴女ってしぶといわねぇ」

「……おま…………れる」

「ん？　なあーに？　聞こえなーい？」

既に眼球すらも失っているのだ。目など見えているはずがない。そんな状態なのに、まるで睨みつけるかのように黒髪の女性はその眼窩《がんか》を金髪の女に向けると、

「卑怯者……が……お前のような悪党は……ホッピーにより……粉々に砕かれる。私は……地獄でお前が……みっともなく震え泣き叫ぶさまを……笑いながら……見ていてやるよ」

あらん限りの声を上げ笑いだす。

「ふーん。随分反抗的ねぇ。私、少しムカついちゃった」

金髪の女が右手を一閃《いっせん》させると、黒髪の女の首が横へとずれていき地面に落下した。そして、噴水《ふんすい》のごとく床にぶちまけられる鮮血。そこで映像は次のシーンへと切り替わる。


——帝都ホテル12階ＶＩＰルーム。

「首尾よくいきましたねぇ。貴方と阿良々木電子との取引を知られた女社員を消し、同時に、メンツを潰した藤村秋人に全ての罪を被せる。ほら、実行者がかなり無茶したから、猟奇殺人犯扱いされてますし、彼、きっと死刑ですよ？」

「下級国民ごときが儂の取引の邪魔をするからだ。当然の報いよ」

吐き捨てる氏原に、ちょび髭《ひげ》がトレードマークのタルトの社長――樽都実人《たるとさねとも》は、カラカラと笑い、

「彼、殺された警備員の前で泣きべそをかいていたらしいですよぉ。可哀相《かわいそう》だ。本当に可哀相だ。ねぇ、そう思わないかい、上野《うえの》君？」

背後に直立不動で佇む短髪の中年の男を振り返り、問いかける。

「まさか、獄門会《おつしや》の存在は我が社にとっても十分な益《えき》があった。それを藤村は台無しにしたんです。先生の仰る通り、自業自得《じごうじとく》ですよ」

「でもさぁ、あの坪井とかいう女、君に目を覚ませって言ってきたんだろ？　笑っちゃうよねぇ。目を覚ますも何も、先生と阿良々木電子との取引は全て君からの提案だっていうのにさぁ」

「ビジネスに情を絡《から》めるなどまったく愚かな女ですよ」

そこで映像は切り替わる。

――薄暗い地下室。

その円状のテーブルで相対《あいたい》するように二人の男が席についている。

さも大事そうに水晶を抱える覆面《ふくめん》の男が、

『関東、中部、関西の氏原氏による継続的支配。その他の土地と人民の餓鬼王陛下《へいか》への譲渡《じょうと》。盟約内容は以上です。これに相違ありませんねぇ？』

氏原に尋ねた。水晶の中の赤色の肌で額に角を生やした赤髪の女が口を動かす。それと連動するかのように水晶を抱える覆面の男の口から一切の感情が抜け落ちた言葉が漏れる。

「本当に契約内容を守ってもらえるんだろうな？」

『もちろんですぅ。我ら鬼種にとっても盟約は絶対。必ずや遵守《じゅんしゅ》されることでしょう』

「冒険もやむなしか。わかった」

『ではここに血判を』

氏原がナイフで指先を切り、震える手で契約書に印《いん》をする。一枚の紙から黒い靄《もや》が漏れ出し、氏原の全身を包む。生理的嫌悪しか与えない骨と肉が軋《きし》み潰れる音。氏原の容姿は鬼の姿に変容していた。そして、映像は再度切り替わる。


――東京都麻布《あざぶ》、氏原邸。

「クラシックホールビルの画像が流されたせいで、私はすっかり悪役ですっ！　事務所にクレームの電話が鳴りっぱなしですよ！」

恰幅の良いスーツの男、成兼は、忌々《いまいま》しそうにソファーの前のテーブルを右拳で叩く。

「成兼君の気持ちもわかる。儂も噂《うわさ》を流されて似たようなもんだ」

「私は与党の衆議院議員！　この日本国の政権の一翼《いちよく》を担《にな》うものだ。それを愚民《ぐみん》どもがぁ――!!」

声を震わせて再度テーブルを叩いて憤る。

「その通りだ。じゃが、このままでは君の立場は危うい。何せこの鬼の襲撃の緊急事態において自己保身を図り、現場を著しく混乱させた。世間がそのような印象を持っている以上、下手をすれば次回の選挙では落選かもな」

「な、成兼家は戦前から代々地盤を受け継いできた代議士の家系ですよ！　落選などするはずが――」

「じゃが、現在、後援会からも白い眼《め》で見られていると聞くが？」

「そ、それは……」

「この鬼の襲来によってもたらされた日本の危機的状況を打開するために立ち上がったヒーロー――ホッピーの救助活動を、自分の都合で駄々をこねて邪魔をした。それが君の世間一般での評価だ」

「私は国会議員、国の要《かなめ》です！　私が死ねば、国政に支障をきたしますっ！　そこらへんの死んでも困らぬ愚民とは命の価値が違う！　むしろ責められるべきは、私を守らぬあの狐面ではないですかっ!!」

「そうだ。儂も成兼君と思いは同じ。あの狐面こそが、この日本国の秩序を崩《くず》す原因。早急に排除しなければならん」

「はい！　その通りです！　ですが、あの画像が――」

歯軋《はぎし》りをして悔しがる成兼に、口の端を上げると氏原はパンパンと手を叩く。部屋に入ってくる一人の年配男性。

「あのとき現場にいた男だ。成兼君、我らは上級国民、秩序を作るものだ。だから、我らが真実といえば真実になる。そうでなくてはならんのだよ」

氏原は顔を醜悪に歪めながら、ホッピーの信用失墜《しっつい》の策を話し始める。

◇◆◇◆◇◆

——長崎駅前。

「もう3時間になるね」

今も流れる映像を見上げる女性に、

「氏原の野郎、俺たちを生贄に差し出そうとしやがった!!」

彼氏と思しき男性が憎悪《ぞうお》たっぷりの表情で固く握っていた右拳を震わせる。彼だけではない。路上でLEDビジョンを見上げる市民たちに渦巻《うずま》くのは、自制が利《き》かぬほどの凄まじい憤怒。その映像が嘘偽りだと主張するものなど一人もいない。流された一連の動画により、今まで疑問だった点も全て辻褄が合ってしまったから。

「もし、氏原を庇《かば》うようなら俺は民治党《みんじ》の奴らや警察、防衛省のお偉方を絶対に許さねぇ！」

そのときようやく異なる映像が映る。

『え？　救助されたときの様子？　それはすごかったですよ！　ホッピーが、あっという間に化け物を倒して私たちを助けてくれたんですっ！』

スーツ姿の女性が興奮気味に叫ぶ。

『本官たちはホッピーと協力し、都民の救助と保護に努めております。毛布や食料の運搬《うんぱん》や避難者の受け入れなどやることは山ほどありますよ』

制服を着た警官らしき男性がにこやかな笑顔でマイクに向かって返答していた。

『自衛隊が彼と対立？　馬鹿を言わないでほしい。そんなできもしないことを画策《かくさく》している頭のおかしい阿呆《あほ》は、我ら現場の自衛官にはいやしませんよ』

佐官と思しき陸上自衛隊の幹部がマイクを前に左手を左右に振り、そう断言する。

『ホッピーだよ！　ホッピーが助けてくれたの！』

『くれたのぉー！』

ピョンピョンとウサギのように飛び跳ねる少年とその妹らしき少女。ホッピーを語る彼らの表情には確かに強烈な希望があった。

「ホッピーか。マジでスゲーな」

LEDビジョンの巨大スクリーンを見上げながら男性が感嘆《かんたん》の声を上げ、

「うん。自衛隊をも凌《しの》ぐ強力な力を持ってて、政府からあんなひどい扱い受けていたのに、黙って従っていたんでしょ？　私ならとっくに自暴自棄《じぼうじき》になって暴れてるわよ！」

隣の女性が何度も頷きながら、そんな身も蓋《ふた》もない感想を述べる。

「お前はそうだろうな」

呆《あき》れたような顔を向けられた女性が頬を膨《ふく》らませ、

「何よ、それぇー？」

非難の声を上げる。

「あ、ああ、でも、ホッピーが俺たちのヒーローなのはもう間違いねぇだろう？」

「あの素顔は夢に見そうなほど怖いけどねぇ」

「「それは違いない」」

憤怒が渦巻いていた市民の間に生じた笑み。それは次々に伝播《でんぱ》し日本中に広がっていく。

◇◆◇◆◇◆

「C4、そっち行ったぞ！　必ず捕縛しろ!!」

背後で部隊長らしき男の妙に冷静な指示が飛ぶ。

（なぜ、こうなったっ!?）

氏原陰常は迫る特殊部隊から逃れるべく必死に足を動かしながら、自問自答していた。

（誰があんなものを流したっ！）

あの映像が地上波の全局をジャックしてから、直ちに放送をやめさせるようタルトの社長――樽都実人に電話するが、一向に繋がらない。

各大臣にも電話するが、誰とも繋がらず、唯一繋がった氏原と同じ派閥の大臣から、

――氏原さん、あんたは我が国の国民を侵略者に売り渡した。私はあんたが許せない。もうあんたは終わりなんだよ！

氏原の弁明になど耳も貸さず一方的に電話は切られてしまう。それからほどなく無粋《ぶすい》にも特殊部隊が氏原のいる官邸まで乗り込んできたので、鬼の姿になって窓ガラスを割って外へと逃れる。肉体が鬼化し強靭《きょうじん》になっているとはいえ、あくまで人間に毛が生えた程度にすぎない。戦闘に特化した特殊部隊には到底かなわない。すでにかなり距離を詰められている。追いつかれるのも時間の問題だろう。

（もう少し、もう少しで儂の長年の夢が叶《かな》うのだっ!!）

全てを手に入れたはずが、あんな無能な下級国民どもにより、あっさりひっくり返されてしまった。前方には女のような顔の美しい青年が日本刀を携《たずさ》え佇んでいた。

「どけぇ!!」

鬼化により丸太のように太くなった右腕で殴りつけようとするが、あっさり避けられる。

「へ？」

そして、見事に根本から明後日《あさって》の方向に捻《ね》じ曲がる両腕。同時に焼け火箸《ひばし》に貫かれるような痛みが脳髄を襲い絶叫を上げる。黒髪の男は氏原の喉元に日本刀の剣先を突きつけると、

「貴様らごときが、よくもこの俺をたばかってくれたな！」

怨嗟《えんさ》の声を張り上げた。

「落ち着け!!　お前は騙されておるんだ！　儂につけば──」

「黙れ！」

今度は両足が叩き折られて、視界が霞《かす》むほどの激痛により、絶叫を上げていた。

「貴様のせいで、我ら来栖家はあのお方に弓を引いてしまったのだ！　千年、わかるか！　千年もの長きにわたって、我が先祖はあのお方がこの世界に降臨《こうりん》されるのを待ち続けていた！　それを貴様のちっぽけで醜い欲望で、台無しにしやがってッ!!」

黒髪の青年が、上段に日本刀を構える。

「おい、ふざけるなっ！　ちょっと待て！　そんなことが許されるわけが──」

「許されるんだよ！　お前はそれほどのことをしたんだっ!!」

黒髪の青年は氏原の言葉を遮《さえぎ》り、

「死ね！」

死の宣告をしてくる。その血走った目を一目見ればわかる。洒落《しゃれ》や冗談ではなく本気だ。

「いやだ……いやだ……いやだ！　いやだぁぁぁぁ!!」

カメのように蹲《うずくま》りがたがたと震え、拒絶の言葉を繰り返す。

「左門、そこまでです」

顔を上げると目が線のように細い袴《はかま》姿の男が立ち塞《ふさ》がっていた。

「どけ、右近!!　貴様なら俺のこの憤り、理解できるはずだ！」

「ええ、十二分にね。ですが、彼にはこの事件を引き起こした主犯の一人として罪を償《つぐな》う責任

「その言葉を聞いたのを最後に氏原の意識はプツンと失われる。

「氏原さん、貴方には相当肝《きも》を冷やされましたよ。ですが、もうお遊びもこれで終わりです」

そして目が線のように細い男は、氏原を見下ろし肩を竦めると、

「そうはいきません。それにね、藤村君はきっととっくの昔に貴方を許していると思いますよ」

「知ったことか！」

がある」

◇◆◇◆◇◆

「たった今、月夜教の総本山の制圧が完了いたしました」

「首尾は順調のようだな」

次々に届く勝利の声に、真城歳三は深く息を吐きだした。あのファルファルとのやり取りの後、ほどなく氏原陰常たちの悪行《あくぎょう》の数々が、全局を通して流された。状況からいってこれはファルファルの力によるのは間違いない。いくらファルファルのハッキングの腕が優《すぐ》れているといっても、地上波全局をハックするなど不可能。おそらく、電子世界の完全掌握《しょうあく》。それがファルファルの種族特性でもあるんだろう。あの映像が流れてからほどなく比較的頭の柔らかい検事総長のじいさんに連絡を取り、事情を説明。月夜教の信者と思しき阿良々木事件担当検事の内部調査と、警察庁長官と防衛省審議官への説得を頼む。それからたった1時間でSATによ

り警察庁官房長、防衛副大臣、防衛省事務次官の身柄《みがら》が拘束された。さらに警察庁、警視庁、防衛省の三機関に対する東京地検特別捜査部の一斉捜査が開始され、その捜査には東京中の警察署と真城たち超常事件対策局も協力することとなる。

そして、つい先刻、樽都実人が逮捕され、月夜教が一斉摘発《てきはつ》されたのを契機に、流される動画は氏原たちの罪証の内容からイノセンスによる救助された人々や現場の警察官、自衛官たちの取材の動画へと移行している。世間はかなり混乱しているが、あの動画を偽りと断定しているのはごく少数であり、氏原たちに対する怒りの声に溢れていた。事実上、これで条件の一つはクリアした。あとは、藤村朱里を保護し藤村秋人の枷《かせ》をとれば、二つ目の条件もクリアし、真城たちの完全勝利となる。

「真城局長、陸自の宗像一等陸尉から堺蔵郊外の廃工場に大棟区《たいとう》をテリトリーとする半グレ集団が出入りしているとの連絡がありました」

なぜ自衛隊員からタレコミがあるのか不明だが、このタイミングで廃工場に半グレ集団か。どうにも関連性が見えない。

「代われ、私が話そう。こちらに通せ」

頷くと職員が真城に電話の子機を渡してくる。

「真城だ。君は？」

『はい。陸自の宗像です。時間も押していると思いますし、単刀直入に申します。色々我らで調べさせていただきました。ホッピーの妹、藤村朱里さんが攫《さら》われていますね？』

攪乱《かくらん》の可能性も否定できないが、真城たちはまだ藤村朱里についての情報を摑んではいないのだ。偽りを述べられたところで大して害もない。それに騙そうとしているなら、自らを自衛官とは名乗らず、警察と名乗るはず。とりあえず、信用していいと思う。

「ああ、目下捜索中だ」

『堺蔵の駅前で半グレ集団の数人が黒髪の女子高生を襲おうとして返り討《う》ちにされているところを、市民の一人が目撃していました』

藤村朱里が半グレ集団に襲われており、そして奴らが堺蔵の廃工場へ屯《たむろ》っている。確かに、これほど怪《あや》しい組み合わせもそうはあるまい。しかし――。

「市民の一人が目撃？　それはまずあり得ないな」

堺蔵は、藤村朱里の通う高校がある。下校時に拉致されたのは間違いないから、この周辺は入念に調査しているはず。もしそんな目撃者がいれば、捜査の素人《しろうと》の彼らよりも早く見つけているはずだ。

『……すいません。部下の種族特性で調べた情報です。時間が惜《お》しいことから便宜《べんぎ》上そう説明したにすぎません』

種族特性か。逆に信用が置けるかもな。では、ダメ押しだ。

「最後に君は藤村秋人とはどんな関係だ？　なぜ自衛官の君たちが彼の妹のために動く？」

『私たちも分京区で、ホッピーに助けてもらったからですよ』

そうか。ならば信用はできる。

「有益な情報提供に感謝する。直ちに行動に移させてもらう」

感謝の言葉を告げると電話を切り、

「超常事件対策局の総員は、陰陽師たち、堺蔵の警察官とともに今から指定する場所へ向かえ。藤村朱里の無事を最優先で行動してくれ」

右近曰く、今の力を失った刑部黄羅は陰陽師としては一流だが、本作戦に参加している星天将の来栖に勝てるほどではないらしい。ならばこの戦力で十分制圧が可能だろう。

「これであいつの足を引っ張るのを終わりにしてやる」

拳を固く握りつつ、真城は人類の運命を彼らに委《ゆだ》ねた。

◇◆◇◆◇◆

——堺蔵郊外の廃工場。

強風に煽《あお》られて、扉が大きく揺れ、

「ひっ!?」

小さな悲鳴を上げて、刑部黄羅は身を竦ませ扉を凝視し、舌打ちする。

(くそ！　なぜ、この私がこんなにビクつかなきゃなんないのよ！　これじゃ、どっちが追い詰めているかわからないじゃない！)

内心で毒づいていると、藤村朱里を襲わせるために雇《やと》っていたゴロツキどもが集まってくる。

「キラさん、いつになったらあの女、襲うんだ？」

「そうだぜ。あんな色気ムンムンの美女、目の前にして何もしねぇなんて蛇の生殺《なまごろ》しだ！」

口々に不平不満を言う。

（こいつらうざいな）

下手にあの女に触れて有害と認識されれば、それを条件にあの怪物が転移でもしてくるかもしれない。あの何でもありの化け物ならその程度簡単にやってのけるだろう。あれには絶対に勝てない。仮に勝てるとすれば、羅刹様、他の三本指と悪螺王《あくらおう》様のみ。何よりあれは完璧《かんぺき》に頭の螺子《ねじ》が飛んでしまっていた。あの最後に奴が見せた邪悪極まりない顔、今度こそ捕まれば、それこそ何をされるか見当もつかない。

（もう付き合い切れない）

愚痴鬼《ドリブル》の指示に従えばもう一度鬼種にしてもらえると言われ、今まで藤村朱里の傍にいたが、これ以上は危険だ。危険すぎる。今すぐ情勢不安の中東にでも高跳びし、しばらくは大人しくしているべきだろう。

（こいつらどうしようか？）

今も不満を爆発させかけているゴロツキどもを興味なく見渡すと、

（逃げよう）

別に命懸《いのちが》けであんな怪物に復讐《ふくしゅう》しようとは思わない。だが、このままではあまりに癪《しゃく》だ。黄羅が直接命じれば、呪いのようなものが生じる危険性がある。ならば——。

「今回、私抜けるわ」

「はあ？　キラさん、今更それはねぇよ」

「あなたたちも、その女を襲うのだけはお勧《すす》めしない。私は以後一切、責任を持たない」

「それ、どういう意味だよ？」

「さあ、そのすっからかんの頭で考えなさいな」

（よし！　これならまだ大丈夫！）

今までこいつらが藤村朱里に触れなかったのは、黄羅が止めていたから。その黄羅がこの場からいなくなればまず藤村朱里は犯される。それで復讐は十分果たされたことになるだろう。

口の端を上げつつ、当惑《とうわく》しているゴロツキどもの脇を抜けて廃工場の出入りの扉へと向かおうとする。

『だめでやんすよ。逃がしやせん』

傍から聞こえる低いダミ声にキョロキョロと周囲を確認するが、誰一人いやしない。

『ここでやんすよ』

声は黄羅のポケットの中にあるスマホから聞こえてくる。

「は？　あ？　な、なぜ」

壮絶に混乱する頭でスマホを取り出し画面を確認すると薄《うす》ら笑いを浮かべる蛇のように冷たい印象の男が映し出されていた。そのまさに冷血動物というに相応しい容姿に、背筋に氷柱《つらら》を突きつけられたかのような強烈な悪寒が走り抜ける。

「ひっ⁉」

　小さな悲鳴を上げてスマホを地面に放り投げる。

『おやおや、随分な扱いでやんすねぇ』

　地面に落ちたスマホの画面に映った男の顔は、まるで黄羅の恐怖を楽しむかのように歪んでいた。思わず後退《あとずさ》るが、不意に背後から強烈な悪寒が生じ、肩越しに咄嗟に振り返る。背後の工場の大扉の前には黒色のジャケットのポケットに両手を突っ込みフードを頭から被った少年が佇んでいた。

「おい、小僧《こぞう》、テメエっ‼」

　金髪のゴロツキが少年を恫喝《どうかつ》するも、

「おい、おい、おい、おい、哀れで愚かな人間どもぉ、知っちゅーかな？　きさんらが襲う算段をしちょったあの方が何方《どなた》の身内なのか？」

　いつの間にか金髪ゴロツキの背後に立っていた、和服を着こなす二メートルを優に超える長身に丁髷《ちょんまげ》の男が、その首を背後からロックし持ち上げる。そして次々に姿を現す袴姿の武装した男女たち。たちまち、黄羅たちはグルリと包囲されてしまった。

「な、なに？　あんたら？」

　マズい！　マズい！　絶対にマズい！　これは少なからず修羅場をくぐってきた黄羅の勘だ。あれはあの羅刹様を始めとする上位の鬼たちと同種類の異形《いぎょう》。元人間のような紛《まが》い物ではない、足の爪先《つまさき》から頭のてっぺんまで生粋《きっすい》の怪物。

『あの御方の潔白《けっぱく》を世間も十二分に認識したと思いやすし、これ以上引っ張る意義はない。そろそろ、チェックとさせていただきやす』

地面に放り投げられたスマホの画面に映る蛇のような男が指を鳴らす。すると、遠方から聞こえてくる無数のサイレンの音。冗談じゃない！ こんなところで警察に捕まってたまるか！ 必死だった。ただ懸命に廃工場の出口に向けて走り、扉を開けて外に出る。そこには――。

「逃がしやせん。そう言ったはずでやんす」

黄羅の眼前にはあのスマホに映っていた瘦《や》せ細った丸いサングラスをした男が佇んでいた。その傍にいるハットを被り全身を黒色の包帯で巻いた上にスーツを着用した屈強な二人の男を目にしたとき――。

「ひぃやぁぁぁっ！」

己の口から出たのは恐怖に満ちた悲鳴。

（な、な、なによっ！ あれはっ!?）

鬼化した今ならわかる。あれは人ではない。三本指？ いや、そんなレベルじゃない！ あれは今まで目にしたどんな鬼よりも邪悪で悪質だ！

『気高き主《あるじ》、いかになさいましょうや？』

『気高き主、ご命令を！』

包帯越しに二者の眼球が紅《くれない》に染まり、ゴキリと指を鳴らす！ 冗談じゃない！ こんなのを相手にするくらいなら、工場の中の化け物の方が数万倍ましというものだ。

「わ、私、大人しく警察に捕まるわ！」

そう言いながら廃工場内に向けて後退ろうとして地面に尻もちをつく。

「ぎゃあぁぁぁぁぁっ!!」

背骨に杭《くい》が打ち込まれたような激痛が走り己の下半身に視線を落とすと、両足が根本から潰されてしまっていた。

「残念ながら、君は彼らとは行き先が別でやんす』

その温かみの欠片《かけら》もない凍《こお》りつくような声で不吉極まりない言葉を吐く。

「別の行き先？」

「人の身では味わえないとびっきりの絶望でやんす」

そんな漠然《ばくぜん》とした意味のない言葉。だが、それはこれから己に降りかかるであろうとびっきりの不幸を否応《いやおう》なく想起させてしまっていた。それは死すら生《なま》ぬるい地獄。

「わ、私は警察に出頭する！　私、人を殺したの！　沢山、殺したの!!　だから――」

痛みと恐怖で頭がおかしくなりそうになるなか、必死に懇願の言葉を叫ぶ。

「残念だが駄目だ。お前は至上の我が父を汚し過ぎた。我《われ》はお前を許せそうもない。お前には十分な報いを受けさせる。だが、心配は無用。決して殺しはしないから」

サングラスの男は口調すらも凍《い》てついた異質なものへと変えると、黄羅にとって最も残酷な言葉を紡ぐ。その声色には、一握りの慈悲も見出せなかった。

「いや、いや、いやだぁぁぁ!!」

黄羅が絶叫した途端、サングラスの男はパチンと指を鳴らす。空から騒々《そうぞう》しい羽音とともに舞い落ちる黒色の影。それらは一斉に黄羅をその意識ごと呑み込んでしまう。

◇◆◇◆◇◆

世田《せた》区、警視庁。タイムリミットまで、4日と2時間。


今まで芥とかいうクソ警視に地下にある個室に連れ込まれ丸一日尋問されていた。

取り調べではなく尋問と俺が評価しているのは、何やら如何《いかが》わしい薬を打たれそうになったし、警棒で横っ面を殴られたし、古風にも盥《たらい》で水責めを強行しようとしてきたから。

もっとも、薬剤は俺の皮膚《ひふ》を通らず注射針が折れ曲がり、殴った警棒は俺の現在の防御系スキルにより武器と見なされ弾け飛ぶ。水責めに関しては俺の顔を盥に波々と注がれた水面まで強制的に運ぶことができない。こんな感じで俺に罵声《ばせい》を浴びせたり、水をかけたりの嫌がらせがせいぜいだった。タイムリミットまであと丸四日。あと数時間が、雨宮と朱里の両者を助けられるタイムリミットだ。それを過ぎれば、少しでも可能性が高い方法を選択せざるを得なくなる。つまり、このまま仲間が朱里を救助するのを待ったうえで、朱里とともに一度東京を離れて鬼種をゲリラ的に倒し、雨宮を救う。この方法しかなくなる。

「ウトウトするなっ!!」

芥の部下がバケツの水を俺にぶっかけて怒鳴りつける。

「起きてるよ。単に少し考え事していただけさ。そのくらい大目に見ろよ」

面倒臭そうにびしょ濡《ぬ》れになった髪を拭いながら不平を口にすると、

「取り調べ中に考え事だと!?　ふざけるなっ!!　貴様は――」

蟀谷《こめかみ》に太い青筋を張らせて激高する。

「やれやれ、君は自分の立場というものをわかっているのかね？」

そんな中、背後の椅子に座る芥が呆《あき》れたように尋ねてくる。

「十分に承知している。というか、あんたらこそ身の振り方を考えた方がいいと思うがね？」

「負け犬の遠吠えかね？」

「いんや、ただの老婆心《ろうばしん》さ」

なにせ、先ほどこのフロアに乗り込んできた大勢の警官隊を鑑《かんが》みれば、既に外で何が起こっているかなど考えるまでもないしな。

「何を企んでいる？」

目を細めて俺を観察する芥に人差し指を正面のこの部屋唯一の扉へと向ける。

「すぐにわかるさ」

聞こえてくる大勢の足音に、椅子を倒して勢いよく立ち上がる芥。他の捜査員も不安を隠しきれず顔を見合わせる。乱暴に扉が開かれ、大勢の武装した警察官が部屋に雪崩《なだれ》込《こ》んできた。

「な、なんだね、君たちは!?　ここは私たちの――」

「動くな！　警視庁公安部第三警備課課長——芥平字《ひらじ》、お前たちには全員逮捕状が出ている。全員、手を後ろに回し、床にうつ伏せになれっ！」

完全武装した特殊部隊の男が、右手で逮捕状を示し芥の言葉を遮って銃口を向けつつ叫ぶ。

「私に逮捕状？　それは何かの間違いじゃないのかね？　部長に確認したまえ、我らは——」

芥の反論など聞く耳すら持っていないのか、隊長らしき男が右手を僅かに上げると取り調べを行っていた芥たち全員が拘束されてしまう。

「貴様ら、なんの権限があって——」

隊長らしき男は、耳障《みみざわ》りな叫び声を上げようとする芥の顎を鷲摑みにし、

「悪いが、テロリストと会話する権限を自分は与えられていない。言い訳なら、法廷で思う存《ぞん》分《ぶん》主張したまえ」

冷たい声色でそう吐き捨てると、背後を顎でしゃくる。彼の部下たちは今も口汚く喚く芥たちを特殊な拘束具により厳重に拘束し、部屋から連れ出してしまう。

「とりあえず、俺は？」

「ご案内します」

隊長らしき男は俺の手首の手錠を外し敬礼すると歩き出す。少々、状況が呑み込めていないが流れからいって、このクズのような足の引っ張り合いからは解放されたとみていいんだろうか？　いや、俺は脱獄囚だし、その取り調べでもするつもりなんだろう。だが、それに付き合う余裕は俺にはない。なんとか逃げ出さなくてはな。

エレベーターに乗り込み一階ロビーに出ると、正面玄関口まで多数の警察官が整列しており、

「うぉ!?」

一斉に俺に敬礼してくる。そして玄関口の前には三人の男女。その中の一人を目にし、肩の荷が下りたような安心感から大きく息を吐きだす。

「兄さんっ！」

朱里は駆け出し、いつものように抱きついて俺の胸に顔を埋める。

「大丈夫だったか？」

「うん」

見たところ普段通りの朱里だ。拷問や乱暴されたようにも見えない。どうやら俺のかけたプレッシャーは十分にあの女に効果があった。そう見てよいだろう。あの女が動かないことはわかっていた。それでも心配は心配だったんだ。これで俺の足枷《あしかせ》はなくなった。あとは鬼種駆除《くじょ》を再開する。朱里の隣にいる赤髪の女捜査官が赤峰、黒髪坊主の男の捜査員が不動寺《ふどうじ》だったか。

「逃亡罪以外の君の容疑は全て晴れたわ」

赤峰が親指を突き立ててくるので、

「助かった。ありがと」

素直に頭を下げ心からの謝意《しゃい》を述べる。まあ、逃亡したのは事実だし、この件が終わったらその罪くらい負うさ。

「う、うん。別にいいけど」

ポリポリと頬を掻く赤峰の耳元で、不動寺がにやけた顔で何か数語呟くと、

「違います！　絶対に違いますって!!」

たちまち真っ赤になりつつ、必死に否定の言葉を紡ぐ。ともかく、今は呑気《のんき》に話している場合でもないな。

「俺は豊嶋区に向かう」

散々引っ掻き回しやがって、どこのどいつだか知らんが、じっくりたっぷりお灸《きゅう》をすえてやる。

「ええ、上の了解もとってあるし、彼女たちが現場まで送ってくれるわ」

赤峰たちの隣にいた自衛官と思しき二人が一歩前に出ると敬礼してくる。

「ホッピー、いや、藤村秋人殿、先日は助けていただき感謝する」

このガタイの良い坊主頭の男、以前、ハイオークが来襲した時に会った男か。偶然とは怖いものだな。

「奈美、後は頼むわ。ホッピーを送り届けて」

「お姉ちゃんに言われなくても、わかってるわよ」

隣の赤髪の自衛官は赤峰にそう返答すると、不貞腐《ふてくさ》れたような顔で親指を立て、歩き出す。ついてこいってことだろう。警察と自衛隊の二者からの協力も得たってわけだ。ようやくこのくだらん足の引っ張り合いから完全解放されたようだな。

指でコマンドを開き、パーティー伝達機能を十朱に指定した上で行使し、

（十朱、俺の妹は無事解放された。そのクズどもの処理を任せる）

クズどもの殲滅《せんめつ》を命じる。捜査員の十朱なら、人間相手の荒事《あらごと》はお手のものだろうし、その制圧の権限もある。銀二や雪乃に任せるより妥当《だとう》だろう。俺も玄関を出ると現場へ向かう。

◇◆◇◆◇◆

タイムリミットまで、3日と22時間。

十朱たちと合流すると、周囲の地形は激変していた。というか完全に更地《さらち》と化している。十朱の奴め、相当無茶したようだな。まあ、一応奇跡的にもあのクズどもは全員生きているようだし、構いやしない。あとは真城たちに任せるとしよう。

こうして俺たちは豊嶋区最後の区画の侵攻を開始したわけだが、そこに広がっていた光景に俺は暫し、呆《ほう》けたように口を半分開けて茫然《ぼうぜん》と眺めていた。

ビルにかかる血文字で書かれた『悪の映画館』という垂《た》れ幕。さらに、街頭のビルの巨大なスクリーンに映し出される光景。

『お父さん！　お父さん!!　怖いよぉ!!』

『その子だけは許してくれっ!!　後生だぁぁぁっ!!』

スクリーンから発せられる幼い子供の泣き叫ぶ声と父と思しき男の絶叫が鼓膜を震わせる。

その父親が子供を抱きしめた格好で、二人の首のない死体が路上に晒《さら》されていた。

「腐れ外道がッ！」

銀二がこの惨状に憤怒の声を上げる。

「どうしてこんなにひどいこと……できるの？」

自身の父の件を思い出したのかもしれない。雪乃はボロボロと悔し涙を流して声を絞り出す。

「どうせすぐにこの世から消える。意図など考える必要はないさ」

俺の口から自然に出た機械音のような何の感情も籠《こ》もっていない言葉。

「アキト？」

十朱の疑問の声がどこか遠くに聞こえる。ただ、胸の奥底に熱した杭が突きつけられたような痛みが走る。その熱は急速に全身に流れていき、それと相反するように急速に頭が冷えていく。

「遅くなってすまない」

カラカラに渇《かわ》いた喉から謝罪の言葉を吐きだし、親子の死体を寝かせてアイテムボックスから毛布を取り出すと、そっと二人にかけてやる。なぜだろうな。当然感じるはずの悲しさや悔しささえ感じない。息苦しいのに、まるで心が死んでしまったように、頭だけが凍結《とうけつ》したように冷静だった。

「お前たちはこの周辺の鬼どもの掃討《そうとう》と避難民の保護を頼む。無事な奴らを助けてやってくれ」

「一人で行くつもりか？」

「心配すんな。約束だからな。俺は奴を殺さねぇよ。これも単に勝算を上げるための方法だ」

「それは、俺たちが足手纏《あしでまと》いだと？」

「そうだ、事この建物にいるクズ相手にはな」

俺があっさり肯定したことにより、銀二と雪乃は悔しそうに奥歯を食いしばる。この先にいるゴミクズは、正真正銘、腐れ外道だ。どうせ、碌《ろく》でもない罠が目白押《めじろお》しだろう。その度にいちいち感情が揺さぶられて、勝手な行動をとられては困る。俺のような根っからのクズの方があしらいやすい。要は相性の問題ってやつだ。

「相性、そう言いたいんだな？」

十朱は暫し両腕を組んで考え込んでいたが冷静に尋ねてくる。

「ああ、まさしくそれだ。奴のようなタイプは、お前らよりも俺の方がその思考を読みやすい。一人の方が断然与《くみ》しやすいのさ」

「わかった。約束は守れよ」

俺にそう念を押す十朱に軽く右手を上げると俺は建物の中へと入ろうとするが、

「ちゃんと戻ってきてね」

雪乃が俺の裾《すそ》を引っ張りながら濃厚な不安を隠そうとせず懇願の言葉を吐く。

「ああ、待ってろ」

俺は奴のいるビルへと入っていく。

その中はある意味、俺の予想通り。夫婦、親子、恋人やらの死体が飾り付けられて、その殺害時の映像が垂れ流されていた。銀二と雪乃を連れて来なくて正解だった。これを目にすればきっと心に傷を負う。それを知っているからこそ、十朱は俺の提案をあっさり呑んだんだろう。

最上階の社長室らしき豪奢な扉を開けると、真っ白な泣き顔の仮面をした真っ赤なスーツ姿の男が窓際の席から立ち上がり、両腕を広げる。同時に、男の左右に縦《たて》二列に並んでいた赤色スーツ姿のマッチョ男たちが一斉に膝を叩いてテンポをとりながらも足踏みを始める。

「好いた相手を陥《おとしい》れ、へいへいへい！　憎し相手をどん底へ、へいへいへい！

これぞまさしく鬼の道！　これぞまさしく羅刹の徒！

狡猾《こうかつ》に、姑息《こそく》に、悪辣《あくらつ》に——貴方の心、壊してあげましょう！

卑怯《ひきょう》に、醜悪に、非道に——貴方の希望、奪ってあげましょう！

その宝石のように美しい感動の物語、しっかり記録しておきましょう。

ようこそ、我らが悪の映画館へ！」

この芝居《しばい》がかった姿、セリフ、行動。人の死や愛情を弄《もてあそ》ぶ愚行。刑部黄羅と同じ。こいつも心底救いようのない外道だ。俺の判断は正しかった。こいつの相手は同じクズにこそ相応しい。

「どうです？　なかなか楽しい趣向だったでしょう？　楽しんでいただけましたか？」

「黙れ」

「あーら、お気に召さない？　私の趣向を凝《こ》らしたとっておきだったんですよぉ。素晴らしかったでしょう？」

「もう一度だけ言う。黙れ」

「あれぞ家族愛!!　彼らはその貴重な命をもって私たちに感動を伝えてくれたのです！　感謝を！　魂から感謝を!!」

泣き顔仮面の男が何やら得々と口上を垂れていたが、俺の耳には雑音にしか聞こえない。その耳障りな声の出所《でどこ》目がけて右拳を突きだした。パシュンッと潰れる音とともに、奴の顎が粉々に砕け散り、真っ赤な血肉が床にばら撒《ま》かれる。一呼吸遅れて奴の絶叫が響き渡る。

「黙れと言ったはずだ。お前はもうしゃべるな。そうすれば、サクッと終わらせてやる」

「ぐぼぉッ！」

涙仮面の男は顎から血を流しながら、部下と思しき赤色スーツに俺の殺害を命じる。

『愚か者が……』

どこか悔しそうなクロノの声を契機に俺の両拳が奴らの全身に叩きつけられる。一瞬にして赤色スーツ姿のマッチョ男の全身は挽肉《ひきにく》となる。

「ばがな……なぜ、わだじの能力がぎがない？」

飛び散る肉片を眺めながら、急速に癒えた口により、涙仮面の男は驚愕の言葉を呟く。

「さあな。その空《から》っぽの頭で考えてみろよ」

奴の背後へと跳躍《ちょうやく》すると、ヤクザキックをぶちかます。

「グオオオオッ――――――ッ!!」

滑稽な声を上げながら、奴は高速で回転して壁をぶち抜いてビルの外へと放り出される。それを【奈落の糸】により雁字搦《がんじがら》めに拘束し、俺の前まで引き寄せてデコピンを数発食らわせる。

たったそれだけで、奴の全身が抉れ、仮面が粉々に砕け散る。この七三分けの男は、確か、久我とかいったか。まあ、刑部黄羅のときも内面は鬼化した場合と大して変わりはしなかった。つまり、真正の外道。ならば、もはやこいつがどこの誰かなど心底どうでもいい。

「立てよ！　そして早く鬼に変身しろッ！」

刑部黄羅は、アラクネとかいう蜘蛛の化け物に変わった。ならば、こいつも鬼化してパワーアップでもするんだろう。

「だめるなぁっ!!　お望み通りごろじでやるっ！」

声を張り上げると、久我の全身が軟体《なんたい》動物のようにグニャグニャと捻《ね》じ曲がり、三角帽子に赤色の法衣《ほうい》を纏った一つ目の鬼を形成していく。

『我は羅刹三本指の一柱、アトラスなりぃぃっ!!　チンケな虫けら風情《ふぜい》がこの我を、この我を愚弄《ぐろう》したなぁぁぁっ!!』

奴が憤怒の形相で両腕を広げ仰《の》け反《ぞ》りながら声を張り上げると周囲の床が盛り上がり、赤色のローブを着こなすマッチョの一つ目の鬼どもが姿を現し、各々《おのおの》ポージングを始める。

「だから、喚くな。そう言ったはずだぞ？」

奴の左手の甲《こう》に狙《ねら》いを定めてクロノを一発撃つ。突如俺の左手が根本から吹き飛んだ。

『理解したかぁ!?　貴様のようなゴミ虫ごときには我に傷一つつけることはできぬぞぉ!!　そして、これでチェックメイトだっ！』

俺の周囲に舞う幾つもの黒色の大剣が、その剣先を俺に向ける。さらに、アトラスは指をパチンと鳴らす。一つ目の鬼たちもそれぞれ、巨大な火の球体、水の刃《やいば》、風の弾丸、土の槍を上空に出現させる。まったく、脅威《きょうい》に感じない。感覚でわかる。全ての攻撃が二流。あれでは俺を殺し尽せない。唯一鬱陶《うっとう》しいのは、黒剣や炎の球体などあれらに攻撃しても反射してしまう可能性が高いということ。もっとも、それは通常の攻撃ならば、という限定がつく。

「哀れだな」

『恐怖でおかしくなったか？　それとも現状認識すらできぬほど馬鹿なのか？』

勝ち誇ったように宣《のたま》うアトラスに、俺は大きなため息を吐くと、

「これは忠告だ。少しは必死になれ。命を賭けろ。でなければ、一瞬で終わるぞ」

そう静かに宣告して、クロノの銃弾に『皆殺死《みなごろし》』を纏わせて、神眼により宙に舞う黒色の大剣、火の球体、水刃《すいじん》、風の弾丸、土の槍の全て、さらにマッチョの一つ目鬼どもの心臓を指定する。

『頭の弱いムシケラが、この状況でまだこの我に勝てると思っているのかっ！　いいだろう！　お望み通り殺してやるわっ！　死ね！』

奴の叫び声とともに、一斉に迫る黒剣や火球。それに対しクロノの銃弾を放つ。銃弾は数百に分裂して指定した全目標を大きく抉り取り、宙に浮かぶ黒の大剣、火球、水刃、風弾《ふうだん》、土槍《つちやり》は全て消滅し、マッチョの一つ目鬼どもの胴体が吹き飛び頭部と四肢《しし》が床に飛び散って塵《ちり》と化す。

『は？』

大口を開けて素《す》っ頓狂《とんきょう》な声を上げるアトラスの両足を指定して、『皆殺死』を纏わせた右の

ローキックを放つ。ボシュンという破裂音が室内に木霊《こだま》して、奴の両足は根本から塵と化す。

またもや室内を揺らす奴の無様《ぶざま》な悲鳴。

『なぜ、我を傷つけられるッ!?　それは――』

何やら必死に俺に向けて語りかけていたが、その耳障りな声は俺にはもはや人の言葉とすら認識できず、虫の羽音のようにしか聞こえなかった。

「馬鹿が！　あっさり俺の忠告を無視しやがって！　もういいだろう。お前の顔や声も見飽きたし、正直不快だ。もう終わりにしてやる」

俺が『皆殺死』を発動し両腕に纏わせると、黒色の霧《きり》のようなものが両腕に絡みつく。

『や、や、やめてくれぇっ！』

アトラスの顔色は土気色《つちけいろ》に変色し、血の気の引いた唇は全身とともに、プルプルと震えていた。

「やめろだぁ？　お前なぁ、そう懇願する奴らに何をした？　そんな勝手、許されると思ってんのか？　許されるわけねぇよなぁ？　なあ、そうじゃねぇか？」

『ひぃいいいいいい……』

アトラスの顔が恐怖に引き攣り、眼球がぐるぐると忙《せわ》しなく動き回り、奇声を上げていく。

「俺は完璧にプッツンしちまっている。安心しろ。この世に細胞一つ残さないよう、念入りに消し飛ばしてやる」

『いあああぁぁぁぁぁぁぁぁぁッ――――!!』

奴の金切り声を耳にしながら俺は暴虐の感情を解き放った。

◇◆◇◆◇◆

――帝都ホテルのロビー。

日本でも有数の高級ホテル帝都ホテルのロビーには、先刻より巨大な液晶パネルが据《す》えられており、数多くの人が観戦していた。世間では藤村秋人は凶悪犯扱いされており、そのため関係者はマスコミが張り付くなど一定の不利益を受ける危険性があった。そこで、一時的な避難場所としてこの帝都ホテルを香坂《こうさか》家が借り受けたのである。もっとも、藤村秋人の無実が証明された今となっては必要ないものとなっており、本戦いについての見解を有識者から直接聞きたいという政府関係者や財界の者たちのたまり場と化していた。

途絶していた映像が再開され、狐仮面の男とその足元で仰向《あおむ》けに気絶していると思われる髪を七三分けにした男が映し出される。直後――。

『運営側からの通告。人類が豊嶋区を鬼軍から奪還《だっかん》しました――』

人類側の勝利の宣言が頭の中に反響し、静まりかえる室内。そして次の瞬間、歓声が爆発した。部屋中の皆の顔には恐れや不安など本来あるはずの感情よりも、この事件の行く末に対する希望や期待が色濃く出している。ホッピーコールが巻き起こる中、

「おいおい、アラクネに続き、あのアトラスにも勝っちまったよ……」

フリーの陰陽師、クラマの隣のサングラスをした金髪の大男エンキが呆れすら含んだ感想をボソリと述べる。これには完璧にクラマも同感だ。なぜなら――。

「あのアトラスとかいう一つ目の鬼は強かったの？」

傍でともに観戦していた容姿端麗《ようしたんれい》な女性、香坂胡蝶《こちょう》が陰陽師なら吹き出してしまうことを尋ねてくる。

「アトラスはあの鬼神羅刹三本指の一柱。鬼界《きかい》の王の一角だ。地域によっては信仰の対象とさえなっているくらいだ。神様と何ら変わりやしねぇ。本来人が抗えるものでは決してない」

己に言い聞かせるように口にするエンキに、

「でも、あいつやけにあっさり滅ぼしちゃったわよ？」

眉を顰めて胡蝶が当然の疑問を口にする。

「だから、あの御方が、いや、ホッピーが異常すぎるのさ。羅刹の討伐など絶対に無理だと思っていたが、もしかしたら本当にやってのけるかもな」

「ああ、そのホッピーに一度は弓を引いたんだ。今頃、六壬神課の元老院の連中は真っ青になっていることだろうぜ。なにせ、政府の指示でホッピーを捕縛したのはあいつらだからな」

「ねぇ、その三本指には人の心があると思う？」

胡蝶は神妙な顔で考え込んでいたが、そんな脈絡のない質問をしてくる。

「どうだろうな。だが、刑部黄羅は元から腐れ外道だ。あの久我も鬼というには人間臭すぎた。もしかしたら、人としての中身はさほど変わっちゃいないのかもな」

まあ、人であそこまで非道なことができる奴も滅多《めった》にいないとは思うが。

「人の心が残っているってこと？」

「多少なりともだが。多分、鬼が憑依することにより理性の箍《たが》が外されているだけか、それとも似たような感性でなければそもそも憑依できないか。ま、推測《すいそく》の域《いき》は出ないがな」

「そう。なら、きっと大丈夫ね」

胡蝶はそんな意味ありげな台詞を吐くと、保護されたばかりの少女たちのグループのもとへと向かう。彼女たちはかつて女子高の旧校舎で発生した事件で、ホッピーに救われたものたち。

「クラマ、お前、これからどうするつもりだ？　六壬神課に誘われてるんだろ？」

「冗談だろ！　あいつらは一度、あの方に弓を引いた。その件で少なからず接点のある俺にあの方との中継ぎをさせるつもりなのさ。だが、事情を知れば、それは到底無理な話だ」

「まあな。あの馬鹿野郎ども、よりにもよってあの御方をマジで怒らせやがったし」

明石雪乃を取り込むために、六壬神課の元老院が強く反対していた雪乃の父明石勘助の殺害を依頼したことは、既に周知の事実。なおかつ、その明石勘助を藤村秋人はかなり慕《した》っていたらしいのだ。この状況で元老院側につくものなどいやしない。もうあの組織は終わりだ。そんな滅びるべき組織にこのタイミングで加入するほどクラマは馬鹿でも間抜けでもない。

「俺はこの戦いを見届けたら、右近の誘いを受けるよ」

「ああ、あの冒険機構という新組織だな。俺もだ」

やはり考えることは同じか。右近の言が真実ならば、ホッピーも参加する予定らしいし、右近の申し出を断る理由などない。

「クラマ君、エンキ君、先ほどの戦いについて教えてくれ！」

浅井大臣を始めとする現閣僚が興奮を隠そうともせずこちらに小走りにやってくる。

「始めるか」

「そうだな」

クラマたちも戦闘の説明を再開したのだった。

◇◆◇◆◇◆

（あれは何だ？）

【遠見】によりアトラスがこの世から消滅するさまを眺めながら、夜叉童子《やしゃどうじ》はそう独り言ちた。上司である鬼神羅刹から、鬼軍の敗北の原因を突き止めるよう指示を受けてからずっと鬼を狩る狐面の男を観察してきた。拳一つで鬼軍の大群を粉微塵《こなみじん》にする殺傷能力、糸を自在に出現操作する能力、そしてあの屈服させた鬼から自らの眷属を生み出す奇跡。あの眷属生成だけはたとえ鬼界を統《す》べる鬼神たちといえ不可能。あんなことが可能なのは、最強の系譜たる奈落王の眷属のみ。だが、このクズのようなゲームの主催者はあの狐面の男を人類側と見なしている。およそ、信じられないがあの狐面の男は人ということ。もしかしたら、あの男なら、あの鬼神羅刹にすら、勝利することができるかもしれない。もっとも——。

（それでも、餓鬼王の勝利は揺るがない）

餓鬼王は鬼神たちの王。まさに格が違う。あれだけは強い、弱いで論じることは到底できない。あれに勝てるとすれば、同じ六道王のみ。今まで未確認の【道】以外、【道】の王の各席は既に埋まってしまっている。あの狐面の男がその未確認の【道】の王の可能性は限りなく低い。そんな行き当たりばったりの賭けに大切な妹の安否を預けるわけにはいかない。夜叉童子には餓鬼王に従うしか道はないんだ。そう改めて再認識したとき、不意に眼前に気配を感じて顔を上げると、鬼神——茨木童子《いばらぎどうじ》に乗っ取られたはずのあの哀れな青年が立っていた。

「これは茨木童子様——」

「無駄な馴《な》れ合いなど不要だ」

咄嗟に跪《ひざまず》いて恭順《きょうじゅん》の態度を示そうとするが、右手でそれを制される。茨木童子といえば、悪《あく》螺《ら》王《おう》と双璧《そうへき》を成す実力を有する鬼神羅刹の忠実な腹心の一柱。羅刹に逆らった数多《あまた》の存在を屠《ほふ》ってきた鬼の神だ。強さは三本指でも飛び抜けている。

「どんな御用でありましょうか？」

あの狐面の男の件だろう。知略に優れた鬼と聞く。大方、夜叉童子を使い捨ての駒《こま》にして悪質な策でも提案されるのだろう。そう思っていた。なのに、その話は予想の斜《なな》め上を行くものだった。

「僕は羅刹を殺す。そのためにはお前の力が必要だ。協力しろ」

「ご、ご冗談を！」

まさか、夜叉童子の餓鬼王への敵意が見抜かれていたのか？　もしその事実を餓鬼王に知られれば、間違いなく紗夜《さや》は殺される。しかも、想像を絶するくらい残酷に。

「いいのか？　お前の妹、このままでは餓鬼王のゲートの使用により死ぬぞ？」

「それはどういうことでございましょう？」

思ってもない愛する妹の危険の指摘に心臓が跳ね上がり、上ずった声色で尋ねる。

「お前の妹はこの鬼軍の進軍以前から既に雨宮梓《あずさ》に憑依していたのさ。あとはわかるだろ？」

「そ、そんな……ばかな」

だが、あり得ない話ではない。憑依とは魂の疑似《ぎじ》の融合だ。故に、人との親和性に難がある生粋の鬼は人に憑依することはできない。現在、生粋の鬼たる三本指たちとその眷属が人間に乗り移っているのは、厳密には憑依ではなく、【降鬼《こうき》】。おそらく運営が特別に認めた新概念だろう。この点、妹、紗夜は夜叉童子と同様、人と鬼のハーフ。魂の親和性の高い人間なら憑依が可能だ。そして、雨宮梓とあれだけ容姿が似ているなら魂が似ていてもおかしくはない。

「真実だ。最愛の妹を見捨ててまで己の生に執着するような愚者に生きる価値はない。ここでさっぱり殺してやる。選べ。僕に協力するのか、それともここで死ぬか？」

茨木童子の能力に読心術があるとは聞いていない。だが、茨木童子のこの様子ではこちらの意思は筒抜けの可能性が高い。鎌《かま》をかけられている危険性はあるが、紗夜の命がかかっているなら無視するなどできようもない。今は情報が欲しい。

「答えなど決まっておりましょう。それより、紗夜が雨宮梓に憑依しているのは事実ですか？」

「ああ、それは誓ってやる。このままでは鬼界と人界のゲートの固定化のために雨宮梓とお前の妹の魂はゲートに吸収されて消滅する」

今回の鬼軍の東京への侵略が成功すれば、餓鬼王は人界での活動を許される。この人界が他界への侵略の拠点《きょてん》となる以上、餓鬼王自身が人界へ移動するための手段であるゲートの確保を図ろうとするのは自明の理。茨木童子の言はこの状況ではこの上なく正しい。だからと言って――。

「この状況で餓鬼王様を裏切る、あなたの目的をお教えください」

餓鬼王は神の中の神。鬼ならば逆らおうとは絶対に思わない。それに喧嘩《けんか》を売ろうというのだ。それなりの覚悟が必要。茨木童子にそんな危険を冒す意義が乏《とぼ》しい以上、騙されて紗夜が殺されるのだけは御免被《ごめんこうむ》る。

「はっ！　裏切る？　僕の忠誠は端から酒呑《しゅてん》様のみにある！　あんな悪質な神になどない！」

吐き捨てるように叫ぶ茨木童子。そうか。あの噂《うわさ》本当だったのか。酒呑童子とは、過去に鬼界で人と鬼の融和《ゆうわ》を求めて餓鬼王に弓を引いた唯一の鬼神であり、羅刹によって滅ぼされたとされている。その鬼神の側近《そっきん》が現在の羅刹の三本指の茨木童子だという噂が流れていたが、あまりに荒唐無稽な話なため、鬼界では質《たち》の悪い冗談の類《たぐい》として処理されていた。

「ですが、なぜ今頃になって行動を起こすんです？」

「言うまでもない。主《あるじ》がお戻りになられたからだ。それに――この身体の持ち主はどうやら、雨宮梓が不幸になることだけは許せぬらしい。それ故《ゆえ》に僕は是《ぜ》が非《ひ》でもあの女を助け出す」

茨木童子は自嘲《じちょう》気味に口の端を上げるとそう言い放つ。憑依した人間の思考に影響されるか。憑依にそんな効果はないはずだが、元来の鬼が憑依などできない以上、憑依に降鬼とは異なる効果があっても何ら不思議はない。でもそれなら信じられるかもしれない。もっとも——

「わかりました。それで勝算はどうなんです？　あの餓鬼王をどうやって手玉にとろうというんです？」

「勝算はあるさ。もちろん、とびっきりの手がな。でなければ、いくらこの身体の想い人とて僕がこのタイミングで行動に移したりしない」

確かに茨木童子は、羅刹の知恵袋と呼ばれるほどの知略に富んだ鬼。何の根拠もなく動くことはない。逆にいえば、今の茨木童子は餓鬼王を出し抜ける明確な戦略を持って動いている。

「そのとびっきりとは？　手を組むんです。是非、教えていただきたいのですが？」

「かの【蠅《はえ》の王】からの共闘の提案だ。どうやらあの怪物神もこの地に現界しているらしいな」

「は、【蠅王】、ベルゼビュートォォッ——!!?」

脳天に一撃を食らったような衝撃が走る。ベルゼビュートは過去に絶対に打倒が不可能とされた最強の六道王たる旧絶望王サタンを滅ぼした蠅の王。もっとも、辛《かろ》うじて勝利はしたものの共に滅びたとされていたはずだ。それ故に悪魔どもの勢力は著しく後退したのだから。

「そ、それは真実なんですか？」

「ああ、誓ってもいい。現時点で遙《はる》かに僕を超えている。あれは間違いなく蠅の王だ」

「では、かの蠅王ならあの餓鬼王だって——」

「いや、過去の力を失っており、現時点では餓鬼王に対抗できる力はないそうだ」

「そう……ですか」

体中から力が抜けたような気持ちで、そう呟いていた。

「落胆する必要はない。あくまで力が及ばないのは現時点での話。勝算はあるのさ。そのための計画を今から話す。いいか、耳をかっぽじってよく聞けよ」

自然になる喉。茨木童子はゆっくりと計画について話し始める。

◇◆◇◆◇◆

気絶し人間に戻った久我の処理は、自衛隊に任せて十朱たちと合流する。ご丁寧に自分の罪の記録を残している様子だったし、こいつもこの戦争後、しっかり裁かれることだろう。

俺たちは仲野区に進む。仲野区は空を駆ける牛面の鬼が主体の鬼どもだった。三本指とかいうボス鬼がいるのかと思ったが、存在せず。拍子抜《ひょうしぬ》けするほどあっけなく解放は完了し、次の渋屋区に進攻する。

奇妙なほど俊敏な動きをしつつ迫る巨人の鬼にクロノの銃弾がクリーンヒット。肩口から上がすっぽり抉れる。次いでその傷が急速に広がっていき全身をボロボロの塵へと変えてしまう。

「アキトのそれ、マジで反則だよな？」

銀二がしみじみと呟き、

「そうだよねぇ、攻撃するとそこから広がってパシュンだもん」

間の抜けた感想を雪乃が口にする。そうなのだ。俺の種族は破滅を暗示する吸血鬼の真祖《しんそ》たる【カタストロフィバンパイア】にまで昇格。【ジェノサイドバンパイア】のレベルがＭＡＸになったことによる称号、〝殺戮《さつりく》真祖〟の称号も合わさってこの上なく兇悪そのものとなっている。具体的には、【ジェノサイドバンパイア】よりも、攻撃威力と効果範囲が著しく向上、己の意思通りに操作しやすくなり、攻撃に治癒《ちゆ》能力の低下と傷口からの崩壊《ほうかい》を促進させる効果がある。そして、つい先ほど【カタストロフィバンパイア】のレベルが80まで上昇し、ステータスはHP:A、MP:A+、筋力:A+、耐久力:A、俊敏性:A−、魔力:A+、耐魔力:A+、運:C、成長率:SSSまで上昇。ランクアップとなった。

「まさに化け物だぜっ！」

カラカラと笑う十朱に呆れたような疲れたような顔で銀二と雪乃は肩を竦めて、

「お前にだけは言われたくはないと思うぜ」

「アキトも十朱にだけは言われたくはないと思うよ」

そう声をそろえて返し、丁度俺が反論しようとしていたことを代弁してくれた。なにせ、十朱は【ジャッジメントドラゴン】から、Aランクの【八岐大蛇《やまたのおろち》】へ進化。平均ステータスはAーとなり、ほぼ俺と同格。しかも、竜化したときにはさらに上昇する。というか、これって絶対東京湾を襲撃する巨大怪獣だよな。そんなのに化け物扱いされるなど流石の俺でも傷つくってもんだ。とりあえず、ランクアップだ。時間もあるし小休憩《きゆうけい》にしよう。

「俺がランクアップだ。そこのホテルで休憩しよう」

「了解だぜ」

「おう！」

「うん！」

三者三様のリアクションを受けて、ホテルに入っていく。

五階にある寝室が複数あるルームを選んで各自休むことにした。広間のような場所でアイテムボックスから食料を取り出し腹ごしらえをする。

「で、アキトはなんで鬼討伐なんてやってんだ？」

銀二が肉を食い千切りながら、尋ねてきた。

「え？　避難している人たちを助けるためでしょ？」

雪乃が、さも当然のようにそんなあり得ぬことを口にする。

「阿呆、こいつがそんなおめでたい質《たち》かよ。きっかけでもなけりゃ絶対に動かねぇぜ」

「かもな」

銀二もよく見ている。その通り。正義感や使命感という言葉ほど俺にとって軽いものはない。

「右近さんから聞いているぜ。女だろ？」

ニヤニヤと笑みを浮かべながら、十朱が小指を立ててくる。右近の奴、俺のこと、どこまで調べてやがるんだ？

「生物学的には女には違いないが、俺にとっては間抜けな同僚だな」

「ほーほー、やっぱりな。女のために脱走するとはなかなか熱い男だぜ！」

豪快に笑いながら俺の背中をバンバンと叩く。脱走を熱い云々《うんぬん》で片付けるところが、どこかズレている感じが猛烈にするわけだが、これぞ十朱節《ぶし》というところだろうか。

「ねー、アキトはその人、好きなの？」

身を乗り出し興味津々《しんしん》で尋ねてくる雪乃。なぜ、女って生き物は惚《ほ》れた腫《は》れたの話がこうも好きなんだろうな。他人の色恋沙汰《ざた》など心底どうでもいいだろうに。

「あのな。あいつは俺の一回り下だぞ？」

「恋愛に歳は関係ないと思う」

不機嫌そうに眉を顰めて反論する雪乃に、

「そういう言葉を吐けんのは、お前が部外者だからさ。実際なら検討するまでもなくありえねえんだよ。それじゃあ、俺はもうそろそろ寝る。三時間後に起こしてくれ」

右手を挙げると奥の部屋へ入り、ベッドの上に横になる。選択する種族は既に決めていた。バンパイアを極める。大して迷いもせず、俺は選択肢《し》にある唯一のバンパイアの種族である【ラストバンパイア】を選択することにしたのだ。この渋屋区の制圧が終われば残るは羅刹とかいう親玉鬼がいる新塾区だ。このまま面倒なく上手く運べばいいんだがな……。ぼんやりとそんなことを考えながら、俺は人差し指で【ラストバンパイア】を押すと意識はゆっくりと闇《やみ》に沈んでいく。

「雪乃、何、カリカリしてんだよ？　さっきアキトもその気がねぇって言ってたろ？」

「カリカリなんて、してないもんっ！」

頬を膨らませてそっぽを向く。そんな子供っぽい仕草をしたことに羞恥心《しゅうちしん》と自己嫌悪が襲ってくる。これではまるで銀二の言うように、さっきの話題で動揺しているようだ。高校ではこんな男女の話など日常茶飯事《にちじょうさはんじ》だったが、今までこんなに動揺したことはない。これじゃほんとに雪乃がその人に嫉妬《しっと》しているようじゃないか！

「はいはい。でもな、お前はもっと素直になった方がいいと思うぜ」

そんな意味ありげな台詞を残して、銀二は大きな欠伸《あくび》をしながらあてがわれた寝室に入ってしまう。既に十朱も横のソファーに横になりいびきをかいている。もっとも、十朱の能力で一定範囲に敵意のあるものが侵入するとすぐに起きることができるらしいけど。

自分でも説明ができない陰鬱《いんうつ》とした気持ちを必死にごまかすように雪乃に当てがわれた寝室に行くが、いくらベッドに寝そべって目を閉じていても微塵も眠くならない。十数回寝返りを打つが眠れない。遂《つい》に諦めて部屋を出る。モヤモヤするのも、眠れないのも原因はアキトだ。ならば、アキトに話せばすっきりするはず。良くも悪くも雪乃は一度決めたことを曲げない。もちろん、一度それで失敗し大切なものを失っている以上、聞く耳は持つつもりだが、今回はそれには当たらないと思う。だから、とにかくアキトと話すべきだ。そうだ。そうすべきなんだ。

そう決断すると雪乃は部屋を飛び出し、アキトの寝ている部屋に飛び込み、

「アキト――」

叫び声は、アキトの全身を覆《おお》っている立体的な魔方陣らしきものと彼の前で佇立する怒りの仮面をした茶髪の男により妨《さまた》げられる。

「だ、誰、あなたッ⁉」

「くそっ！　夜叉童子のやつ、しくじりやがって！」

戦闘態勢に入る雪乃に、茶髪仮面の男は舌打ちしつつも、指をパチンと鳴らす。途端、アキトとともに茶髪男の姿は煙のように消失する。

「アキトぉっ！」

父を失ったときのような激しい焦燥が全身を駆けめぐり、窓から外へと飛び出していた。捜索を続けるが、アキトとあの茶髪仮面の男の姿は見当たらなかった。

「へー、この辺と報告を受けてはいたが、思わぬ収穫があったなぁ」

背後からの纏わりつくような嫌な気配に咄嗟に振り返ると、そこには白髪の美青年がポケットに両手を突っ込んで、佇んでいた。その薄気味の悪い笑みを一目見ただけで、背筋《せすじ》に冷たいものが走り、バックステップするが――。

「え？」

目と鼻の先に現れた白髪の美少年に頓狂な声を上げたとき、鳩尾《みぞおち》に激しい衝撃を感じて雪乃

の意識は失われる。

◇◆◇◆◇◆

「すまん、気がついたら、二人ともいなくなっていた」

珍しく憔悴《しょうすい》した表情で十朱は銀二に頭を下げる。

「らしくねぇぜ、十朱。今更俺に謝ってもどうしょうもねぇだろ。それより、お前の敵意のセンサーには引っかからなかったんだな？」

「ああ、自身の能力を過信しすぎた。これは俺のミスだ」

悔しそうに俯《うつむ》き気味にそう言葉を絞り出す十朱に、銀二は声をかけようとするが、

「邪魔するよ」

「っ!!?」

突如生じた気配。刹那《せつな》、十朱は左手でその気配の源《みなもと》の胸倉を摑み、持ち上げていた。銀二にはもはや視認することすらできなかった。十朱の奴、どこまで強くなっているんだ？

「アキトと雪乃はどこだ？」

右肘を引き絞り、静かだが有無を言わせぬ声色で十朱は茶髪仮面の男に尋ねる。

「話を聞け。僕は鬼だが餓鬼王に敵対するものだ。お前たちとやり合うつもりは毛頭ない」

「そんな戯言《ざれごと》、信じられるわけがないだろう！　もう一度聞く、二人はどこだ？」

十朱の瞳孔《どうこう》が縦に割れて口から火柱のようなものを吐きだしていた。ここまで怒り狂っている十朱は正直、初めて目にする。銀二も強い焦燥や憤りを感じているが、兄貴分の十朱がこうも取り乱すのを目にし、逆に冷静になってしまっていた。

「十朱、一度話を聞こうぜ。この状況で俺たちに偽りを述べる意義がねぇよ」

「しかしっ！」

「冷静になれって！　無抵抗な奴をいたぶるのがお前の流儀かよっ！」

「――っ!?」

十朱は胸倉を摑む左手を震わせていたが、茶髪仮面の男を床に放り投げると壁に寄りかかり両腕を組む。ここは銀二に任せる。そういうジェスチャーだろう。

「お前が知ることを全て話せ！」

「もとより、そのつもりだ」

茶髪仮面の男は口を開き始めた。

「するてぇと、全て偶然ってわけか？」

「そうだ。我らは彼の眷属である【蝿王】ベルゼビュート殿の依頼で、彼の覚醒を促《うなが》しているにすぎぬ。そこをあの少女に見つかり、異空間にアキト様をお連れしたまで。我らに、彼に危害を加える意思は微塵もない」

「【蝿王】ベルゼビュート？　アキトの覚醒？　十朱お前知っているか？」

「ベルゼビュートには心当たりがある。アキトの部下を名乗る鬼沼とかいう危険な男のことだろう。もっとも、アキトの覚醒とかいうのは初耳だが……」

ようやく剝《む》き出しの敵意を消して十朱は無精髭を摩《さす》りながら、返答する。大体の事情はわかった。敵に彼を覚醒させたいと懇願されてそのまま銀二たちが信用するわけがない。特に心配性の雪乃あたりが烈火のごとく反対するだろうし。だから、一時的に儀式を継続するためにアキトを異空間とやらに収納したが、雪乃が慌てて周囲を捜索し、敵に捕縛されてしまった。そんなところだろう。銀二は【鬼神《おにがみ》】、十朱は【八岐大蛇】というAランクの怪物にまで進化しているが、雪乃だけはCランクで進化が止まってしまっていた。敵には無力だろう。すぐにでも救出に行かなければ万が一もあり得る。

「アキトは無事なんだな？」

「言ったはずだ。アキト様は我らが神になる御方。危害を加えるなど考えるわけがあるまい。それにあんたらはベルゼビュートの恐ろしさを全くわかっちゃいない。あれに敵対するなど少なくとも僕は御免《ごめん》だ。何より、僕らには助け出さなければならない奴がいる」

助け出さなければならない奴か。こいつの説明ではおそらくアキトが参戦する目的となった人物。偶然にも、アキトと目的が一致したってわけか。

「わかったぜ。お前たちは俺たちの敵じゃない。信じていいんだな？」

「もちろんだ。悪螺王は弱者をいたぶるのが趣味のような奴だからな、雪乃という少女が危険だ。こちらに作戦がある。上手くいけば戦いを避けることができるかもしれん」

「いや、奴は俺を怒らせた。雪乃を保護してくれ。あとは俺が全て終わらせる」

十朱は右の掌を向けると噛みしめるように宣言する。

「悪螺王は羅刹の側近。我ら三本指以上の強さを持つ。まともにやり合うのは危険だぞ?」

「雪乃の保護を頼む」

笑顔でただそう口にする十朱。この表情を見せたからにはもう何を言っても聞き入れまい。

「しかし――」

「必要ねぇよ。十朱が大丈夫って言ってんだ。悪螺王とかいう奴は破滅だ。俺たちは雪乃の保護に尽力しようぜ」

茶髪仮面、茨木童子の右肩を摑んで首を左右に振ると、少しの間銀二の顔を凝視していたが、

「どうなっても、知らんぞ」

投げやりに叫ぶと彼は両腕を組んで近くの椅子に腰を下ろしたのだった。

◇◆◇◆◇◆

「やっほー、起きたぁ?」

妙に弾《はず》むような声に瞼《まぶた》を開けると、悪趣味な髑髏《どくろ》の装飾のなされた椅子にふんぞり返っている白髪の青年が視界に入る。その周囲には真っ白な服を着た男女が規則正しく整列していた。

「あなたは?」

「私は鬼神、羅刹様の第一の僕《しもべ》、悪螺王。別に覚えなくていいよ。どうせ、余興《よきょう》の後、死んじゃうからさぁ」

「誰が――」

起き上がろうとするが、何か透明なもので全身を雁字《がんじ》搦《がら》めに拘束されているかのように、ピクリとも動けない。

「さーてお立ち合い。ここに哀れなカップルがおりました」

両の掌をパンパンと叩くと、白服たちはコーラスを歌い、奥の部屋から恋人同士と思しき男女を連れてくる。悪螺王は震える男女に前かがみになると、

「今から君たちの愛を確かめるための試練を与えまーす。それで殺し合いなよ。君らの一人だけ助けてあげーる」

ナイフを二人の前に放り投げる。

「そ、そんなことできない！」

「だったら、二人とも死ぬだけさ。私はどっちでもいいから、好きに選んでよ♬」

歌うように楽しそうに悪質極まりない台詞を紡ぐ。男性は震える手でナイフを拾うと、

「亜由美《あゆみ》っ！　生きろ！」

そう叫び、悪螺王に切りかかる。首に線が走り、ゴトリと頭部が床に落下し、糸の切れた人形のように胴体も倒れ込む。女性は呆けたような顔で絶命した恋人を眺めていたが、

「いやあぁぁぁぁっ――――!!」

「やかましいなぁ」

絶叫を上げる女性に、不快そうに悪螺王は顔を歪めると右手を挙げた。

「やめ――」

雪乃の制止の声が終わる前に白服どもが動き、粉々の肉片となって飛び散る女性。

「どうしてぇ……？」

「うん？」

「どうして、こんなひどいこと、できるの？」

愛し合っている二人を殺す？　それはダメだ。どうやっても受け入れられない。

「決まってるじゃないかぁ。楽しいからさぁ」

「人でなしっ！」

「うーん、その通りぃ。それは最高の誉《ほ》め言葉さぁ。それより、次は君だよぉ。どうしようかなぁ。泣き喚くのをゆっくり切り刻むのもいいなぁ。いやいや、それよりも君のようなタイプはこんな趣向の方がより残酷かもねぇ」

悪螺王がパチンと指を鳴らすと、白服たちは隣の部屋から今度は涎《よだれ》を垂らし、白目を剝いている男性を複数連れてくる。

「うまい具合に理性を飛ばしてあるからさぁ、死ぬまで可愛がってもらいなよぉ」

「ふ、ふざけないでっ！　誰がそんなこと――」

「なら手伝ってあげるぅ」

悪螺王は顔を醜悪に歪めつつ、十本の指を動かす仕草をする。途端、雪乃の全身が発条《ばね》仕掛けのように立ち上がり、自身の上着に両手をかける。

「や、やめてよぉッ！」

雪乃は悲鳴のような拒絶の言葉を吐くが、身体はまるで自分のものではないかのように勝手に動き、上着を床に脱ぎ捨てた。

「やだ！　やだ！　やだ！　やだぁぁぁ――――!!」

駄々っ子のように叫ぶも、指先一つ自らの意思で動かすことができない。ただ、まるで雪乃の心を体現するかのように涙だけが目尻《めじり》からゆっくりと零《こぼ》れ落ちていた。

（私ってこんなのばっかだ……）

大好きだった父を失うトリガーを引いてしまうし、今回も真っ先に十朱や銀二に知らせるべきだったのに勝手に暴走し、捕らえられてしまい、今、こんな目にあっている。まるで蟻地獄《ありじごく》の巣に落ちた蟻のように、雪乃がもがけばもがくほど状況は悪化していく。

（もういいよね。お父さん。私、頑張ったんだよ）

そんな諦めにも似た感情が胸を支配したとき、突如、周囲の風景から色が消える。

――本当にそれでいいの？

眼球だけ声がした方に動かすと、脇には一匹の雪のように真っ白な小虎《ことら》がチョコンとお座りして雪乃を見上げていた。

（いいよ。もう、私疲れたし）

──諦めるの？　諦めれば君は二度とあの人と触れ合う機会を失う。幾年もの果てにようやく叶《かな》った悲願、それを君は自ら捨てるつもりなの？

（彼？）

──やれやれ、そこからかい。いい加減、自分を偽るのはやめなよ。わっちは君、君はわっち。わっちに今更嘘を言ってどうするの？　滑稽もいいところでしょ？

（何が、言いたいの⁉）

──君はとっくに思い出しているはず。

（わ、私、知らない！　知らないっ‼）

──まったく、強情《ごうじょう》なわっちね。いいよ。少しだけ見せてあげる。

景色が変わる。肉の焼ける臭いに、断続的に上がる爆発音。

雪乃はすでに事切れかけている狩衣《かりぎぬ》姿の男性を抱きしめながらその名を叫んでいた。

「あー、負けちまったな、こりゃぁ」

雪乃の腕の中の男性が、今も空を覆いつくす鬼たちを眺めながらもボンヤリと呟いた。

「主様《あるじさま》ぁあっ──‼」

喉から吐き出される声。そして──。

「小虎、無事だったか……あいつらは？」

泣きながら首を左右に振る。

「そうか……」

あの人は一瞬顔を苦渋《くじゅう》に染めると立ち上がり、右手の掌をかざす。雪乃の全身から光が漏れて、額の印が消滅した。

「小虎、お前との契約を解除した。すぐにこの地を去れ」

「やだぁっ!!」

泣き出す小虎の頭を笑顔で優しく撫でると、あの人は今も空に漂う鬼どもを見上げ、

「さあーて、お立ち合い、この芦屋道満《あしやどうまん》、人生最後の大秘術、どうぞじっくりとご覧《らん》あれ」

一礼し印《いん》を結んでいく。あの人から濁流《だくりゅう》のように溢れる紅の魔力。それらが夜空に満遍《まんべん》なく広がり、空を覆い尽くす。

「咲夜《さくや》、お前の仇《かたき》、討《う》とうと気張ったんだが、どうやら俺では力不足のようだ。だから、せめてお前との約束は守るぜ」

紅の魔力は無数の円となり、寄り集まり、そして一つの巨大な円となり、聳《そび》え立つ巨大な門の上空で回転していく。

「鬼の親玉よぉ。あいつの命を奪って作ったそのありがたーい門の効力、奪わせてもらったぜ。だが、そう残念がるなよ。いつかその門が開き、お前らが駆逐《くちく》される時が必ずくる」

あの人の指先が先端からサラサラと風化していく。そしてそれは次第に全身へと広がっていく。

「清明《せいめい》、璃夜《りよ》を頼むぞ」

そしてあの人は小虎に視線を向けて、

「小虎、最後まで俺の我儘《わがまま》、付き合ってくれてありがとよ」

最後にそう笑顔で告げるあの人にいつものように駆け寄り、

「あ、主様っ」

抱きしめようとするも、雪乃の両腕から砂となり流れ落ちてしまう。

「嘘だ……嘘だぁぁぁ」

夜空に向けて獣のごとき絶叫を上げたのだった。

風景が元の部屋へと戻る。

――どう？　思い出した？

(うん、少しだけだけど)

――そう。ならば、もういいよね？

(ん、私のやるべきこと、知っている)

『明石雪乃の種族――青龍が種族覚醒条件を満たしました。明石雪乃の系統樹がノーマルからレアへと移行いたします。強制進化を開始致します』

この天の声に呼応《こおう》するかのように、雪乃の角が消えて白縞《しろじま》の耳へと変わり、九つの尾が生える。同時に雪乃と男たちの頭上についていた糸を引き千切る。糸の切れた人形のように床に転がる白目を剝いた男たちを尻目に、白服の鬼どもに向けて両手の爪を振るうとそいつらはバラバラのブロック状の肉片まで分解される。

「なッ!?」

床を蹴り上げて驚愕の声を上げる悪螺王まで接近し、その顔面を爪で引き裂いた。断末魔の声とともに頭部がバラバラに切断される悪螺王。

「驚いたな。まだ人型とはいえ、あの悪螺王に勝利するとは……」

雪乃は怒りの仮面を着用した茶髪の鬼に支えられる。そして——。

「雪乃、後は俺たちに任せろ。おい、俺たちの大切な妹にやってくれたよな」

銀二が額にいくつもの太い青筋を立てながら、剣先を向けて吠《ほ》える。

『茨木ぃ！　貴様ぁ、羅刹様を裏切ったなぁッ！』

頭部がバラバラとなった悪螺王が怨嗟《えんさ》の声を上げると、その全身がボコボコと泡立《あわだ》ち変貌していく。そして頭部から二つの角、背には真っ白な翼、そして顔には白色の包帯が巻かれた青年が、同じく白色の竜の体を自分の周囲に巻きつかせつつ立ち上がる。そして双眼を真っ赤に充血させせながら、

『裏切者に下等生物どもぉっ!!　仮初《かりそめ》の肉体とはいえ、このサマエルを傷つけた愚行、骨の髄《ずい》まで思い知らせてやるよぉ!!』

鬼神サマエルは怨嗟の声を上げる。

「十朱、雪乃は無事保護したぜぇ。は？　離れろぉ？　ちょ、ちょっと待てって！」

銀二のどこか悲鳴じみた声は、ビルを揺らす地響きと耳を劈《つんざ》くような轟音《ごうおん》によりかき消される。それは一匹の大竜が制圧を始めた瞬間だったのだ。

茨木童子の案内のもと、十朱は悪螺王がいるとみられる商業ビルの前まで行き待機する。作戦は単純明快。銀二が雪乃を保護した後、奴らに十朱が総攻撃をかける。ビルの前には悪螺王の部下と思しき白服の鬼たちが千体以上いるのだ。当然茨木童子はこの作戦に難色を示したが、押し通させてもらった。

◇◆◇◆◇◆

(妙な感じだ)

Aランクの【八岐大蛇】へと進化して黒白がはっきり認識できるようになった存在。

――悪を許すな！

繰り返し、静かに怒りに身を焦《こ》がしながら、十朱を闘争へと誘ってくる。

十朱は消防官であった父の後ろ姿を見ながら育った。父は曲がったことが嫌いな昔気質《かたぎ》の消防官。火事に出向き要救助者を助ける父は、幼い頃からの十朱のヒーローであり、将来は同じ消防官になると決意していたものだった。そんな父もあの未曽有《みぞう》の人災――大規模爆破テロ事件の消火活動に駆り出されて命を落とす。その時からだと思う。何かが十朱の耳元で〝悪を断罪せよ！〟と囁くようになったのは。そして、初めは薄《うっす》らとしたものだったそれは、次第に大きく十朱の本質を形成していく。大学の恩師の勧《すす》めで警察官になってからは、さらにその気持ちはエスカレートしていく。そしてそれは、種族決定の日を経《へ》ても大筋では変わらない。そのはずだった――。

——今度こそ家族を救え！　あいつの力になれ！

十朱の傍で今やはっきりとした姿で八つ頭を持つ竜が叫び続けている。その内容は、以前の悪憎しとは性質そのものが違う。そしてそれは以前とは比較にならないほど激烈なものだった。

——砕け！　潰せ！　捻じれ！　壊せ！　今度こそあいつの役に立つために！

（そう急かすなよ、わかってるぜ）

自分自身の内に眠る竜を宥めるべく語りかけたとき、

『十朱、雪乃は無事、保護したぜ』

銀二たちによる救助の報告。彼らへの避難の指示の後、十朱は今まで押さえつけていた暴《ぼう》虐《ぎゃく》の感情を解き放つ。

『ちょ、ちょっと待てって！』

どこか泣きそうな銀二の声を契機に十朱は種族特性である【大蛇化《オロチ》】を発動する。

視界が紅に染まり、筋肉が、骨格が、本来あるべき姿を取り戻していく。

『グオオオオオオォォォォォォッ!!』

あらん限りの咆哮を最後に、十朱はなけなしの理性を手放した。

◇◆◇◆◇◆

悪螺王サマエルは鬼神羅刹の側近《そっきん》であり、その強さは鬼界の五鬼神を除けば最強を誇る。茨木童子であっても真正面から衝突すれば敗北必至《ひっし》の鬼王だったのだ。

『ぐかかっ……』

ビルは跡形《あとかた》もなく崩壊し、その場所を中心に巨大なクレーターが形成され、その中心にはサマエルが仰向けに横たわり、ピクピクと痙攣《けいれん》していた。四肢を失い、内臓も潰れ、顔の半分が抉れてしまっている。サマエルは決して不死ではない。あれはもうじき事切れる。

その超巨大な竜はその八本の頭部をサマエルに向けると、大口を開く。

（ま、まだやるつもりか）

結局、あの化け物竜の圧勝。戦いすら成立しちゃいなかった。サマエルは必死な形相であの巨大な化け物竜から逃げ惑っていただけだ。

「マ、マズい！」

十朱の八つの口腔《こうこう》内に生じたエネルギー体。それを目にした銀二が焦燥に満ちた声とともにさらに上空への退避を試《こころ》みる。次の瞬間、八色の閃光《せんこう》が走り巨大な竜巻《たつまき》が巻き上がり、茨木童子たちは吹き飛ばされた。

「む、無茶し過ぎよ。保護した人とかもいるんだよ！」

雪乃が九つの尾の力により張った結界の中で口を尖《とが》らせて非難の言葉を叫ぶ。

「雪乃の進化がなければ、これ全員ただじゃすまなかったぜ、きっと……」

銀二も呆れたような声色で肩を竦めつつ、そうぼやく。

「まさか、これほどまでだとは……」

茨木童子はこの惨状に、思わずそんな言葉を漏らす。地上には深い大穴が開き、今も電流がバリバリと帯電している。こんなのは、完璧に鬼神クラスだ。狐面の男の仲間すらこれだ。あの狐面の男はこれ以上の可能性が高い。もしかしたら、茨木童子は大きな思い違いをしていたのかもしれない。

『茨木童子様、術法が完了しました！』

丁度《ちょうど》そのとき、夜叉童子の叫び声が頭の中に響き渡り、一連の事件は最終局面を迎える。

◇◆◇◆◇◆

西暦945年、延喜《えんぎ》42年——安部《あべ》家の屋敷。

「芦屋《あしや》、引き受けてくれぬだろうか？」

狩衣を着こなす美青年が俺に頭を下げる。

「あのな、護衛《ごえい》なら他にも適任者が腐るほどいるだろうが」

少なくとも陰陽寮でも評判が最悪な俺に実の妹の護衛を任せるなど、正気の沙汰ではない。

「お前ほどの術師は外には知らぬ。咲夜が敵の手に落ちれば、この日の本、いや、我ら人間という存在そのものが終わる。頼むこの通りだ」

「お前の妹が悪鬼《あっき》の軍が通る門の鍵ね。それってどこの情報だよ？　そんな荒唐無稽で眉唾物《まゆつばもの》の話、だれが——」

「オイラでおじゃる」

振り返ると、透明な羽を生やした文官束帯《そくたい》姿の二十歳《はたち》程の女が扇子《せんす》で口を隠しながら、佇んでいた。

「あー、桜《さくら》の婆さんか」

「ば、婆さんだと、まさかとは思うが、それはオイラのことかね？」

ピキッと蟀谷《こめかみ》に青筋を立てて、扇子で俺の肩を叩く。

「まあ、軽く１００年も生きてれば十分ババアだろ？」

「阿呆！　ヌシら人間の基準で考えるなよ！　我ら妖精にとって１００年などまだまだ若造《わかぞう》だい――でおじゃる」

「そうかよ」

この芝居《しばい》がかった、口調に一貫性のない女は桜、自称妖精とかいう大陸の妖《あやかし》だ。もっとも、実際に物《もの》の怪《け》とみなすと烈火のごとく怒るという、とびっきり面倒な奴だったりする。

だが参った。こいつが言っているとなると俄然《がぜん》、真実味が増してくるぞ。

「その悪鬼とやらは強いのか？」

「強い。相手はかの六道王の一柱――餓鬼王の眷属でおじゃる。かの六道王に抗えるのは、同じ六道王のみ。かの王の眷属でもなければ抗う術《すべ》などない」

「餓鬼王、御伽噺《おとぎばなし》に出てくる悪鬼の神様か。途端に胡散臭《うさんくさ》くなったな」

「むしろ、オイラは仮にも陰陽師のヌシが信じぬことに驚愕なのだがね」

「そうかよ。なら、詳《くわ》しく話を聞かせろ」

「では！」

暗い顔をパッと輝かせる清明に、大きく息を吐きだすと、

「勘違いするなよ。話を聞くだけだ」

毅然《きぜん》とした態度で宣言した。


「胡散臭いのじゃ」

訝《いぶか》しげに形の良い眉を顰める十二単《ひとえ》を着た黒髪の美しい女。長い黒髪に目鼻立ちが完璧なまでに整っている美しい容姿に、小柄だが女性らしい体つき。確かに都で噂になるだけのことはあるな。

「咲夜！」

清明にとがめられるも、〝だって本当なんじゃもん〟と呟くと、口を尖らせてそっぽを向く。

「別に構わん。いちいち、童《わらべ》の言動に動揺する俺ではない」

なにせ、いつも言われているしな。

「わ、童？　妾はもう15じゃぞ！」

「餓鬼じゃねぇか」

「ぐぬぬっ！　兄様、こんな無礼な奴との共同生活など妾は絶対に御免じゃ！」

立ち上がり、俺を指さして声を張り上げる。

「俺も後免だね」

うむ、実に都合がいいぞ。これで俺もお役御免だ。

「駄目だ。咲夜、これは当主としての私の命。従いなさい」

清明に笑みを向けられ、黒髪の女、咲夜は頬を膨らませたまま、そっぽを向く。やっぱり餓鬼じゃねぇか。

「芦屋、君も一度引き受けると言ったんだ。漢《おとこ》に二言はないんだろ?」

「いや、引き受けるもなにも、俺の借金まで引っ張り出してきて脅迫《きょうはく》してきたんだろうが!?」

「やりなさい」

笑顔で命じてくる清明に、

「「はい」」

俺と咲夜が即答する。どうにも、清明は昔からやりにくいんだよ。いいさ。どの道、他に特段やることなどないんだ。

「よろしくな」

「……」

そっぽを向いたまま咲夜は渋々《しぶしぶ》、小さく頷いた。

我が儘娘との奇妙な同居生活に慣れてきたとき、家族が増える。それは、咲夜に外に連れていけと催促《さいそく》されて屋敷の外へと出たときだった。咲夜の手を引いて人集《ひとだか》りをかき分けると、頭からすっぽり頭巾《ずきん》を被った餓鬼を取り囲む数人の大人たちが視界に入る。

「なんの騒ぎだ？」

まあ、こいつらは禁止令が出されている獣肉《じゆうにく》の売買屋。大方、盗もうとしてとっ捕まったんだろう。

「あー、芦屋の旦那《だんな》、この化け物が売り物を盗んだんでさぁ」

「化け物？」

眉を顰めて餓鬼の頭巾をとると、チョコンと出ている触覚《しよつかく》。俺を睨みつけてくる両眼も複眼《ふくがん》だった。こいつは虫系の妖魔の類《たぐい》だろう。今のこの都では別段珍《めずら》しいことじゃない。特に陰陽師はこの手の妖魔を使役《しえき》して力を得る商売なわけだしな。

「のぉ、道満《どうまん》！」

袖《そで》を引っ張られたので顎を引くと、咲夜は目を輝かせて妖魔の餓鬼を見つめていた。

「ああ、わかってるさ」

どのみち、このまま放置しておけばこの餓鬼は殺される。俺は餓鬼を見殺しにだけはせぬと心に誓っている。

「ほれ、こいつが盗んだ食料の金だ。これで足りるだろ？」

盗んだ獣肉の料金を屈強な売屋《うりや》の男に払う。

「あっしらは構いませんがね。旦那も相変わらず変わっていやすねぇ。こんな異形の化け物、本来処分、一択でしょうに」

「何を言う！　こんな幼げな童を処分じゃとぉッ!?　そんなの妾が絶対に許さんぞっ！」

唾を飛ばして喚く咲夜の頭を撫でて宥《なだ》めながら、俺はしゃがみ込んで餓鬼に目線を合わせる。

「餓鬼、俺と眷属契約しろ。そうすれば、お前は俺の家族だ」

安心させるようにできる限り力強く促《うなが》したのだった。


さらに、仲間《家族》が増えた。

「わっちの主様に、くっつくなっ！」

咲夜を縞模様の耳と尻尾《しっぽ》を生やした少女が押しのけて両腕を広げてフーと威嚇《いかく》する。こいつは小虎。山で瀕死《ひんし》の重傷を負っていた化け虎の子供を気まぐれで育てていたら、あら不思議、こんな娘の姿になっちまった。この都を中心とする主要都市部では妖や物の怪は、式神《しきがみ》契約をしてないと滞在が許されていない。小虎も俺の式神だ。

「だ、誰がそんな唐変木《とうへんぼく》にくっついた！　道満が妾にくっついていたんじゃ！」

「よ、よりにもよって、あ、主様がお前なんかに――」

ヒステリックな声を上げて、取っ組み合いを始める小虎と咲夜。こんなときに仲裁《ちゅうさい》に入る俺たちのできた息子、雨彦《あまひこ》は今、清明の奴と都を震撼《しんかん》させている悪鬼の対策の話し合いに行っており、この場にはいない。ちなみに、雨彦とは過去に禁制の獣肉を盗んだ餓鬼のことだ。契約後、俺が引き取り、陰陽術を覚えさせたらメキメキと実力をつけ、今や清明の懐刀《ふところがたな》のような存在になりつつある。あと、役に立ちそうなのは、刀《かたな》を抱えて壁に寄りかかっている鬼のこいつだ。切実に助けを求める視線を送るが、ガン無視される。

「おーい、酒呑くーん」

必死の形相で両手を合わせると、鬼は大きく息を吐きだし、

「小虎、食料調達に行くぞ」

立ち上がり、小虎の襟首《えりくび》を掴むと引きずっていく。あいつは、酒呑童子。都の南の廃墟一帯を根城《ねじろ》にしていた鬼の頭領だ。清明に討伐を依頼され出向いて何度か死合《しあ》った。互いに数度瀕死の重傷を負った後、負けた方が家来になるという賭けをして俺が勝利し、俺の式となったってわけだ。

「なあ、道満?」

「ん?」

「もしその門が開かぬとわかったら、道満はここを出ていくのか?」

咲夜がこいつらしくない真剣な表情で尋ねてくる。

「ああ、俺がこの屋敷にいるのはお前の護衛だ。護衛をする必要がなくなれば出ていくさ」

まるで自身に言い聞かせるように返答する。

「そうか……」

咲夜は俯き気味で己の胸を抱きしめるようにしていたが、顔を上げると、

「早くそうなればいいな」

にこやかに微笑みながら、そう口にした。

「はあ？　オロチ討伐に、こいつも連れてけと？」

咲夜は足手纏《あしでまと》い扱いされたのが不服なのか頬を膨らませていた。

「うん、咲夜は、君ほどではないが一流の陰陽師。特に回復系と封印《ふういん》系の術は私よりも優れている」

「そういう問題じゃねぇ！　相手は秋涯《あきがい》の奴の軍を全滅させたほどだ。相当、厳しい戦いになる。それわかって言ってんのか？」

「まあね。少なくとも彼女がこの都にいるよりは安全。私はそう考えている」

清明のこの様子、絶対にわけありだ。清明の奴、内通者を疑《うたぐ》っているな。

「しかしだな――」

「この戦《いくさ》に勝てば、君の位《くらい》は従五位へと上がる。そうなれば君も晴れて貴族だ。そうなれば、咲夜との婚姻《こんいん》も可能となる」

「はあ？　婚姻？」

頓狂な声を上げる俺と、

「に、兄様、それはどういう？」

身を乗り出し、その意を尋ねる咲夜。

「そのままの意味さ。咲夜、君は嫌かい？」

「嫌というか……でも、妾がこの野獣と結婚だなんてそんな……」

全身を真っ赤にして、両手を忙《せわ》しなく動かしながらゴニョゴニョと呟く咲夜に、清明は優雅《ゆうが》にクスッと笑う。

「うんうん、二人とも乗り気でよかったよ」

「乗り気じゃねぇよ！」

「乗り気じゃないのじゃ！」

見事に重なる俺と咲夜に、清明は頰を緩めつつ、

「本当に君ら、いつも仲がいいねぇ」

到底あり得ぬ感想を述べやがった。


場所は上総国《かずさのくに》の何もない平野。そこに八つの頭部を有する竜が鎮座《ちんざ》している。とりあえず、滅茶苦茶強そうだよな。

『弱き者どもよ、ここは俺の縄張《なわば》りだ。去れ』

八つの首を持つ竜は、面倒臭そうにかつ、偉そうに宣《のたま》ってくれた。

「父上、この身の程知らずの蛇、あっしがやるでやんす」

雨彦がさも不快そうに懐《ふところ》から呪符《じゅふ》を取り出すと、

「雨彦、出しゃばらないでよっ！　主様を侮辱《ぶじょく》したこいつはわっちがやるのっ！」

「とっとと殺そう。たまには蛇も酒の肴《さかな》に合うかもしれん」

小虎が犬歯を剝き出しにして叫び、酒呑も刀の先を奴に向ける。まったくこいつらの短気具

合はどうにかならんもんかね。

「妾が術で抑えつけるから、その隙に殺《や》るのじゃ！」

咲夜、お前もか。それに、せっかくの策を口にしてどうする……。

おバカな家族たちの言動に怒りだすかと思ったが、竜は興味なさそうで視線すら合わせようとしない。こいつの目、似ているな。うむ、少々、こいつに興味が湧《わ》いたぞ。

「ここは俺が処理する。お前らは少し下がってろ」

俺の有無を言わせぬ指示に各々拒絶の言葉を吐くので、ギヌロと一睨みすると、雨彦は肩を竦めて懐から本を取り出して読み始め、小虎と咲夜はいじけてしまう。酒呑は近くの岩に背中を預けて酒を飲み始めた。こいつらって本当に予想を裏切らぬな。

「お前、今、退屈なんじゃね？」

初めて奴が、こちらに眼球だけを向けてくると、

『なぜそう思う？』

静かに尋ねてきた。

「俺がそうだったからさ」

俺も都の上品なお坊ちゃんたちとそりが合わず、ある事件をきっかけに陰陽寮を飛び出した口だ。若気《わかげ》の至りで、あの頃は強さを追い求めているつもりでいたが、結局俺は退屈していただけだった。悪鬼退治《たいじ》の依頼を受けてそれを仲間たちと解決し、夜には皆で酒を飲む。そんな日常は強さにこだわる生き方と似ているようで全く別物だ。それに気づいてから俺はカラカラ

の渇《かわ》きから解放されたんだ。

『失《う》せろ。俺は弱き者には興味がない』

遂に怪物は、瞼を固く閉じてしまう。

「勝負をしよう。お前に俺が勝ったら、俺の子分になれ」

俺は、大声で宣戦布告したのだった。

それから数週間、俺たち二人は戦い続け、

「俺の勝ちだ」

『ふん、俺の負けだ』

「今日からお前は俺の子分だ」

こうして俺はまた新たな家族を得た。

結局、オロチを退治しきれなかったことで当然、俺の昇進はなくなる。それから四年が経《た》ち、俺たちは民衆から悪鬼の情報を集めそれらを狩る。それを繰り返していた。四年は長く、俺たちと咲夜との関係も次第に変わっていく。特に最近、咲夜とは行動をともにしないことも増えた。それでも、一応、護衛として俺たちのいずれかが咲夜の傍にいるようにはしているから問題はあまりない。本日は清明に屋敷まで呼び出されて咲夜の婚姻話が持ち上がっていることを切り出される。

相手は不明だが、相当位階の高い貴族だそうだ。

「道満、お前本当にいいのか？」

清明が神妙な顔で尋ねてきた。

「いいもなにも、咲夜もとっくに適齢期だしな。まさかずっと独り身ってわけにもいくまい」

餓鬼の頃とは違う。咲夜は都一の絶世の美女。この手の浮いた話はない方がおかしい。

「お前がいいなら、私は止めん。この縁談《えんだん》、安部家にとっても良い縁談なのには違いないから」

「話はそれだけか？　なら、俺はもう行く」

座敷から立ち上がり、部屋を出ようとしたとき、

「道満、お前、もう少し素直になれ。でなければきっと後悔するぞ？」

普段温和な清明のいつにない鋭い言葉に、なぜか俺は後ろ髪を引かれるような戸惑いを感じていたんだ。


現在、いつものように俺と雨彦、酒呑、オロチの四人で酒を飲んでいる。小虎は咲夜の護衛中だ。最近、二人はやけに仲がいい。最初はあんなに反目し合っていたのに、関係ってのは変わるものだな。

「父上、母上は三日後、安部の屋敷で婚姻の儀だそうです」

雨彦の言葉に棘《とげ》がある。わかっている。こいつにとって、俺たちは父親と母親に等しい。その一方が結婚するというんだ。心中複雑ってもんじゃないだろうさ。

「うんうん、あのチンチクリンが遂に婚姻か。感慨《かんがい》深いものがあるな」

巨漢の男が酒をまるで水でも飲むかのように、ご機嫌に喉奥に流し込んでいた。こいつはオロチ。式《しき》化し人の姿となったものだ。あの廃人《はいじん》のような姿から一変、今や俺たちの中で一番好き勝手放題、人生を謳歌《おうか》している。

「同感だな。だが、少し寂《さび》しい気もするがね」

相槌《あいづち》を打ちつつ酒を飲む。

(味がしない……)

酒も肉も味がわからない。こんなことは随分なかった。道に迷い、死ぬほど退屈していたあの時以来か。おいおい、この俺があのチンチクリンの婚姻にそれほど動揺してるってのか？ないな。ないない。俺にとってあいつは、護衛対象。それ以上でも以下でもない。

「あっしも、母上が幸せならそれでいいんです。ですが、今回は相手が相手です！」

雨彦が怒りを滲《にじ》ませつつ、右拳を机に叩きつける。

「道満、お前、咲夜の相手について聞いているのか？」

今まで基本話を聞くだけだった酒呑が初めて口を挟んでくる。

「いんや。清明の奴が話さなかったからな。殊更《ことさら》、聞いちゃいねぇよ」

(お前という奴は……確かにこれは聊《いささ》か骨が折れそうだ)

酒呑は顎に手を当てて独り言ちていたが、

「次期陰陽頭《おんみようのかみ》の筆頭と目される——八神不知火《やがみのしらぬい》、だそうだ」

「はあ？　あの呪術《じゆじゆつ》趣味のくそ野郎か!?」

うな奴。

「そのようだな」

八神不知火、俺が陰陽寮を追われる理由となった人物。貧民《ひんみん》の餓鬼を買って、新呪術の研究に使っていたクサレ外道だ。陰陽師や貴族に対しては受けがよかった。だが、奴は根っからの陰陽師。陰陽術の真理に繋《つな》がるとされる六道王との接触にしか興味がない。そんな肥溜《こえだ》めのような奴。

「清明の野郎、一体何考えてやがる！」

八神不知火の醜聞《しゅうぶん》は、清明を始め貴族の称号を有する陰陽師なら誰でも知っている情報。なぜ、そんな奴との婚姻を受け入れようとするんだ？

「八神不知火の噂は俺も聞いたが、陰陽師ならさして珍しくもない。というより、陰陽師の模範みてぇな奴だ。むしろ、お前さんが変わってんのさ」

「ざけんな！　奴は餓鬼を呪術の道具に使ったんだぞ⁉」

そしてそれを問い詰めた俺に奴は、〝別に死んじゃいないし、大した後遺症も残らない。なぜ怒るのか〟、そう聞いてきたんだ。

「術の発展のためならあらゆることが許容される。それがお前ら陰陽師だろ？　そして咲夜も同じ陰陽師ってわけだ」

この吐き捨てるような酒呑の言葉は重く、そして鋭く俺の胸に突き刺さっていた。

「この都の生活も悪くはねぇが、俺たちはお前さえいれば、別にどこでもいいぜ」

俺と酒呑のやり取りを眺めていたオロチが、肉を口に頬張《ほおば》りながらぼんやりと口にすると、

「そうだな。だから、お前が決めろ。俺たち四柱《よにん》は最後までお前についていく」

酒呑童子もまるで嚙み締めるように言い放った。


二日目の晩、結局、俺はあいつの寝室へと来てしまっていた。咲夜自身が拒否すれば、妹に甘い清明のことだ。あっさりと婚姻の話は反故《ほご》にするかもしれんし。部屋に入ると、座敷の中心にチョコンと座る絶世の美女。既に皆が寝静まった時間で、月明かりだけの暗がりだ。正直、心臓が飛び出るほど驚いた。

「よ、よう」

咲夜は僅《わず》かに口の端を上げて俺を見上げる。その月明かりに照らされた姿は、信じられないほど美しく、そして彼女とは思えぬほど妖艶《ようえん》だった。

「道満、女中たちに気づかれる。その襖《ふすま》を閉めてくれぬか？」

「あ、ああ、すまん」

不覚にも見惚《みと》れていたのかもしれない。慌てて襖を閉める。それにしても、小虎はどうした？　咲夜が年頃だということで最近の咲夜の護衛は小虎が務めていたわけだが――。

「小虎は、今夜は外してもらっている」

俺の心のうちを読んだかのように咲夜は俺の疑問に答える。

「外してもらってるって、お前な……」

こいつ、今自分がどんな危うい状態にいるのかわかってんだろうか。桜の言が正しければ、相手は六道王の一角。しかも、最狂の神。咲夜はその人柱《ひとばしら》的存在として奴らにマークされている。護衛を外すなど自殺行為もいいところだ。

「道満が来ることはわかっておった。だから、心配はいらんのじゃ」

今回、こいつが無事だったのはただ運が良かっただけ。こいつまったくわかっちゃいないな。

俺は咲夜の前に胡坐《あぐら》をかいて座ると奴と視線を合わせる。

「だったら、話は早い。他なら誰でもいい。八神不知火だけは、やめておけ。奴は――」

「八神殿の噂なら聞き及んでいるよ。かの御仁《ごじん》からすれば、餓鬼王の人柱に指定されている妾も体《てい》のいい呪術の玩具《おもちゃ》じゃろう」

「はあ？　それ知ってんならなぜ受け入れる？」

咲夜はさも呆れたように肩を竦めると、

「八神家は、正三位《しょうさんみ》、上級貴族だ。拒《こば》めると思うておるのか？」

寂しそうに口にする。

「清明なら――」

「妾たちは陰陽師にして、安部家。兄様にも拒絶できぬことくらい、ぬしならわかっていよう」

過去のお偉い陰陽師が開発した術により、血により術を承継《しょうけい》することが可能となった。以来、陰陽師にとって血の承継は最も重要な儀式の一つとなる。陰陽師ならば女の幸せなど保障されるはずもない。なるほど、事情は大分読めてきた。あいつら、清明から聞いていやがったな。

大方《おおかた》、咲夜を俺に逃がさせる。それが目的だろう。清明は現在の陰陽頭。口が裂けても、咲夜を逃がせという指示は出せぬ。もし、それをしたとわかれば、最悪、安部家すらも取り潰しになる。家長として清明にはその選択は絶対にできない。その点、護衛の俺を雇っているのは桜だ。仮に俺が暴走したとしても責任を取らされるのはあいつのみ。桜は今、陰陽寮にとって守護霊的存在。厳罰《げんばつ》をくらっても、謹慎《きんしん》程度で済む。

もっとも、行動に移せば俺はお尋ね者だが、元より幼き頃からそんな生き方をしてきた。俺にはこいつら以外失うものなどないんだ。

「なら行くぞ。俺が逃がしてやる」

咲夜に右手を差し出す。

「……」

咲夜が婚姻を望んでいないのは知っていた。だからてっきり素直に頷くと思っていた。なのに、咲夜は無言で俺を見つめるのみ。

「どうした？　早く行くぞ」

「そなたについて行けばそなただけではない。妾もお尋ね者じゃ。兄様たち安部家も少なからず咎《とが》められるじゃろう。二度と安部家を名乗ることはできぬ。それは、この家、家族、全てを捨てることと同義なのじゃ」

「だが、このまま奴と結ばれれば――」

「わかっておる。だから確証が欲しい」

「確証？」

「うむ、そなたが妾とともに地獄に落ちてくれるという確証じゃ」

咲夜は立ち上がると、着物の帯を引く。たちまち女性らしい肉体が露《あらわ》となってしまう。

「な、な、な……」

言葉が上手く喉から出ない。ただ、目は彼女から微塵も逸《そ》らすことができなかった。

「道満、そなたの選択肢《し》は二つ。このまま部屋を出て妾を忘れるか、それとも、妾と契《ちぎ》りを結び共に落ちるかじゃ」

だが、咲夜の全身が小刻みに震えているのを認識し、なぜか突然笑いが込み上げてきてしまった。こいつは、まったく初めて会ったときから変わらない。どうしようもないくらい天邪鬼《あまのじやく》で、そして演技が下手くそだ。

「ごちゃごちゃ難しいこと言ってるが、要するに、俺に惚《ほ》れてるから抱いてほしい。そういうことだろ？」

「――っ!?　それは――」

今まで人形のような笑みを浮かべていた咲夜の顔が引き攣り、暗闇《くらやみ》でもわかるほどに紅潮《こうちょう》していき、反論を口にしようとする。俺はそんな咲夜の華奢《きやしや》な身体を抱き寄せると、開きかけた彼女の小さな唇を奪う。

「違うのか？」

唇を離して尋ねると、目尻に涙を溜めて、

「違わない！」

返答すると咲夜は俺の唇に自分の唇を押しつける。それを契機に俺たちは激しく求め合う。

咲夜を攫《さら》い俺たちの逃亡生活が始まり、7年が過ぎた。京から離れて北へ向かい、蝦夷《えぞ》に入る。蝦夷なら、朝廷の力も及ばない。蝦夷の族長と取引をして、相互の不可侵《ふかしん》を定める。そして森の中を一部切り開き、暮らし始めたんだ。

一際広い屋敷の倉庫から燃えるような赤色の髪の鬼が出てくる。

「酒呑、酒の出来具合はどうだ？」

「なかなかいい感じだぜ。この調子なら、蝦夷の奴に高く売れるかもな」

酒呑は都で学んだ酒の造《つく》り方を駆使《くし》して、新天地で酒を造っていた。奴にとって酒は命そのもの。断酒などあり得ぬ話なのだろう。そして余剰《よじょう》の酒は蝦夷の奴らと物々交換している。

「戻ったぞ！」

「戻ったぞぉ！」

巨軀《きょく》の男の声と、それを真似《まね》た幼女の元気な声。そして足音が近づいてくる。

黒髪の幼女は、俺を視界に入れるとパッと目を輝かせて、

「父様《ととさま》!!」

俺に飛びつくとその顔を俺のお腹《なか》に埋めてくる。

「璃夜《りよ》、狩りはどうだった？」

こいつは俺の娘、璃夜。もちろん、咲夜と俺の子だ。

「うん、大量だったよ！」

顔を上げるとオロチが猪《いのしし》やら兎《うさぎ》やらを担《かつ》いで立っていた。

「ご苦労さん」

「収穫の方はどうだ？」

「米の育ちもいい。今年もいい感じで冬を迎えられそうだな」

オロチの問いに頷いたとき、

「璃夜、帰ったようでやんすね」

「あー、雨彦お兄ちゃん！」

雨彦に璃夜はジャンピング抱きつきをするとそのお腹に顔を埋める。雨彦は頬をだらしなく緩めながら璃夜の小さな頭を優しく撫でる。俺たちの息子同然に育てられた雨彦にとって初めての妹だ。目の中に入れても痛くないほど日々可愛がっている。あまりに、甘やかしすぎるから、最近咲夜の小言が多いくらいだ。奥の部屋から前掛けをしている虎娘が出てくると、

「璃夜も帰ったなら、丁度いいわ。璃夜、雨彦、二人とも夕食の準備手伝って！」

「うんっ！」

「仕方がないでやんすねぇ」

元気よく頷く璃夜の手を引いて雨彦も台所へと消えていく。さて、俺はあいつに顔を見せてくるとするか。襖を開けて彼女の部屋に入ると額に汗して織物《おりもの》を織っている咲夜が目に入る。

「あまり、根《こん》を詰めるな。お前、そんなに丈夫じゃないんだからよ」

「うむ。じゃが、これは早く仕上げたいのじゃ」

その着物は璃夜への贈り物。なんでも特別な術式で編《あ》んでいて隠遁《いんとん》と退魔《たいま》の力があるそうだ。

璃夜は、咲夜の娘。咲夜の他では人柱の筆頭。この地に移り住んで、璃夜を身籠《みご》もっているのに気づくと、一心不乱に生まれてくる子供を守る方法の研究を開始した。それがようやく実を結び、今こうして、完成間近《まぢか》となっている。

「そうか。だが、もうすぐ完成だろ?」

咲夜を後ろから抱きしめると、彼女は作業の手を止めて俺に向き直り、思いつめたような表情で、

「ぬしに託《たく》したい術式がある。ずっと研究してきたとびっきりの封印術じゃ」

予想通りの言葉を口にする。

「いらん。不要だ」

「あくまで保険じゃよ。妾たち大人のためではない。璃夜のためじゃ。妾はあの子だけは幸せになってもらいたいのじゃ。あの子が苦しむ世だけは心底まっぴらじゃから」

「だからって――」

異を唱《とな》えようとするが、まるで運命に取り組むかのような咲夜の顔を目にし、喉に出かかった言葉を呑み込んでしまう。

「わかってほしい。妾たちの大切な宝のためじゃ」

舌打ちすると、俺は渋々頷き、

「だが保険じゃないぞ。お前を安心させる。そのためだけの理由だ！」

俺を強く抱きしめると咲夜は微笑を浮かべながら俺の耳元で、

「ありがと、なのじゃ」

そう感謝の言葉を述べた。


それから三日後、遂に璃夜の着物が完成し、今日はお披露目《ひろめ》会だ。

「ありがと、母様!!」

璃夜は身に着けた着物に、キラキラと顔を輝かせてウサギのようにピョンピョンと飛び跳ねていた。

「できる限りそれを外しちゃだめなのじゃ」

「うん！」

快活《かいかつ》に返答する璃夜に優しくその小さな頭を撫でる咲夜。咲夜もすっかり、いっぱしの母になったな。この家族との幸せな光景に胸がポカポカと温かくなる。多分、俺はこのときこのかけ替えのない日常がずっと続く。そう思ってしまっていたんだ。しかし、不幸というものは忘れたころにやってくる。そういうものだ。

それは本当にたまたまだった。俺は雨彦とともに蝦夷を離れて常陸国《ひたちのくに》へ日用品や、咲夜が研究で使う術具の材料の調達に出かけており、オロチと酒呑は稲作《いなさく》に出かけていた。

そんな中、近くの村落で落石事故が起きて多数の怪我人《けがにん》がでる。救助の手助けを求められた咲夜は二つ返事で了承し、璃夜に留守番を任せ、小虎と二人で向かってしまう。そして村に到着するとすぐ、黒装束の者どもに囲まれた。奴らがただの盗賊《とうぞく》程度なら小虎一柱で難なく撃退できていただろう。しかし奴らは小虎を知り尽くしている陰陽寮の陰陽師どもだった。数十人の陰陽師に足止めをくらい、咲夜は捕縛され連れ去られてしまう。蝦夷に戻り、意気消沈した小虎から詳《くわ》しい話を聞いたのは、咲夜が連れ去られて4日後のことだった。オロチと酒呑童子が咲夜を奪還《だっかん》すべく既に都へ向かっていると知り、璃夜と雨彦、小虎を連れて俺も都を目指す。

都に到着してまず、先行していたオロチたちから情報を得る。どうやら、都の陰陽寮は現在、上を下への大騒ぎになっているそうだ。咲夜を攫ったのは陰陽寮の連中。ならば、一番事情を知っていそうな奴に会うことにした。

「八神不知火たち陰陽寮の半数のものが裏切った」

憎々《にくにく》しげに清明はその名を絞り出す。

「裏切った？」

「そうだ。餓鬼王の内通者が奴だったんだ」

まさに、体中の血が凍《こお》るような心地《なんきん》だった。いくらお尋ね者とはいえ、陰陽師の名家——安部家の息女だ。すぐには殺されず軟禁されるだけ。そう踏んでいたからだ。だが、陰陽寮の重鎮である八神不知火が敵についていたのなら話は変わってくる。

「咲夜は!?　咲夜はどこにいる!?」

今すぐ助けに行かねば手遅れになる。

「もう遅いでおじゃる」

苦渋の表情で隣の文官束帯を着た緑髪の妖精女――桜が断言する。

「遅い⁉　それはどういう意味だ⁉」

桜の胸倉を摑み、引き寄せると睨みつけながら問いかける。

「咲夜はゲートの鍵の開錠に使われた。なのに、ゲートは完全に開いちゃいない。その理由は開き切る前に咲夜が自ら命を絶った。それしか考えられぬ」

桜の口から紡がれるあまりにも非情で残酷な事実に、全身から力が抜けていき、桜の胸倉から両手を放す。

「咲夜が……死んだ？　嘘だ……」

現実感がない。口から出たのは、現実を拒絶する言葉。だが、そんなことをしても意味はない。そのくらいわかってる。でも、あいつのあの笑顔が二度と見られない。そんな現実、認められるものかよ！

「道満、受け入れろ！　まだ門は完全に開いちゃいない。お前まで足踏みすれば、この日の本は終わる！」

日の本？　咲夜のいないそんなものに何の価値がある？　また色も味もないつまらない世が始まるだけ。そんなのはまっぴらだ。

「忘れたか！　お前にはまだ家族がいる！」

清明は俺の肩に右手を乗せて叫ぶ。

「家族……」

「そうだ！　お前は咲夜から託されたはずだろ！　日の本のために戦えとは言わん。ただ、お前の大切な家族のために我らとともに戦ってくれ！」

「家族のためか……」

そうだ。俺にはまだあいつらがいる。こんなところで、メソメソ泣きながら現実逃避をしている場合じゃない。それは、全てが終わってからいくらでもできる。今は咲夜を生贄《いけにえ》にしたあの糞《くそ》野郎と、鬼どもの処理が先決だ。

「道満、やってくれるか？」

涙を袖で拭うと、右拳を強く握りしめて、

「ああ、必ず、殺してやる」

清明の質問に大きく頷いて立ち上がり、自分でもぞっとする怨嗟の声を上げて俺は部屋を飛び出した。安部家の前にいたのは、四人の男女。

「咲夜が死んだ」

俺のこの短い報告だけで、三人は察してくれた。そして、三人の顔に浮かぶのは、内臓が震えるくらいの激しい怒り。

「ここから先は死地《しち》だ。今から、お前らの式の契約を解除する」

桜の言では、もうじきここは強力な悪鬼どもで溢れかえるらしい。俺の我が儘でこれ以上、家族を失うのはもう御免だ。こいつらには是非ともこの都を出ていってもらおう。

俺は右の掌を奴らに向けようとするが、オロチに振り払われる。

「舐《な》めるなよ。俺たちはお前の式だ。我が身可愛さで主人を見捨てる式がどこにいる！」

「俺も咲夜を殺した奴を八つ裂きにしないと気が済まねぇ」

「小虎も絶対にそいつらを殺すよ」

「あっしも、母上を殺された恨み、数万倍にして返してやりやんす！」

そう宣言する四人の顔は、まるで運命に取り組むかのように引き締まっている。

「いいのか？　死ぬぞ？」

「だから、そんなくだらないこと聞くな」

まったく取り合うこともせず、オロチは歩き出す。オロチから漏《も》れ出た魔力が地面を破壊し、粉々に分解してしまう。ここまで感情を剝き出しにしているオロチは初めて見たな。そうだよな。俺たちにとって咲夜は大切な家族。その家族が殺されたんだ。憤《いきどお》らない方がどうかしている。

「俺たちの敵は陰陽寮だ。全て敵と思っていい。人だろうが、悪鬼だろうが、全て殺し尽くしてやれ」

四人の無言の同意を確認し、俺たちは陰陽寮に向けて歩き出す。

死闘の末、俺の前には悪鬼化した八神不知火が、瀕死の状態で仰向けに倒れている。奴は俺を睨み、

『おのれ！　おのれ！　おのれぇ、芦屋道満!!』

怨嗟の声を上げる。

『だが、遅い！　もう手遅れだぁっ！　既に餓鬼王の最高位の眷属がこの地に——』

鬱陶しく捲《まく》し立てている奴の脳天に俺は、霊力を乗せた霊刀を突き刺した。奴は踏み潰された蛙《かえる》のごとき呻《うめ》き声を上げて痙攣していたが、ほどなくボロボロの砂となって消えてしまう。

「いちいち、お前に指摘されんでもわかっているんだよ」

既に鬼どもの軍勢が空を覆い尽くしている。一匹一匹に人の身で抗えぬほどの圧《あつ》を感じる。多分、俺はここで死ぬ。それは間違いない。だが、どうしてだろうな。どうしても今、俺はこの命が燃え尽きるまで戦いたかったんだと思う。

完膚《かんぷ》なきまでに負けた。雨彦も、オロチも、酒呑も失ったようだ。もう戦いは成立していない。だが、まだ道満にはやることがある。それは咲夜との約束。

「さあーて、お立ち合い、この芦屋道満、人生最後の大秘術、どうぞじっくりとご覧あれ」

優雅に一礼し印を結んでいく。この術は俺の魂に刻む最高位の結界術《けっかいじゅつ》。もちろんこの術は結界術の天才安部咲夜が作った法術であり、本来術師に大した反動はない。だが、誓ってもいい。これだけでは一度開いた門を完全に閉じることはできない。結局、術の本質とは等価交換。その交換物となるものが大きいほど、より大きな贄《にえ》が必要となるのだ。そしてその贄に相応しいものを俺は知っている。それは——俺の命。俺から濁流《だくりゅう》のように溢れる紅の霊力。それらが夜空を絶え間なく覆っていく。そして――。

「咲夜、お前の仇討《かたき》とうと気張ったんだが、どうやら俺では力不足のようだ。だから、せめてお前との約束は守るぜ」

紅の霊力は無数の円となり、寄り集まり、そして一つの巨大な円となり、都上空に存在する門の上で回転していく。奴らも力を封じられた状態で閉じ込められるのは御免だろうし、己の世界に逃げ帰るだろうさ。

「悪鬼の親玉よぉ。あいつの命を奪って作ったそのありがたーい門の効力、奪わせてもらったぜ。だが、そう残念がるなよ。いつかその門が開き、お前らが駆逐される時が必ず来る」

既に指先は砂となり、それらは急速に広がっている。だが、俺たちの愛する娘を守れたせいだろうか。驚くほど悔《く》いはなかった。

「清明、璃夜を頼むぞ」

そうだな。最後に残った家族に、別れの挨拶《あいさつ》をすべきだろう。

「小虎、最後まで俺の我が儘、付き合ってくれてありがとよ」

俺は涙で顔をぐしゃぐしゃに歪めている小虎に心の底からの感謝の言葉を述べたのだった。

景色が歪む。そうかこれらは過去の残滓《ざんし》であり、思い出。俺が俺だった記憶。そして、この場所もはっきりと覚えている。それは俺が毎日毎晩、過ごしてきた世界。

目の前に広がる闇《やみ》の中にくっきりと浮かび上がる紅の檻《おり》。ぼやけていた男の輪郭《りんかく》も今や克明《こくめい》に認識することができている。檻の中の中心で胡坐をかいている、経文《きょうもん》のような文字が書かれた無数の紅の布で雁字搦めになった男。その男を拘束している紅の布は少しずつ崩壊し、塵となっているようだった。

『ようやく、取り戻したみてぇだな』

「取り戻した？　俺の中にあった芦屋道満の記憶のことか？」

『そうだ。魂に刻まれた記憶は、認識ができなければそれは二つの個に等しい。記憶が繋がれば、それはもはや一つの魂さ。喜べよ。お前たちは晴れて一つとなったんだ』

「別に嬉《うれ》しくねぇよ。お陰《かげ》でとんでもなく面倒なことになるだろうしよ」

『だろうな。混乱するのはわかる。でもお前は藤村秋人であり、芦屋道満だ』

「芦屋道満はただの記憶だろう？　俺は藤村秋人。それ以外のなにものでもない！」

『お前自身のことだし、好きにすればいいさ。だが、せいぜい悔いのない選択をしろよ』

「悔いのない選択？　どういう意味だ？」

『此度《こたび》の記憶の回帰で俺とお前との同調率は跳ね上がった。既にお前は条件の大部分を満たしている。あとはこの俺がお前に渡せば、お前はある選択を迫られることになる』

「もったいぶる奴だな。その選択とやらを教えろよ」

『その必要はない。なぜなら、既に道は示されているから。さて、そろそろのようだなぁ……』

奴は己の覆っていた紅の布を引き千切るとゆっくりと立ち上がる。

「は？　え？　お、俺？」

檻の中に佇んでいたのは、幼い頃の姿の俺。

『俺は【想いを継《つぎ》し者】。あ・い・つ・に家族や仲間を奪われ、その誇りや尊厳を踏みにじられた者たちの想い。そして、それは幼い頃、あいつに大切なものを奪われたお前の心でもある。でもよかった。やっとこれでお前に渡せる』

奴は紅の檻に近づく。紅の檻には今まで存在しなかった鍵穴が出現していた。そして奴の右手には真っ赤な鍵が握られており、その鍵を俺に渡してくる。

「これは？」

『鍵さ。俺たちの想いを渡すためのな』

「ま、待てよ！　意味がわからないぜ！」

『それで鍵を開けろ。お前にとって辛《つら》く、悲しい選択が待っているが、この悲劇の連鎖《れんさ》を終わらせるには必要なことだ』

俺とそっくりの顔で奴は微笑む。そのやり遂《と》げたような笑顔に、口から出かかった疑問を呑み込んでしまう。

「わかった」

俺は託された紅の鍵を鍵穴にはめてゆっくり回す。

『最後にお前が悔いのない選択をすることを心の底から願っている。じゃあな、俺！』

静かに手を振ると、俺とそっくりな奴は紅の檻とともに光の粒子《りゅうし》となって消えてしまう。同時に俺の中に入ってくる複数の熱いもの。

——火の海で幼子を抱きながら声を張り上げる青年。

──恋人を目の前で食い殺されて怨嗟の声を上げる女性。

──戦場で物言わぬ屍《しかばね》となる部下を抱きしめながら絶叫する武官。

──家族、兄弟が磔《はりつけ》になって槍で貫《つらぬ》かれていくのを血の涙を流しながら眺めている少女。

──そして、幼い頃、大好きだった母を失い絶望の底で泣いている少年。

それらは次々に生じ、シャボン玉のように弾けて消えていく。

《【第二条件──《想いを継し者》からの承継】の条件を満たす反射的効果により、【神器《じんぎ》が完全開放されます】。また、【六道因子《りくどういんし》】の【第一条件──Sランク種族への進化】、【第三条件──六道王とのウォー・ゲームの勝利又は勝利が確実なこと】の各条件を満たしました。【第四条件──完全解放した神器の贄】の条件が未成就《じょうじゅ》。藤村秋人の六道王への進化を一時的に凍結させます》

その天の声とともに俺の意識はゆっくりと浮かび上がっていく。

◇◆◇◆◇◆

タイムリミットまで、2日と2時間。

幾度も味わった深い海底から水面へ浮上するような独特の感覚。長い、長い夢を見ていたようだ。

上半身を起こすと、そこはホテルのベッドだった。

「起きたか」

どこか懐《なつ》かしい声に顔を上げると、美しい黒髪の女が視界に入る。今までなら俺はこいつをクロノ。そう呼んでいた。だが、今は厳密に言えば違う。

「久しぶり。そういえばいいのか？」

「やはり、道満の記憶、戻っておったか？」

寂しそうに呟くクロノの仕草に、胸元が締めつけられたように苦しくなる。思わず抱きしめてしまいたくなる衝動に駆られる。あいつの言う通り、芦屋道満の記憶と矛盾なく連結した結果、俺にとってあの夢のことは限りなく真実に近いこととなっている。予想通り半端じゃなく気まずい。

「まあな。そういうお前もか？」

「うむ。じゃが、妾はクロノ。それ以上でも以下でもない。第一、そなたのような野獣と夫婦《めおと》だったなど、断じて認めるわけにはいかぬしな」

「お前はそうだろうな」

いつものクロノの軽口で調子が戻ってきた。

「じゃあ、状況を教えろよ」

俺のこの疑問に答えたのは、

「その件で貴方にお話があります」

狩衣を着た少年がクロノを一瞥《いちべつ》すると俺に恭しく一礼し、そう言葉を絞り出す。こいつのこの様子、どうにも言いづらいことらしいな。

「わかった。皆を集めてくれ」

今の俺はもう一人じゃない。どんな苦難でも相談する仲間がいるんだから。

「申し訳ございません。これから話すことは貴方だけにしかお話しできません」

「俺にしかできない？　その理由は——ってここで教えるはずもないか……」

クロノをやけに気にする様子からも、俺以外に聞かせられぬ話か。どうにも嫌な予感しかしないが、話を聞くことすら断るのは愚《ぐ》の骨頂《こっちょう》。ひとまずは提案を受け入れるしかない。

「一つ聞かせよ。それは璃夜、いや、雨宮梓の身に関係することか？」

クロノの問いに、ビクッと身を竦ませる狩衣の少年。図星か。それにしても、やはり雨宮は俺たちの娘、璃夜だったたってわけか……。

「なら妾も話を聞かせてもらう」

そのクロノの瞳は強烈な決意に満ちていた。それはまるであの時の母さんのようで……。

「俺からの条件はこいつを同席させることだ。それでいいな？」

「……はい」

下唇を噛みしめると狩衣の少年は重い口を開き始めた。

「はッ!?　ふざけるなっ！　んなのできるわけねぇだろうっ！」

己を夜叉童子と名乗った少年の口から紡がれたのは、ある意味俺にとって絶対に承服できないことだった。もう、誤魔化《ごまか》すのはやめよう。《想いを継し者》とのやり取りからこの非情な事実を俺はどこか予想してしまっていた。だって、最後に天の声は、『【第四条件――完全解放した神器の贄】の条件が未成就。藤村秋人の六道王への進化を一時的に凍結させます』と言っており、過去のβテストで運営はクロノのことを【神器――クロノ】と言っていたのだから。

「やっぱり、ショートカットなどせず、このまま羅刹を潰して雨宮を助ける」

今のこの状況では一番良い。それ以外の道などない。

「それでは間に合いませんっ！　既に餓鬼王の勢力によりゲートの固定化が始まっております！　貴方が羅刹を降《くだ》すまでに雨宮梓の魂はゲートに吸収し尽くされ、死に至ります」

「そんなたわごと、信じられるかっ！」

わかっている。雨宮の肉体に夜叉童子の妹が憑依している以上、夜叉童子は雨宮の肉体に執《しゅう》着《ちゃく》している。ある意味、己以上に。だとすれば、このタイミングで夜叉童子が偽りを述べる理由に欠ける。だから、奴の言うことが正しいのはわかっている。それでも、認めるわけにはいかない。それはクロノの死と同義なのだから。だって、俺はクロノが――。

「なんだ。そんな程度のことで、エンジェルが救えるのか」

強がりではない。心の底から安堵《あんど》した表情でクロノは胸に両手を当ててホッとため息を吐く。

「お前……何言っている？」

必死で怒りと動揺を抑えつけながら馬鹿猫にその意を尋ねる。

「簡単な話じゃ。妾が神器とやらでこの身を捧《ささ》げればあの子は、璃夜は助かるんじゃな？」

「ええ、おそらくこれから生まれる六道王は今まで誰も到達したことのない未知の道。餓鬼王に対しても互角以上の戦いができる。そう僕は確信しております」

「黙れぇっ！　それ以上口にするなっ！」

　俺の感情に呼応するかのように壁に亀裂《きれつ》が走り、テーブルの上のグラスは割れて、ベッドは弾け飛ぶ。クロノは大きなため息を吐いて俺の傍までくると、思いっきり俺の横っ面をひっぱたく。そして——。

「かかっているのは璃夜の、妾たちの子の命じゃぞ!!」

　運命に取り組むような表情で、そう叫んだ。

「——っ!!」

　その言葉に鼻の奥がツーンと痛み、目の縁《ふち》から涙が染《し》み出てくる。そして俺はクロノを抱きしめると、その強烈な感情のまま、まるで幼児のように泣いた。


　気を利《き》かせた夜叉童子が退席し今この部屋にいるのはクロノと俺の二人きり。結局、俺はクロノの意思を受け入れる決意をした。

「なあ、クロノ」

　普段の凛《りん》とした表情でベッドに並んで座っているクロノに顔を向け、問いかける。

「うん？　なんじゃ？　妾の美しい顔にでも見惚《みと》れたか？　童貞には聊《いささ》か美の化身《けしん》たる妾の姿は刺激が強すぎたかの」

落ち込む俺を慰《なぐさ》めるための冗談のつもりか、いつもの減らず口を叩《たた》きつつ俺を見上げてくるクロノに、

「芦屋道満の記憶が戻る前の俺は、多分、雨宮梓に惚《ほ》れてたんだと思う」

「そうかの……」

少し寂しそうに、そしてとても嬉しそうな笑顔を見せるクロノ。そうだ。この表裏のない馬鹿正直なこの馬鹿猫が俺は――。

「でもな、今の俺はクロノ、お前に惚れてる」

「は？」

唖然《あぜん》とした顔で俺を凝視してくるクロノに話を続ける。

「加えて、咲夜の記憶を取り戻す前のお前も大好きだ」

「いや、記憶が戻る前の姿って……猫じゃぞ！　そんな阿呆な話があるかっ！」

俺のこの告白がよほど想定外だったのか、すぐに顔が首の付け根まで朱《しゅ》を注いだように真っ赤になって、普段自分が全否定していたことを口にする。俺はクロノの肩を握ると、

「お前が好きだ」

口調に熱を込めて宣言する。視線を忙しなく彷徨《さまよ》わせて、口をあわあわと動かしているクロノを抱き寄せると、俺はその小振りなピンクの唇にキスをする。クロノは少しの間、目を見開いていたが、俺の背中に腕を回し抱きしめてくる。俺もさらに強くクロノの唇を求めていった。

それから抱き合って過ごし、終わりの時間を迎える。クロノは俺に向き直り、

「アキト、妾はそろそろ行く」

まるでどこか買い物にでも行くかのような軽い口調で宣言する。

「わかった」

俺はクロノを抱き寄せると、指でコマンドを操作し、【六道因子】の第四要件――【完全解放した神器の贄】をタップする。すると、『【完全解放した神器の贄】を実行しますか？《ＹＥＳ》or《ＮＯ》』と俺の前に提示されるテロップ。

「クロノ、俺はお前を捜し出すぜ。だから別れの挨拶はなしだ」

「うむ。ストーキングの資質のあるお主なら可能じゃろう。妾も、首を長くして待つことにするよ」

「相変わらず、一言多いやつだな」

「お互いさまじゃろ。じゃが――アキト、ありがと」

俺を見上げて、満面の笑みを浮かべて感謝の言葉を述べてくる。

「おう。じゃあ、またな」

「またの」

挨拶を交わし、俺は人差し指で《ＹＥＳ》を押す。クロノの身体が金色に発光していく。

俺はクロノ、クロノの美しい顔を見つめて、

「クロノ、お前を愛してる」

精一杯の力を込めて宣言する。

「妾もじゃ。この世で一番、だ――いすき!!」
クロノは目尻に涙を浮かべ幸せそうに微笑むと、細かな粒子となって俺の腕からすり抜けてしまった。
《藤村秋人が、【六道因子】の全要件を満たしました。ただいまから、六道王――修羅王《しゅらおう》への進化を開始いたします》
その天の声を最後に、俺は意識を完全に手放したのだった。

◇◆◇◆◇◆

新塾《しんじゅく》駅前の公園のベンチに寝そべって、鬼神羅刹は殺した人の骨付き肉を頬張りながら、今も耳障りな悲鳴を上げている家畜《人間》が首を落とされる様《さま》を興味なく眺めていた。

最初は目の前で我が子を殺された親の憎悪《ぞうお》に満ちた顔や、恋人の男を殺された女の絶望の表情は最高のエンターテインメントだったが、すぐに飽《あ》きてしまう。

「つまらんナァ。まあこれでも大分もったモンカァ」

羅刹にとって強者との命を賭けた闘争のみが悦楽《えつらく》であり、その他はただの暇潰しに過ぎない。飽きっぽい羅刹にしては楽しめた方だと思う。

「だが、もうじきダ。もうすぐ、この世はオイラ好みの闘争の渦巻く世界となるゼェ」

たとえこのウォー・ゲームに勝利しても、餓鬼王様を始めとする鬼神どもがこの人界に現界できるわけではない。故に主神たる餓鬼王様はあの人形を使ってゲート解放の固定化を実施している。それももうすぐ完了する。そうなれば、餓鬼王様がこの人界に現界し、他界への侵略が可能となり、強者渦巻く世界へと変わる。それは羅刹にとってまさに極楽浄土《ごくらくじょうど》に等しい場所。

「ん？」

こちらに歩いてくるフードを被《かぶ》った人間の少年に眉を顰める。この辺の人間は大方《おおかた》狩り尽くしている。自由に動ける人間などいなかったはずなんだが。大きな欠伸をしつつ、気怠《けだる》い身体にムチ打ち、身体を起こしたとき、

《修羅道《しゅらどう》、修羅王から餓鬼道、餓鬼王へ、シックスロード・ウォーの申請《しんせい》がされました…………許諾《きょだく》。次いで修羅王――藤村秋人及びその配下の眷属の鬼界への転移申請。受理されました。ただいまより、シックスロード・ウォーが開始されます》

「シックスロード・ウォー？」

《カオス・ヴェルト》の運営側の抑揚のない声が頭上から降ってくる。

聞き慣れない単語だ。だが、なぜか無視できない強い力を感じる。そして――。

「よお」

背中に氷柱《つらら》を押しつけられたような強烈な悪寒を感じ、発条《ばね》仕掛けのように飛びのく。ベンチの傍には二メートルを優に超える長身で髪を丁髷《ちょんまげ》した男が佇立《ちょりつ》していた。

「おいおいおいおい、平均ステータスＡ－しかないぞ。これで鬼神かよ。雑魚《ざこ》じゃにゃーか」

鬼神の己に初めてぶつけられる弱者という指摘に、怒りよりもまず疑問が勝った。

「面倒だァ。殺セェ」

身の程知らずを相手にするだけ時間の無駄。だから、羅刹は配下の精鋭《せいえい》に掃討《そうとう》の命を出し、再度ベンチに横になろうとする。精鋭の黒服たちがそいつを瞬時に囲む。仮にも羅刹の親衛隊だ。その強さは相当なものだ。この程度の奴などいくらこようと問題になるまい。

「お馬鹿さんねぇ」

甘ったるい声。羅刹が一度瞬《まばた》きをしたとき、何か黒い霧《きり》のようなものが過ぎ去る。ゆっくりずれていく親衛隊の黒服どもの身体。細かな肉片となって真っ赤なペンキのように地面にばら撒かれる親衛隊の黒服だったもの。

「は？」

頓狂な声を上げたとき、目と鼻の先で羅刹を見上げている、フードから二つの触覚を覗《のぞ》かせている鎧《よろい》姿の少年。

「ッ!?」

初めて覚える体中の血液が逆流するかのような戦慄《せんりつ》に全力で爪をその餓鬼の脳天に突き立てようとしていた。しかし、あっさり空《から》振《ぶ》りして右の脇腹《わきばら》に走る凄《すさ》まじい衝撃。羅刹の身体はボールのようにビルを破壊しつつ吹っ飛び、新塾駅の構内でようやく止まる。

「ば、馬鹿……ナァ……」

起き上がろうとするが、足が震えて叶《かな》わない。たった一撃で羅刹が行動不能なほどのダメージを受ける。人にそんな強者がいたってのか？

「観念するでござる。お主では拙者《せっしゃ》に勝てぬ。武士として潔《いさぎよ》く首を差し出すでござる。拙者が特別に介錯《かいしゃく》してやるでござる」

「ふざけるナァッ！」

内臓が震えるほどの激しい怒りで激高していた。だが、たかが人間にこんな化け物じみた奴がいるわけがない。他界の王直属の眷属だろう。面白い。どのみち、こんな紙一重《かみひとえ》の戦いを望んでいたのだから。羅刹が重心を低くしたとき、

「自害を選ばぬでござるか。確かにお主に介錯の価値などないやもしれぬでざるな」

フードを被った餓鬼は羅刹にクルリと背中を向けると歩き出す。

「散々《さんざん》イキッた挙句《あげく》、逃げるつもりカヨ！」

冗談じゃない！　久方ぶりに羅刹を本気にさせたのだ。思う存分付き合ってもらう！

フードの餓鬼はピタリと歩みを止め、肩越しに振り返ると、哀れな生き物でも見るかのような視線を向けてくる。そして――。

「気づいてすらいないのでござるか……もうお主は死んでいるのである」

脈絡《みゃくらく》もない死刑宣告をしてくる。

「たわごとオォ！」

床を全力で蹴ろうとするが、突如ひび割れる視界。それらは次々に広がって、崩《くず》れていく。指先が、両腕が、両足が、そして顔がバラバラになって崩壊していく。フードを被った子供の、ムシケラでも見るかのような無感情な表情。それが羅刹の、この世で最後の視界となった。

◇◆◇◆◇◆

フードを被った子供に粉微塵にされた羅刹の無残《むざん》でみじめな最期《さいご》を目にし鬼界の主神、餓鬼王はカラカラに渇いた喉を潤《うるお》すべく生唾《なまつば》を飲み込む。

「な、なんだ、あれは？　あれらが全て俺と同格!?　あのフードの小僧は俺よりも強いッ!?」

あの戦闘の異常さを現に目にしてもやはり、この現実が受け入れられない。当然だ。あの丁髷の男とドレス姿の小娘のステータスはS。そしてあのフードの小僧はS＋と表記されていたのだから。餓鬼王のステータスの平均はS。もちろん、闘争はステータスだけではないし、餓鬼王にはとびっきりの権能《けんのう》がある。だから勝てぬから驚いているわけでは断じてない。だが、鬼界の王たる自分と同等以上の存在強度のものがああも容易《たやす》く存在している。その事実がどうしても納得いかなかったのだ。

「餓鬼王様、さっき宣告のあったシックスロード・ウォーとは？」

側近の鬼が狼狽《ろうばい》の色を隠そうともせず、今最も危惧《きぐ》している事実を問うてくる。

「文字通り、戦争でやんすよ」

脳天に杭を突き立てられたかのような衝撃が走る。確かに、今までこの部屋には誰も存在していなかった。だが、いま明確に、痩せ細った丸いサングラスをした男が全身を包帯で覆われた二人の大男とともに佇立していた。

「貴様……誰だ？」

さっきから、鑑定を発動しているのに、上手く起動しない。多分、妨害系の能力だろう。

「鬼沼、雨彦、いえ、お前たちには蝿王の方が通りがいいでやんしょうねぇ」

「蝿王？　蝿王ベルゼビュートかぁ？　馬鹿馬鹿しい。あれは前絶望王とともに滅んだはず」

蝿王ベルゼビュート、史上最強の六道王サタンを滅ぼした蝿の王。確かに蝿の王は一種の災害だ。仮にもサタンを滅ぼしたのだ。真実なら餓鬼王では手に負えない。だが、それはあくまで真実ならばの話――。

「――っ!!」

気がつくと胸倉を掴まれ、高く持ち上げられていた。

(認識すらできなかった？　お、俺は六道王、餓鬼王だぞっ！)

サングラス越しに見上げてくる蛇のような両眼に歯がカタカタと鳴り響く。

「小僧、貴様には散々煮え湯を飲まされた。その程度の力で我は大切な家族を失った。しかも、此度《こたび》も母上を守れなかった。これで二度目だっ！　ここで八つ裂きにしてやりたいのが本心だが、それは我《われ》の役目ではない。せいぜい、みっともなく滑稽に足掻《あが》くがいい」

乱暴に床に投げ出され、咄嗟に飛び起きるとそこにはもうあのサングラスの男の姿は跡形もなくなっていた。

「一度、鬼巌《きがん》城に本陣を移す。すぐにこの場から離脱する準備をしろっ！」

動揺と恐怖を必死で誤魔化しながら、配下に命令を送る。敵の戦力が読み切れない以上、今は時間を稼ぐべきだ。

「はっ！」

駆け足で部屋を出て行こうとする配下が綺麗さっぱり、蒸発する。

「やっと会えたなぁ。悪鬼の親玉よぉ」

そこには人相がすこぶる悪い人間が薄気味の悪い笑みを浮かべて餓鬼王を睨んでいたのだ。

◇◆◇◆◇◆

気がついて、涙が涸《か》れるほど泣いた後、十朱たちにクロノの件を話す。十朱は涙を流してなぜ相談しなかったのかと俺を殴った。短い付き合いのクロノのために涙を流してくれた十朱のこの行為がとても嬉《うれ》しかった。だから素直に感謝の言葉を述べると、雪乃と銀二も泣きだしてしまう。

それから、ステータスを確認する。六道王の修羅王に進化し、俺のステータスはHP:SS、MP:SSS+、筋力:SSS+、耐久力:SS、俊敏性:SS、魔力:SSS+、耐魔力:SSS+、運:D、成長率:SSS+まで進化している。反則的な強さだ。これなら餓鬼王がいくらバケモンでも十分な戦いをすることができるはず。

奴らにシックスロード・ウォーを仕掛けて鬼界に進軍した俺たちは鬼沼の能力とやらで、奴らの親玉である餓鬼王の居所を教えられる。あまりに用意周到すぎる。多分、鬼沼には未来を見通す力のようなものが備わっているのかもな。十朱たちに他の拠点の制圧を指示し、俺は悪鬼の王の居城へと向かい、こうして対面しているわけだ。

平均ステータスS。弱い。弱すぎる。これが六道王？　これではきっと十朱たちでも楽勝で駆除することができるだろう。もっとも――。

「愚か者めぇっ！　舐めすぎだっ！」

俺の脳天に迫る巨大な大剣。あれはあらゆるものを崩壊する奇跡を内包している剣。あれが奴の能力か。ステータス状は雑魚だが。あれだけは少々厄介《やっかい》だ。

だが、所詮《しょせん》少々だ。大剣は俺に触れると一瞬で蒸発してしまう。

「なっ!?　ならこれならどうだッ!?」

今度は巨大な鎌《かま》が俺の脳天に落下してくる。それも俺に触れるとピシュンと蒸発する。

「くそ！　くそ！　くそ！」

獄炎《ごくえん》を纏った槍、即死の効果のある鎖《くさり》、爆裂の効果を有する槌《つち》、消失の効果のある棘《とげ》。ヤケクソ気味なかけ声とともに次々に放ってくるが、それらは俺に触れると瞬時に消えてなくなる。

「もう打ち止めか？」

六道王のみが所持《しょじ》を許される全てを生み出す権能――『万事創生《ばんじ》』もこの程度か。マジで空《むな》しくなるな。どのみち、こいつの権能は俺の『覇解《はかい》』とは相性が悪すぎる。もう勝負は決した。

奴を殺そうと右の掌を向けるが、

「ま、待ってくれ！　俺は降伏《こうふく》するっ！」

両手を上げてそんな到底あり得ぬ戯言《ざれごと》を口にする。

「お前、それ本気で言ってんのか？」

「もちろんだ。鬼界の土地も鬼も全てお前のものだ！」

《餓鬼王の降伏宣言を確認。修羅王が、シックスロード・ウォーにおいて勝利いたしました。鬼界の土地、民衆、宝物、その他一切のものは修羅王に帰属いたします。シックスロード・ウォーでの敗北により、餓鬼王から六道王の称号を剝奪《はくだつ》します。餓鬼王の権能――【万事創生】が修羅王へと移譲《いじょう》されます》

いつもの無機質な世界の声。自らが滅ぶ。その覚悟もなく攻め込んでいたってのか。クロノは命を懸けたんだぞ？　自衛隊や警察だって、圧倒的強者である鬼どもから必死に都民を守ろうと命を賭《と》した。こいつに統治者の資格はない。というか、

「もういい」

こいつにまっとうに戦う価値などない。それが今、わかったから。

「ゆ、許してくれるのか!?」

俺は全てを消滅させる権能『覇解』を両拳に纏わせる。そして――。

「んなわけねぇだろっ！　俺はとっくの昔にぶちきれてんのさぁっ！」

俺は奴の全身に向けて、千年越しの鬱憤《うっぷん》した感情を拳に乗せてぶち込んだのだった。

◇◆◇◆◇◆

——鬼界中央実験所。

雨宮の居場所は夜叉童子によりすぐに特定できた。祭儀場の中心でカプセルのような容器に入っている、黒服を着た雨宮。

(よかった。無事だ……)

胸がかすかに上下に動いているのを確認し、闇夜《やみよ》に灯《とも》し火を得た思いからか、その場に崩れ落ちる。深呼吸して【神眼】により雨宮の体内とカプセルのような装置を精査する。俺は【チユウチュウドレイン】で雨宮をカプセルから分離し、ハイポーションを取り出し飲ませて全快させる。少しの間、頬を叩いていると、ようやく雨宮は瞼を開ける。

「アキト先輩だぁ……」

眠たそうな目で、甘えた声で俺に抱きつくと両手で俺の顔を押さえて、唇を軽く押しつけてくる。呆気《あつけ》に取られて完璧にフリーズしている俺から唇を離すと、その頰をぺちぺちと叩き、

「あれ、この夢、やけに生々《なまなま》しいような。まっいいか」

そう言うと、俺の胸に顔を押しつけて寝息を立ててしまった。

(雨宮、お前な……)

クロノ、全て終わったよ。安心してくれ、璃夜は無事保護したぜ。

俺はそうあいつに報告すると、数回雨宮の後頭部をそっと撫でる。そして雨宮をお姫様抱っこすると、その場所を後にした。

◇◆◇◆◇◆

そこはオフィスビル。床に敷かれたブラウン色の絨毯《じゅうたん》に、規則正しく立ち並ぶ本棚。牛皮製のソファーに、テーブルの上に置かれた珈琲《コーヒー》カップ。まさに、企業の重役の部屋などによくありそうな光景ではある。そう。そのオフィスが、果てが見えないほど広大なものでなければ。

その果てすら見えない部屋にシュールにポツンと置かれている黒色のデスク。その豪奢な椅子に座っていた丸縁眼鏡《まるぶちめがね》にスーツのいかにもサラリーマンといった風貌《ふうぼう》の男が、勢いよく席から立ち上がり、

「よし！　最強の六道王の覚醒！　これでゲームは次のステージに進んだっ!!」

ガッツポーズをしつつ歓喜《かんき》の声を上げる。

「おめでとうございます。マスター」

「うんうん、あのすぐルールを無視したがる阿呆も上手く排除したし、もうじき人界にも冒険者とその統率組織が生まれる。万事計画通りってやつさ」

ご機嫌に珈琲を口に含む。

「お嬢様の件、やはり私は納得がいきかねます」

傍《ひか》に控えるメイド服を着た黒髪の美女が非難の言葉を口にする。

「あーあ、あの馬鹿娘ね。構わない、構わない。だって、毎日毎日、部屋に引き籠もって顔す

ら見せに来やしないんだぜ？　こっちも堪忍袋《かんにんぶくろ》の緒が切れてたっつーの」

「しかし、お嬢様を人間に転生させてしまうのは流石にやり過ぎです」

メイドの女性の怒気《どき》の含まれた指摘に、サラリーマン風の男性は首を左右に大きく振る。

「いんや、あの馬鹿娘は、安部咲夜として人間に生を受けたお陰で、幸せを掴んだ。あの部屋の中にいては叶うはずのないことさ」

「それはそうかもしれませんが……」

「それに今回、再度、チャンスは与えたしね」

「では、神器としてお嬢様をゲームにエントリーさせたのも？」

「まあ……ね。一応、これでも親だしさ。娘の幸せを願っちゃいるわけよ。だけど、ちゃんと本人の了解はとったぜ？」

「マスター、あれは了解とは言えないと思います」

「そうかい？」

「そうですよ！　それに、何ですか、あのお嬢様の設定は!?　女性専用のビッチ猫とかキャラがブレッブレじゃないですか!?」

「ははは っ！　クロノスの彼への恋慕《れんぼ》は相当なものさ。ああでもしなけれりゃ、簡単にくっついちゃってつまらないだろ？」

「あなたって人は……」

「そう言わないの。恋愛には障害がつきものさ。それに実際、最良の結果に終わったろ？」

「それはあくまで結果論です。純真なお嬢様の嗜好《しこう》を、あんなお下劣《げれつ》なものに操作したことだけは私はどうしても許せません！」

「いやいや、純真って言うけど、部屋に引き籠もっている間のあの馬鹿娘、それなりにアレだったぜ？」

「……」

黙り込むメイド。そして咳払《せきばら》いをしつつ、

「それで、マスター、これからお嬢様をどうなさるおつもりですか？」

早急に話題を変えてしまった。サラリーマン風の男性は肩を竦めると、

「あの馬鹿娘にしては頑張ったからね。ご褒美をやろうと思ってる」

カップの珈琲を口に含み、いたずらっ子のような顔で微笑んだのだった。

エピローグ Epilogue お帰りとただいま

餓鬼王《がきおう》を倒した俺たちは雨宮《あまみや》を保護して無事人界《じんかい》へ帰還《きかん》した。あれからこの世界は上を下への大騒ぎとなる。一時、俺の家に世界中のマスメディアが押しかけて生活に著《いちじる》しい支障をきたすが、ある時を境《さかい》に俺がホッピーであることはごく一部を除き、皆、忘れてしまう。何度か鬼《き》沼《ぬま》に相談した後でのことだから、多分奴《やつ》の能力なんだろうが、どんどんあいつって人間離れしてくるよな。ともあれ、こうして俺は元の平穏《へいおん》な日常を取り戻したのだった。

『イノセンス』はかなり好調らしく、忍《しのぶ》と鬼沼により様々な事業を行う巨大グループ企業に成長しつつある。また鬼沼が魔石を売却して得た潤沢《じゅんたく》な資金によって、汚職により一時倒産寸前までいった阿良々木《あららぎ》電子の持ち株を親会社である香坂《こうさか》グループから買い取り、筆頭株主となる。以降、社内人事を一新して順調な業績を残しているようだ。

十朱《とあけ》は右近《うこん》たちの発案で立ち上げた冒険者機構の行政官として勤務。銀二《ぎんじ》と雪乃《ゆきの》はその冒険者のギルドの一つである【らしょうもん】に属して精力的に活動を行っている。ちなみに、香坂秀樹《ひでき》はどうやら、茨木童子《いばらぎどうじ》と完全に融合《ゆうごう》してしまったらしく、【らしょうもん】で冒険者として活動中だ。胡蝶《こちょう》のやつがかなり心配していたが、この前会ったら別人のように誠実になっていた。他のメンバーとも上手《うま》くやっているようだし、もしかしたら、あれが秀樹の本質だったのかもな。

そういや、あの一件からしつこいくらい実家の親父《おやじ》や兄貴から連絡がくる。どういう風の吹き回しかしらんが、少しだけど明確に親父や兄貴たちとの関係も変わった。そんな気がする。

雨宮は阿良々木電子の筆頭研究員として米国大手電子メーカーとの魔石共同開発のため、この数カ月ずっと米国で生活を送っている。毎日何通もラインが来るから元気でやっているようで一安心だ。ところで、この日曜の真昼間になぜ俺がこの公園に来ているのかというと、ようやく気持ちの整理がつき、たった今クロノと暮らした思い出の全てを処分してきたところだから。きっとこうでもしないと俺は一歩も前に進めない。

「そういや、ここあいつとよく来たっけなぁ」

知らず知らずのうちに、行きつけの公園に来ていた。よく馬鹿《ばか》猫にあのアイスクリームが食いたいってせがまれたっけ。アイスを二個買っていつものベンチに座る。

「何やってんだ、俺？」

こんなもの買ってもあいつが戻ってくるわけがない。そんなことはわかっている。でも、どうしても願わずにはいられないんだ。あの眩《まぶ》しくも暖かな日常が戻ってくることを。

「ん？」

膝《ひざ》のジーパンにポタリと落ちる雫《しずく》。あれ？　おかしいな。まだこんなに汗《あせ》だくになるほど暑くはないはずなんだけど。顔に触れると、大粒の涙がポロポロと流れ出ていた。

「ははっ！　それもそうか……」

当然だ。これであいつがいた証拠は跡形《あとかた》もなくなくなっちまった。あとは俺の記憶の中だけになる。俺はそれがどうしようもなく寂しく、辛《つら》いんだ。なさけない。なさけないが、やっぱり俺はお前が恋しい。お前に会いたいよ。

止《と》め処《ど》なく出る涙を右袖《そで》で拭《ふ》いても、まるで涙腺《るいせん》がぶっ壊れたように、次から次へとみっともなく流れ出る。

「なんじゃ、らしくもなく泣いておるのか？」

前方から聞こえた呆《あき》れ果てた声に、顔を上げると長いニーソックスに、赤色の制服を着用し黒色のリボンをした、長い黒髪の少女が両手を腰に当てつつ、底意地《そこいじ》の悪い笑みを浮かべて仁《に》王《おう》立《だ》ちしていた。

この鋭い目つきに、幼《おさな》い容姿と小柄《こがら》な体軀《たいく》。こいつはいつぞやの暴力中学生、能見黒華《のうみくろか》。

「中学生、今日は平日だ。さっさと準備しないと遅刻するぞ？」

必死に袖で涙を拭いて誤魔化《ごまか》しつつ、大人として適切なアドバイスをしてやる。

「妾《わらわ》は、中学生じゃない、高校生じゃっ!!」

案の定、飛んでくる右回し蹴《げ》りを左腕で受け切る。阿呆《あほ》、そんな丈《たけ》の短いスカートでそんな大技《おおわざ》かましたら――。

「だから、それやるとパンツ丸見えになるんだって」

俺の有難い指摘《してき》に忽《たち》ち頰《ほお》を紅《くれない》に染めていき、俺から一歩下がってスカートを押えて睨《にら》みつけ、

「この野獣《ケダモノ》ぉぉ！」

大声を上げてくる。だから、人聞きの悪いことを言うなって！　人目につくだろうが！

「あのな、あえて見せてきたのはお前だろ」

「だ、誰も見せてなどおらんわっ!!」

林檎《りんご》のように全身を赤くして叫ぶ黒華に、深いため息を吐く　だが、こいつのお陰《かげ》でみっともなく流れていた涙が止まった。こんな中学生でもいれば、それなりに役に立つものだ。

「学生は学校に行けよ」

「ふん、妾の登校は明日からじゃ。数日前までずっと眠っておったからの。家族も学校も今日まで病院から出るなと煩《うるさ》いのよ」

黒華は背後の巨大な建物を指さす。あー、そうか、そういやここって総合病院前の公園だったな。

「というか、お前、思いっきり外出してんじゃん！」

「そりゃまあ、会いに行こうと思っていた奴が目の前におると知ればな」

会いに行く？　そういや、GOSYU《ゴーシユ》のオーク襲撃《しゆうげき》の際、正体をバラされたくなければ、あとで話を聞かせろと脅迫されていたような。色々あって、すっかり忘れてた。

「わかった。あの件はあとでゆっくり説明してやる。だから、今は一人にしてくれ」

まっ、一人になればまた、へこむんだろうけどな。流石に暴力中学生に慰《なぐさ》めてもらうほど俺も落ちちゃいない。

「うむ、それはもう不要なのじゃ」

先ほどとは一転、ご機嫌な様子で俺にくっつくようにしてベンチに座ると俺の手からあいつの分のアイスをひったくって食べ始める。

「ちょっと、黒華さん？」

「なんじゃ？」

「もっと空《あ》いてるんだし、離れて座れよ」

わざわざ、俺に密着して座る必要がどこにある？　これじゃあ、マジで女子中学生と援助交際しているオッサンの図式だ。このままじゃ、間違いなく警察のご厄介《やっかい》になることだろう。

（うー、何が、俺はお前を捜し出すぜ、じゃ。微塵《みじん》も気づかないではないかっ！）

ボソッと小さな声で何やら愚痴《ぐち》をこぼすと黒華はアイスを一気に食べ、口の周囲をアイス塗《まみ》れにしながら立ち上がり、腰に両手を当てて前かがみになるとベンチに座る俺を見下ろす。

「妾に気づくまで、落ち込むそなたを慰めてやるのも面白《おもしろ》いかと思っておったが、ウジウジ塞《ふさ》ぎこんでるそなたなどこちらから願い下げじゃ」

「だから俺は今一人で考えたいと」

黒華は意味不明なことを宣《のたま》うと、スマホの画面を俺に向けて突き出してくる。

「あのヘビ男が、このメールをそなたに見せろじゃと」

不機嫌そうにそっぽを向きつつ、俺に童女が好みそうな装飾のされたスマホを渡してきた。

「ヘビ男？　お前、外見だけじゃなくて中身も童女趣味なのな」

「ほっとけなのじゃ！」

再度俺に蹴りを入れようとするが、思いとどまりスカートを押さえて叫び声を上げる。うむうむ、多少は成長したようで何よりだ。黒華のスマホに映されたメールに目を落とす。

『旦那《だんな》、失礼しやす。鬼沼です』

ヤバい、条件反射でメールを閉じてしまった。だって、あいつからのメールって、いつも厄介ごとだらけだもんな。まあ、現実逃避をしても無駄だろう。意を決して読み始める。

『本日、処分したクロノ様の荷物を旦那の家に運び込んでおきました。

追伸――旦那が今最も会いたい人物はきっとすぐ近くにいると思いやす』

いや、ウジウジ考えちまうから、クロノが残した荷物を捨てたんじゃねぇか。なぜ、あの血も涙もない冷血動物がこんな無意味なことをする？　それに、俺の最も会いたい人物がすぐそばにいる？　それってもしかして――。

「ははは……」

黒華は乾いた声を上げ俺の右手を摑《つか》むと引っ張って立たせる。そして俺に一歩近づき顎《あご》を上げると、俺に人差し指を向け、

「いくらマイエンジェルといえど、そなたはやらんぞ。そなたは、妾のものじゃしの!!」

声を張り上げて宣言をする。

（マジかよ……）

鈍《にぶ》い俺にもようやく事の顚末《てんまつ》が見えてきた。というか、こいつの言動をみれば一目瞭然《いちもくりょうぜん》だっ

たな。この独特な口調に、大層な一人称、そして何よりマイエンジェルという言葉。

「大分、縮《ちぢ》んだな」

鼻の奥がツーンと痛み、視界が滲《にじ》むのを自覚しながら、率直《そっちょく》な感想を述べる。

「ふん！　そなたのようなロリコンの変態には、妾の姿の方が嬉しかろう？」

黒華は、また前かがみになると悪女としか思えぬ笑みを浮かべる。

「誰がロリコンだ！　人聞きが悪すぎんぞ！」

「なら、嫌いかの？」

「いんや」

俺は目をつぶって顔を左右に振ると、黒華の小さな体を抱きしめる。

「もちろん、大好きさ」

忽ち頬がみるみる熟したトマトのように紅潮《こうちょう》し、黒華は俺の背に両手を伸ばしてきた。

「妾も大好きじゃぞ」

お互い抱き合いながら、

「お帰り、馬鹿猫」

「ただいま、野獣《ケダモノ》」

そんな俺たちらしい挨拶《あいさつ》を交わした。

あとがき

どうも力水《りきすい》です。本書を手にとっていただき、どうもありがとうございます。

お読みいただだいた読者の皆様のお陰《かげ》で、この物語は無事この度、完結を迎えることができました。本当に感無量です。

この三巻はアキトとクロノの別れと出会いの物語です。黒華《くろか》が途中からクロノになったことは、もしかしたら、バレバレだったかもしれません。一巻で出てくる黒華の寝言はよく読むとクロノの台詞《せりふ》ですしね。でも、まさかアキトがクロノを選ぶとはなかなか予想はできなかったんじゃないでしょうか。でも、クロノをメインヒロインとすることはこの物語を書き始める前から決めていました。特にこの最後の再会のシーンを書きたくてこの物語を書いたと言っても過言ではないですし。アキトとクロノの二人がこれからどんな未来を歩むのか、それは読者の皆様に想像していただき、この物語に筆を擱《お》きたいと思います。

それでは、最後に謝辞《しゃじ》を述べさせていただきたく思います。

いつも私の間違いだらけの原稿に完璧《かんぺき》な校正をしていただだいた編集担当者様、素晴らしいイラストを提供してくださったカル先生、本書の刊行に尽力してくださった関係者の皆様方に心からお礼を申し上げます。

そして、何よりこの物語を最後まで読んでいただいた読者の皆様。皆様の応援のお陰でこの物語で私が最も好きなシーンを書くことができました。本当に感謝してもしきれません。次も皆様と別の物語でお会いできるよう、執筆活動に尽力してまいりますのでどうかよろしくお願いいたします。

それでは、お読みいただきありがとうございました。

力水

ダッシュエックス文庫

社畜ですが、種族進化して最強へと至ります3

力水

2021年12月28日　第1刷発行

★定価はカバーに表示してあります

発行者　瓶子吉久
発行所　株式会社　集英社
〒101−8050　東京都千代田区一ツ橋2−5−10
03(3230)6229(編集)
03(3230)6393(販売／書店専用)03(3230)6080(読者係)
印刷所　図書印刷株式会社
編集協力　法貴仁敬(RCE)

ISBN978-4-08-631448-0 C0193